文学共同体书系·中国当代多民族经典作家文库

何平 主编

译林出版社

次仁罗布 著

强盗酒馆

图书在版编目（CIP）数据

强盗酒馆/次仁罗布著．—南京：译林出版社，2023.9

（文学共同体书系·中国当代多民族经典作家文库/何平主编）

ISBN 978-7-5447-9772-6

Ⅰ.①强… Ⅱ.①次… Ⅲ.①短篇小说－小说集－中国－当代 Ⅳ.①I247.7

中国版本图书馆 CIP 数据核字（2023）第 087829 号

强盗酒馆　次仁罗布／著

主　　编　何　平
出版统筹　陆志宙
责任编辑　管小榕
装帧设计　曹沁雪
校　　对　孙玉兰　蒋　燕
责任印制　闻媛媛

出版发行　译林出版社
地　　址　南京市湖南路 1 号 A 楼
邮　　箱　yilin@yilin.com
网　　址　www.yilin.com
市场热线　025-86633278
排　　版　南京展望文化发展有限公司
印　　刷　苏州市越洋印刷有限公司
开　　本　787 毫米 ×1092 毫米　1/32
印　　张　10.25
插　　页　4
版　　次　2023 年 9 月第 1 版
印　　次　2023 年 9 月第 1 次印刷
书　　号　ISBN 978-7-5447-9772-6
定　　价　59.00 元

走向“文学共同体”的多民族中国当代文学

何　平

“文学共同体书系·中国当代多民族经典作家文库”（第一辑）收入当代蒙古族、藏族、维吾尔族、哈萨克族和彝族阿云嘎、莫·哈斯巴根、艾克拜尔·米吉提、阿拉提·阿斯木、扎西达娃、叶尔克西·胡尔曼别克、吉狄马加、次仁罗布、万玛才旦等小说家和诗人的经典作品，他们的写作差不多代表了这五个民族当下文学的最高成就。事实上，这些小说家和诗人不仅是各自民族当代文学发展进程中最为杰出、最具影响力的代表人物，即使放在整个中国当代文学史亦不可忽视。

通常情况下，蒙古族、藏族、维吾尔族、哈萨克族和彝族的族裔身份，使得这些小说家和诗人往往被归于“少数民族文学”的视野框架内。不过需要注意到，基于当下中国文学生态场域的特质和属性，这些作家更应该在中国当代“多民族文学”之“多”之丰富性的论述框架中进行考察。毋庸讳言，受全球化和民族融合等时代因素的影响，中国当代少数民族文化与汉文化、世界文化的同质化愈发明晰，而多民族的民族性之“多”难免逐渐丧失；但另一方面，中华民族各民族依旧在相当程度上内蕴着独特自足的民族性，包括相对应的民族文化传统。在此前提下，我们需要思考：在今天的中国当代文学语境，蒙古族、藏族、维吾尔族、朝鲜族、彝族等及其他民族文学是否已被充分认知与理解？怎样才能更为深入、准确地辨识文学的民族性？

不管文学史编撰者在编撰过程中如何强调写作的客观性，文学史必然葆有编撰者自身独特的情感态度和价值立场，这当然会关乎多民族文学的论述。诸多中国当代文学史著作时常暴露出这样的局限：相关作家只有以汉语进行写作，或是他们的母语作品被不断翻译成汉语文本，他们才具有进入中国当代文学史框架范畴的可能性。事实上，如蒙古族、藏族、维吾尔族、哈萨克族、朝鲜族、彝族等民族都有着各自的语言文字和久远的文化和文学传统，至今依然表现出语言和文学的双向建构。当然，要求所有中国当代文学史编撰者都能够掌握各民族语言是不切实际的。且像巴赫提亚、哈森、苏永成、哈达奇·刚、金莲兰、龙仁青等拥有丰富双语经验的译者、研究者原本可以加入到中国当代文学史的编撰工作，然而实际情况是他们鲜少被当代中国文学史编撰所吸纳。这也就随之带来了一个问题：使用蒙古语、藏语、维吾尔语、哈萨克语、朝鲜语等各自民族语言进行写作，同时又没有被译介为汉语的文学作品怎样才能进入中国当代文学史的论述当中？

需要指出，中国当代文学的版图中，进行双语写作的作家在数量上并不少，如蒙古族的阿云嘎、藏族的万玛才旦、维吾尔族的阿拉提·阿斯木都有双语写作的实践。双语作家通常存在着两类写作：一类写作的影响可能生发于民族内部，另一类写作由于“汉语”的中介作用从而得到了更为普遍的传播。由此而言，中国当代文学史指向多民族文学的阐发，实质上是对于相应民族作家汉语写作的论述。而文学史编撰与当代文学批评面临着相类似的处境。假如中国当代文学史的叙述难以覆盖到整个国家疆域中除汉语以外使用其他民族母语的少数民族作家及其作品，那么中国当代文学版图是不完整的。

二十世纪八十年代作为“假想的文学黄金时代”，是很多人在言及中国当代文学时的“热点”：为何需要重返八十年代？八十年代给中国当代文学提供了哪些富有启发性的意义要素？但即使是在八十年代这样一个“假想的文学黄金时代”，蒙古族、维吾尔族、哈萨克族、朝鲜族等民族的文学也并没有获得足够的认知与识别。也许这一时期得到关注与部分展开的只有藏族文学，如扎西达娃的小说在八十年代深刻影响到了中国文学对于现实的想象，从扎西达娃八十年代小说创作所展现出的能力，他具有进入世界一流作家行列的可能。而鄂温克族作家乌热尔图在八十年代也给国内文坛带来了一种全新的文学经验，这也影响到当时寻根文学思潮的生发。而作为对照，我们不禁要问：现在又有多少写作者能如八十年代的扎西达娃、乌热尔图去扭转当下文学对于现实的想象和文学的地理版图？而时常被人忽视而理应值得期待的是，国内越来越多的双语写作者从母语写作转向汉语写作，成为语言“他乡”的文学创作者。长期受限于单一汉语写作环境的汉语作家，往往易产生语言的惰性，而语言或者不同民族文化之间的“越境旅行”却有可能促成写作者的体验、审视和反思。

当我们把阿云嘎、莫·哈斯巴根、艾克拜尔·米吉提、阿拉提·阿斯木、扎西达娃、叶尔克西·胡尔曼别克、吉狄马加、次仁罗布、万玛才旦等放在一起，显然可以看到他们怎样以各自民族经验作为起点，怎样将他们的文学“细语”融于当下中国文学的“众声”。党的十九大报告中指出：“深化民族团结进步教育，铸牢中华民族共同体意识，加强各民族交往交流交融，促进各民族像石榴籽一样紧紧抱在一起，共同团结奋斗、共同繁荣发展。”中国作为统一的多民族国家，它的文化景观（这其中当然包含文学景观）的真正魅力，很大程度上植根于它的丰富性和多样性，植根于它和而不同、多样共生的厚重与博大。中国多民族文学是象征中华民族悠久历史的文化标志，是国家值得骄傲的文化宝藏，与此同时，中国多民族文学在继承与发展的进程中逐渐成为中国文学，乃至世界文学的重要组成部分，他们所具有的民族身份在文学层面展现出了对于相应民族传统的认同与归属。因此他们的写作能够更加深入具体地反映该民族的生存状态与生活景象，为当代多民族文学的写作提供了一种重要范式。作为具有独特精神创造、文化表达、审美呈现的多民族文学，为中国当代文学提供鲜活具体的材料和广阔的阐释空间。

改革开放以来，原本相对稳定的民族文化传统和结构正受到西方话语体系及相关意识形态的猛烈冲击。具体到各个民族，迅猛的现代化进程使得各民族的风土人情、生活模式、文化理念发生改变，社会流动性骤然变强，传统的民族特色及其赖以生存的根基正在悄然流失，原本牢固的民族乡情纽带出现松动。相对应的，则是多个民族的语言濒危、民族民俗仪式失传或畸变、民族精神价值扭曲等。而现代化在满足和改善个体物质需求的同时，亦存在一些负面因素，如拜金主义、个人主义、享乐主义等等。上述种种道德失范现象导致各民族中的部分优秀文化传统正面临巨大的挑战，这也是各民族共同存在的文化焦虑。“文学共同体书系”追求民族性价值的深度。这些多民族作家打破了外在形貌层面的民族特征，进一步勘探自我民族的精神意绪、性格心理、情感态度、思维结构。深层次的民族心理也体现了该民族成员在共同价值观引导下的特有属性。从这个意义而言，多民族文学希望可以探求具有深度的民族性价值，深入了解民族复杂的心理活动，把握揭示民族独特的心理定势。我们常能听到一句流传甚广的话："越是民族的，越是世界的。"但假如民族性被偏执狭隘的地方主义取代，那么，越是民族的，则将离世界越远，而走向"文学共同体"则是走向对话、丰富和辽阔的世界文学格局的多民族中国当代文学。

目录

强盗酒馆

这里是城市的边缘。这里的民房破旧，但飘散着历久长年的气息。这里的道路上遍洒牛粪鸡屎。这里唯一闹腾的是一家卖青稞酒的酒馆，大门顶高挂的木牌上，用藏文歪歪扭扭地写着“快乐酒馆”四个字。

可是，来这里喝酒的酒客却从不喊“快乐酒馆”，他们称它为“强盗酒馆”。相约喝酒时会说：“下午五点在强盗酒馆见！”说这话的肯定是那些上班族，他们不敢太早离岗，免得被上司逮着挨一顿训骂。也有一些人，那可是些生活没有着落之人，时间对于他们来讲大把大把多得去了，整天担心的是如何才能将它们消耗掉。很多时候，太阳刚从东边的山脊跃升上来，强盗酒馆里就会传来酒歌声；夜色沉沉，月亮当头时，断续地两三个人相互搀扶着，踉踉跄跄地哼着不着调的歌，在狗吠声中消失在暮色里。

强盗酒馆的声名在这个地级市很响亮，很多人因它的传说而慕名前来，最后成了其中的一员。那些传说也很诡谲：说你醉酒一觉醒来，脚上的皮鞋变成了一双破球鞋，那只白嘟嘟的脚指头，从破洞里哀伤地望着你那双迷蒙的眼睛；明明是靠墙醉倒的，醒来却和一个女的和衣躺在一张床铺上，这时你只需小心地下床，撩开门帘再次加入到那热烘烘的酒局里去，没人会跟你多问一句；夜幕降临，你晃晃悠悠地走到自行车旁，伸出温热的手一摸，你的座椅或轮子早已不在车身上，看到这情景你不免要轻轻咒骂一句，“狗日的，给我下手了”；喝了这顿酒你会身无分文，却不承想离开酒馆时你的口袋里莫名地多了一两张粉红色的毛主席人头像，你打着嗝用手捂紧口袋里的百元钞票，心里不停地祈祷这些个好心人。还听说有一次，酒馆老板娘的男人背着一麻袋酒糟，顺着木梯攀到屋顶上时，看见天蓝得仿佛要滴下来，太阳在头顶咧嘴笑，屋顶的经幡蔫头耷脑地睡觉，几只麻雀警觉地在屋顶黏土上雀跃。他的目光再延伸过去时，撞见小路上那几个平时无所事事的酒客，甩动膀子，张开大嘴，头发乱糟糟地向强盗酒馆走来。他这才想起装糌粑的木桶刚盛满，要不了片刻的工夫，就会被这些饥肠辘辘的酒客扫荡干净。于是，他灵机一动，扔下肩头的麻袋，跨到红陶制作的烟囱前，身子趴在上面，对着老板娘唱起了一首歌：

亲爱的——
天边漫卷过来的飓风，
黑压压地向这头袭来，
可怜啊！那白白的雪山，
将会被这狂风席卷而去。
啊……

老板娘听到歌声不解其意，还以为男人在向她调情，也斜着眼睛往屋顶开的烟囱瞪一眼，嘴里骂着不正经，臀部却甩得乱颤颤的。

那几个酒客穿过院子，进入房间里，将散着青稞芳香的白晶晶的一桶糌粑，顷刻间装进了他们的肠胃里……

强盗酒馆因其出现的很多吊诡事件，让人渴望，也让人浮想联翩。

此时，带我来这里喝酒的米米站在“快乐酒馆”的牌子下，正伸手准备推开这扇虚掩的大门。

“等等！”我这样喊了一声。

米米高大的身子转过来，那张被酒精浸泡成酱紫色的脸上泛着惊讶。

我也不知道刚才怎么突然这样喊了一声，明明说好要在强盗酒馆里醉个不省人事，现在我却在反悔，难怪米米脸上会有这样的表情。我担心一旦进去，会把我心中的很多美好遐想从此击碎。

“怎么了？”米米迈步走过来。米米是当地人，在这里很有人缘，他喜欢替人写诉状、写申请、写调解信，总之替很多人求过公道。关于强盗酒馆的那些个故事，我也是从他那里听来的。

“没事。刚才我在考虑要不要进去。”我跟他回答。

米米朗朗地笑出了声，那魁梧的身板也随之颤动，酱紫色的面庞瞬间变成了紫黑色。

我还是有些犹豫。

“哎呀，你们这些文人脑子就是有毛病，曾经隔山隔水时电话里一直在说，要我带你去强盗酒馆。如今到了大门口却不肯进去，真不知道是怎么想的。”米米埋怨道。

“那么，我们进去吧。”我跟米米说。

他的嘴角边漾起了一堆笑，两个腮边涡出一对酒窝来，扭身向那扇油漆剥落的大门走去。

从洞开的大门里，我看见院子正中央有个水井，井边用白铁皮围了个栏；房子的墙角边暴晒着各种大小不等的陶罐酒具，几个不大的窗台上摆满了盛开的海棠花；离陶罐不远处，一张发白的帆布上晾晒着酒槽，院子里飘散一股酒酸味，它们沁入我的鼻孔里。我的脚刚踏过门槛，屋子里传来了扎念的琴声，它舒缓、轻慢，旋律一直在低处回旋。

米米乐呵呵地张大嘴，瞅了我一眼。“这儿不赖吧！”他的眼神里分明是要传达这层意思。

我从院子里的规规整整和扎念琴声，感觉自己的选择是对的。

米米进入土坯搭建的正房里，他的背影刚从我的眼前消失，一个略带沧桑而颤巍的声音飘了出来，这声音使我心动。

房间里，一位花白头发的老者，坐在房柱边的一张木凳上，抱着扎念琴边弹边唱。米米已坐在进门靠窗相连着的床铺上，这里一溜坐着五六个人。在《宗巴郎松》的歌声中，我挨坐在米米的旁边。

一个微微发福的中年女人，抱着一塑料桶酒和两个玻璃杯走过来。米米起身接过了装酒的塑料桶。

“是你的朋友？”女人问。

“是从拉萨过来的好朋友。”米米自豪地这样介绍。

女人的目光再次往我身上扫了一遍，然后妩媚地咧嘴笑。

这女人想必就是强盗酒馆的老板娘吧！岁月虽然从她的脸上祛除了曾经的青春，但以往楚楚动人的娇媚却依然留着印痕，从她那纤长的背影我能感受到她年轻时有多美。

我想：原来这些酒客就是冲这位老板娘而来的吧。

《宗巴郎松》唱完了，几个酒客高声喝彩，把杯中的青稞酒一饮而尽。他们开始端起自己的塑料桶争抢着倒酒。几只讨厌的苍蝇嗡嗡地在酒杯上空盘旋，桌面上洒了一摊的青稞酒。花白头发的老者目光停顿在我脸上，问：“你是拉萨哪里的人？”

“我就出生在八廓街里。”

“你认识霍尔康府吧？”花白头发的老者继续问。

“我知道。”我心里对这位老者有了一份敬仰之心，霍尔康府可是个响当当的大家族啊。

花白头发的老者没有再问什么，他抱起扎念琴又弹起了《阿玛列洪》。我发现这些酒客中只有老者的杯子才是银碗，心里在猜想这位老者跟霍尔康家族有什么关联。这强盗酒馆确实有些不同凡响。

花白头发的老者很有型，他穿件质地很好的白绸缎上衣，下面是条黑色的宽松裤子，那条发辫在脑后扎成了马尾辫。他弹奏演唱时的那种投入，让我看得入迷。我甚至想跟米米说，这老者身后肯定有很多精彩的故事。只是碍于礼节，我只能专注地听他弹唱。

又进来了三个人，从穿着来看都是些生活比较窘迫的人。他们本来想要挨着我坐下来，但看清我这张陌生的面孔后，绕过中间的长条桌子和弹唱的老者，坐到酒客的另一端去了。

"顺手牵到羊了吗？"有个瘦弱的男人问刚进来的这三个人。

"这手气啊，像节节攀升的太阳一样。"其中一个戴顶灰白礼帽的人回答。

"哥呀，所谓的钱财死了带不走的，今天干脆我们请你喝个够。"三个人中间的另外一个也开口了。

"牛粪变不了金坨，黑水变不了清油。你们的钱也得来不易，还是悠着点花吧，这客就不用请了。"瘦弱男人回答。

花白头发的老者停止了弹唱，他清清嗓子，这才喊：“央金，你出来一下。”

叫央金的老板娘从里面一间房里出来。花白头发的老者一手举起扎念琴往外递过去。

央金接过扎念琴，转身将它搁在后面靠墙摆放的一对藏式柜子上。柜子正中央摆着木制的佛龛，前面一个银碗里供着青稞酒。

“央金，这里来一桶最浓的青稞酒。”戴灰白礼帽的男人喊。

“都是同一个陶罐里的酒，浓淡都一个样，你装呗！”有个酒客不屑地说。

“普穷，上次的酒钱也一并给了吧，我担心时间长了你会失忆的。”央金站在后来的这三个人跟前说。

“慈祥父母养育出来的人，怎会干出这种缺德的事来呢？欠债还钱是天经地义的事，我们总共欠了多少，央金你报个数过来。”戴灰白礼帽的普穷说。他长有一张长脸，上面有一对机灵的小眼睛，脸颊上被刀片刮出了很多的口子。

“不多。只欠了两百一十。”央金脸上挂着讥讽的表情说。

“这还叫欠债，就这么点钱。为了不扫兴，让我下次一并给还了。”普穷说着掏出一张百元钞票，递到央金的手里又说：“全拿酒来！”

“下次没钱我可不会再赊酒了！”央金一把抓过这张百元钞票，嘴里硬硬地说，脸上却堆着笑。

央金转身往里屋走去，普穷的目光却牢牢地咬住了央金的臀部，直至门帘把央金给吞没。

普穷这才起身拿着杯子，去找央金的糌粑桶，开始往杯子里倒糌粑。

我掏出烟准备给每个人递，米米却制止了我的行动。他说：“酒馆里有个不成文的规定，烟各抽各的，酒可以相互倒。”我只能自己点上一根烟抽了起来。

几个酒客从普京吞并克里米亚，聊到了金正恩处决他的姑父，话题再转到了珠峰文化节上。其间，普穷他们每喝完一杯酒，就用指头把杯子里的糌粑搅匀然后吃掉，又起身去倒糌粑。

我对花白头发的老者产生了浓厚的兴趣，他在这帮酒客中显得很独特，话也很少。

“肚子是自己的，糌粑是央金的，可别把肚皮给撑破了。”米米这样揶揄普穷他们。

普穷他们只是呵呵一笑，该倒糌粑时还是继续去倒。

传说中趴在陶罐烟囱上唱歌的男人，到现在还没有露面，我的心里又多了一份期待。

虽有金屋坚如岩，
仍不能如愿以偿；
妈妈没有慈爱的心肠，
将女儿远嫁到了他乡。
心肠狠毒的叔叔，
将女儿换酒喝掉，
女儿心中的苦楚呵，
向何人开口述说？
……

从院子里传来了歌声，可这嗓子不怎么的。没有一会，一个鬈发的男人踱进了门。他站在门口仔细辨认这些酒客，这才从藏柜前搬张凳子，坐在了花白头发的老者旁边，向对面的米米点头致意。

“嘿，你们喝的是第几桶青稞酒？”鬈发男人问。

“这样回答你吧，我都起身去撒了十回尿，你就可想而知我们喝了多少青稞酒。”瘦弱的男人这样回答。

“哎呀，藏面啊，你白有个贵族的头衔，看看其他那些贵族的后裔，哪一个都比你光鲜，他们每天在餐馆里喝的都是几百块钱的白酒呢。”鬈发男人这样数落着瘦弱的男人。

我想起了米米曾经给我讲的关于瘦弱男人的故事：在

一个傍晚的甜茶馆里，贵族出身的瘦弱男人和一个朋友在吃三块钱一碗的藏面。这时茶馆里进来一个他认识的人，相互打声招呼后，那人坐在了他们对面。这位认识的人看到瘦弱男人连面汤都喝个精光，就打趣地说：“您有几天没有吃到饭了吧？”瘦弱的男人抹着嘴，一本正经地反问道：“我上午吃了藏面，晚上又吃了藏面，你怎能说我几天都没有吃到饭了呢？”“那么说，您是顿顿都在吃藏面？”认识的那个人惊讶地问。“虽然他是贵族，但我的生活质量要比他强一些，每天上午要是吃碗藏面的话，晚上我就一定会吃个鸡蛋挂面。”和瘦弱男人一起吃藏面的那个人插嘴进来。茶馆里喝茶的人听到这句话被逗乐了，大伙哈哈地大笑了起来。从那开始人们称这瘦弱男人为“藏面”。

“拉巴，就像藏族俗语里所说的：太阳照遍整个大地，乌云独独在我头顶。你也别把我看扁了，不顺只是暂时的，我血脉里流的可是高贵的血液，走到哪里人们都会称我为斋乔少爷呢！”藏面这样回答。

拉巴还想继续争论时，央金从背后把手搭到了他的肩头。他扭头看着央金，嘴角咧开，把一嘴的白牙给展露出来。

“这件衬衣，怎么跟我晾衣绳上丢掉的那件一模一样呢？”央金的手摸到了衬衣的领子上。

拉巴的脸霎时通红了起来，但他稳稳地坐在凳子上，仰着那张宽宽的脸，张嘴强辩道："真是妇人之见啊。所有的衬衣都差球不了多少的，因为那都是国家厂子里统一制作的。你不能因款式像，颜色像，就硬要说成是你的。如果你真的喜欢我这件衬衣，我现在脱下来送给你。"

"光着身子在这里喝酒，会有损风雅，你干脆明天洗干净后送给我吧。"央金婉转地说，用手指头狠狠地掐了一下拉巴的肩头。

"哎哟——"拉巴被掐疼了，从座位上一跃而起，歪着嘴说："老板娘喜欢我也不能这么明着打情骂俏嘛，让大伙知道了多不好。这件衬衣我明天就送过来，他们都可以做证的。"

"我觉得这件衬衣老板娘丈夫穿着合体，你穿在身上就像木棍上挂个布片。"藏面趁机奚落拉巴。

拉巴掏出六元钱，要老板娘拿酒来，他不再跟藏面拌嘴了。

普穷他们也吃饱了，不再到木桶前去倒糌粑，而是专心致志地喝起青稞酒来。

桌子上摆着好几个盛酒的塑料桶，酒客们不时地拿自己的塑料桶相互倒酒，时不时地嚷叫着要老板娘续酒。由于经济状况不一样，酒客中有的抽几块钱的香烟，有的抽几十块钱的好烟，烟雾弥漫在强盗酒馆的上空。

酒客们酒喝得热酣起来，先前到的那几个人，把卡垫铺到地上去玩色子，他们按照点数相互厮杀、罚酒，色子歌唱得响彻："嘴里涎着口水，证明已是醉酒。""不留遗嘱而死，见了仇人也愧。""色多寺的僧人，招风耳的僧人。""柔嫩体香之人，名叫索朗诺宗。"

我让米米陪我去上趟厕所。

我们来到院子西头的厕所旁时，我问："那个花白头发的老者是霍尔康家的后代吗？"

米米呵呵地笑了起来，他的脸愈加地紫红。他笑完擦拭着眼角边的泪，对我说："你被他给唬住了！"他又笑开了。

"你是说他不是霍尔康家族的后裔？"我问。

"他是个地道的无业游民，跟霍尔康家沾不到一点边。他会弹唱那么几首歌，常常拿它来装装门面。"米米说。

"可他很有气质啊！"我可不太相信米米的话。

"哦！我怎么没有看出来呢。他以前是赶马车的，后来政策好了以后就靠出租门面过日子，什么活都不干了。"米米脸上还有那种嘲讽的笑。

"那他为什么要跟我提霍尔康家？"我固执地问。

"也许是为了打压你作为拉萨人的那种优越感吧。这里只有藏面才是地道的贵族。"米米停顿了一会，又说："别小瞧了藏面，他的学识可渊博呢。"

“真是强盗酒馆，里面藏了这么多各色人。”我对米米感叹。

“来这里喝酒的有小偷，有工匠，有干部，有农民，有司机，五花八门着呢！”

我没有接他的话，迈步往前走。

“你注意着看，他喝酒很少自己掏钱的。”米米提醒我。

我知道他要我注意的是花白头发的老者。

我们披着金灿灿的阳光穿过院子，进入正房里。此时，已经是下午五点左右，朝南的窗子里还有阳光射进来，房子里亮堂堂的。央金也坐在了桌子的那一头，加入了喝酒的队伍里。

酒客们谈论着热火朝天的旅游业，以及旅游给当地带来的巨大利润和人心的沦丧，末了叹气几声，端起酒杯相互敬酒。花白头发的老者很多时候不发一言，那种不苟言笑，让我无端地认为他的身世一定不平常。

陆陆续续地又来了六七个人，把正房给差不多坐满了。

地上铺的卡垫上蹦跶着玩色子的人，他们轮流摇晃那只暗红色的木碗，色子从木碗里面发出呲里嚓啦的声音；其他酒客围坐在长条桌前，海阔天空地相互交谈。花白头发的老者摸着下巴，默不作声地听他们说，偶尔端起银碗将酒一饮而尽，等待别人来给他斟酒；央金的脸上有了红晕，那眼睛里闪现出恍惚的光来，手臂上的金镯子不时地滑来滑去。

“藏族人的天文历算是很厉害的，之前在汶川发生的地震，头一年就已经推算出来，并写进了年历里，大致地提了地震发生的方位。再后来的日全食，那时间算得可是分秒不差。”藏面说着伸出一根手指头，把刚掉进酒杯里的一只苍蝇给捞出来，小心翼翼地放在了桌子上。

“苍蝇也是肉，何不跟酒一起喝到肚子里去。”普穷说。

“你少插话，让藏面接着说。”央金厌烦地打住了普穷的话。

“八年前，我们街道上的冢巴家父亲去世了，时间正好是藏历二十九号，星期天。大伙得知噩耗，全跑到冢巴家去帮忙料理后事。谁都想不到的是，那天下午隔壁贵桑家的老母亲也突然死了。接着第二天上午，翟东家的媳妇也莫名地死了。这下整个街道上的人都害怕极了，大伙商量一起凑钱去天文历算研究所卦算。算出来的结果是还要死人，因为冢巴家的父亲是在二十九号死去的，他必须带足九个人才肯罢休。杜绝这种事情再次发生的唯一办法就是去请僧人来作法。人们跑到寺院请来了僧人，他们不仅念消灾的经，还捏出九个糌粑人，在街道后的空地上掘出一个很深的坑来，一层一层地将糌粑人给埋了起来。接着，他们又敲鼓摇铃念经，直至深更半夜。法事做完后，街道上再没有人死去。”藏面又说。

酒客们摇头叹息，将杯子里的酒喝干。旁边玩色子的人为点数激烈地争执。

花白头发的老者从座位上起身，朝房门口走去，他的身板挺挺的。

“我母亲也是。”米米说到这里顿了顿，人们抬起头，目光聚在他的脸上，他这才缓缓地说：“参加工作后，我从农村把母亲接到了城里，可是单位让我到内地大学去学习三年，那期间由我媳妇陪伴着我母亲。学习结束回来没几年，我母亲去世了，我托人在拉萨藏医院的天文历算机构卦算，结果说是我母亲会投胎到西方，那个地方的建筑颜色和背后的山描述得极其详细，还说她临死前最牵挂的是一小袋绿松石。刚开头，我一点都不相信，想着一个农村老太婆，怎么会有一小袋的绿松石。可是，为了日后不再生事，我还是把母亲装衣服的柜子全翻了个遍，那里什么都没有。再翻她睡的床铺时，垫子底下确实藏着一个小布袋，里面有十多颗绿松石。那一刻，我对这天文历算信服得五体投地。既然母亲临终前心系这小袋绿松石，我留下来逝者心里会耿耿于怀，还不如将它捐到寺庙里去为她积点福。这样我就把那小袋绿松石捐给了一座小寺庙。”

又有人从座位上起身，往外上厕所。

藏面掏出十元钱要央金续酒，普穷伸手挡住，执意要求大伙喝他买的青稞酒。央金也劝藏面不要执拗，就喝普穷买的酒。

太阳已经落山，屋子里开始昏暗起来。此时，酒精的毒素也在我身上开始发酵，感觉飘飘然的。

房子里的灯突然亮了，酒客们的面目又鲜活了起来。

“你怎么把灯给打开了，现在还没到时候呢。”央金睁着迷蒙的眼睛呵斥道。

一个男人僵在墙角边，拘谨地凝望着央金。

“巴桑，别听你女人的，过来跟我们喝点酒。”花白头发的老者说。

巴桑跟米米一样强壮，只是他的个头要比米米矮一截。他那张脸上最让人难忘的是那对大眼睛，里面满含谦卑与羞怯。

“巴桑，你先到厨房里去，把锅里的粥给热了，吃完再过来吧。”央金命令道。

巴桑没有应声，身子立马从房门口消失掉。

酒客们开始唱歌献酒。

在缠绵、回荡的歌声中，我对老板娘的男人充满了失望。他可不像那个机警地爬到烟囱上的人。

酒过几巡后，藏面让人拿来木板，携着巴桑的手站到了上面。他们开始跳踢踏舞。皮鞋击打木板的阵阵踢踏声中，他们舞动着手臂，上肢潇洒地扭动。央金的男人此时忘情地跳舞，全然没有了之前的那种拘谨。有几个酒客被他们的舞姿所吸引，也在一旁跳动了起来。

我有些晕乎的脑袋里，猜想着今晚强盗酒馆里会发生什么事情来？看这些酒客，个个已经亢奋不已。也有一些酒客陆续地撤走了，他们的杯子空空地放在桌子上。

米米掏出十元钱要央金续酒。央金拽住塑料桶到里屋去倒酒。

大概是踢踏舞跳累了，人们找到自己的座位坐了下来，强盗酒馆里的那种闹腾劲一下就没了。

央金抱着那桶酒出来，经过藏柜旁时突然止住了步。她的眼睛盯住佛龛，呆呆地愣神了片刻，这才问："巴桑，你把供酒的银碗给收了吗？"

"我碰都没有碰过。"巴桑边说边起身。

"我供着酒摆在佛龛前的。"央金声音软塌塌地说。

"被人偷走了？"花白头发的老者第一个这样反应。

"你肯定供着酒放在佛龛前？"巴桑小心翼翼地问央金。

"这还用得着肯定吗？我自己做的事，我怎么会记不住。"央金嗓门调得很高。

我之前也确实看到过佛龛前的那个银碗，现在那里什么都没有，肯定是被谁趁着混乱顺手拿走了。

"那可是我们家几代人传下来的福物呀！"央金的酒好像醒过来了，自言自语般地说。

酒客们围坐在长条桌的周围，嘴里边诅咒偷银碗的人，边猜测先走的人里谁最有可能偷银碗。几番推测之后，酒客们比较一致的观点，就是认定普穷一伙最有可能行窃。

这顿酒喝得一下没了滋味，谁也没有兴致再喝。

“为了所有喝酒人的清白，为了惩戒这种不道德的行为，你应该给 110 打电话，让他们过来把事情查个清楚。”藏面挽起袖子跟央金说。

其他酒客也对这个提议表示了支持，催促央金赶紧打电话。

央金望着这么多双盯着她的眼睛，一下犹豫了起来。她扭头拽住巴桑的衣袖，背对着我们小声窃语了几句。

花白头发的老者从裤兜里掏出手机，递到了央金的手里。她没有接，手往后缩了一下。

花白头发的老者把手机盖打开，用那根粗手指头笨拙地摁下了键，又把手机塞给了央金。

不到十分钟，警车鸣着警笛停在了强盗酒馆的大门口。

两个年轻的警察尾随在巴桑身后，进到了酒馆里。他们用一种异样的目光扫视着我们这些酒客。

酒客们挪动身子，给两个警察让出了座位。

“谁是酒馆的老板？”脸形稍圆的那个警察声音硬邦邦地问。

“我是酒馆老板。”央金往前迈上几步回答。

“这么晚叫我们过来，这里到底丢了什么贵重的东西？”

“是家传的一个银碗。”巴桑插嘴进来。

圆脸警察瞪了他一眼，没有接茬，转头又问央金：“这叫什么酒馆？”

“强盗酒馆。”

“什么？”圆脸警察梗着脖子大声斥问。

“他们胡说的。酒馆名叫快乐酒馆。”央金赶忙回答。

圆脸警察在那张登记案件的纸上把时间、经过全部记录了下来。

“你们怀疑的那些个人叫什么名字，住哪里？”圆脸警察问。

“我不知道他们住哪里，也不知道叫什么名字。”央金两手搭在身前回答。

“你们其他人知道吗？”警察冲着我们这些酒客问。

酒客们看到了央金使的眼色，大伙把头摇个不停。

“你是老板，肯定知道平时他们相互之间是怎么称呼的？”圆脸警察面朝央金问。

“他们相互之间喊的是火锅、陶罐、锅铲、汤勺、蒸笼……”

“扯淡。这些都是些炊具的名字，怎么可能是人名？”圆脸警察咆哮道。

“要是你不说他们的真名，这个案子就永远都破不了。”另外一个警察也气咻咻地说。

央金眼睛微闭，声音轻柔地说：“我就知道这些。要是破不了案，那就算了。”

“你这是白白地浪费我们的精力和时间。”圆脸警察把笔盖套上，将案件记录本夹在腋窝底站了起来。

两个警察恼羞成怒地迈着大步往房门口走去。

警笛的刺耳声从院门口响了起来，还伴着几声狗的狂吠声。一会工夫，这些声音离强盗酒馆越来越远，终于消失在寂静中。

“你怎么不跟他们说普穷的名字呢？”拉巴问。

“肯定是一个生活很窘迫的人偷的，要不他也不敢从佛龛前拿这碗的。”央金淡淡地说，她的情绪镇定了下来。

“你就权当施舍给了一个乞丐！”米米这样安慰央金。

央金惨淡地笑了一下。

酒客都选择了沉默，酒馆的灯光下几只苍蝇在嗡嗡地飞。

“家里的福物可不能丢，明天还是把普穷的名字说给警察吧！”花白头发的老者缓缓地说。

“来这里喝酒的人，都是给我提供生活来源的人。我怎能为了一个银碗，让公安把恩人给抓进去！”央金说这话时声音颤巍巍的，她端起面前的酒杯一下干完。

在灯光的照耀下，央金显得既憔悴又疲惫。

巴桑往央金的酒杯里斟满了酒。酒客们的目光聚焦在央金的脸上，仿佛要把她的心看透似的。

“在我的酒馆里哪个人没有曾经丢失过东西，差不多人人都有过这样的经历，现在轮到我也是很自然的。为了消除心头的气愤，我就骂一声：你这该死的贼，做活够利索的！”央金再次端起酒杯把酒喝完。

酒客们呵呵地笑了起来，这笑声把房子里压抑的气氛给冲刷掉了。酒客们伸手抢自己的塑料桶要给央金倒酒。

花白头发的老者起身，抱来扎念琴，开始弹唱：

金钱编织的头巾，
是人间能见识的享受；
用花编织的音乐，
是人间能耳闻的享受；
……

音乐在灯光下流淌，酒杯里的酒沉沉地流进酒客的肚子里，刚才发生的一切，与此刻的强盗酒馆毫不相干似的。

红尘慈悲

今生与你相遇的人，肯定是前世跟你有过关系的。

这句话是谁说的，我已经不记得了，苦苦回想也是枉然，但这句话在我的脑子里雕刻了一般，直到现在都不曾忘记掉。

如果您要问我，关于我的经历，我会很乐意地告诉您的。

我的名字叫云丹，按现在藏地时髦的称呼法，应该叫觉如·云丹。听到这个名字，请您千万不要害怕，我没有任何的高贵血统，只是出生在那个叫觉如的地方而已。现如今，人人都喜欢在自己的名字前加个地名或家族的称号，以便显示自己的与众不同，作为一个凡人我也难免被这种虚荣所蛊惑。

对了，我的父亲叫朗加诺布，母亲叫德西，他们在觉如那个狭长的谷地里生活。他俩在那间灰色的土坯房里，在日月的轮转中男欢女爱，接连生下了我们六个孩子。我是其中的老四，云丹这名字也是山外县城寺院里的活佛赐予的。您不要惊讶我父母对传宗接代的事，有如此高涨的热情和蛮劲，只要您知道觉如地处偏僻，土地贫瘠，医疗条件很差，您也就不会责怪他们了，在觉如人多就预示着力量大。

可是，在岁月的四季交替中，我的二哥和姐姐相继被霜冻掉被干旱掉，两条生命在毫无征兆中夭折了。每每德西都会哭成个泪人，神志恍惚地哀伤个几十天，仿佛她挨了一记老天的重拳一般，疼痛得缓不过气来。朗加诺布倒好，每次把家里仅有的那点酥油融化掉，灌进陶制的供灯里，等它冷却凝固后往灯芯头送上火苗，于是灯柱上一朵蓝幽幽的火舌蹦跳起来。他双手合掌祈祷一阵，然后一声不吭地背着尸体出门。等他孑然返回到家，会一声不吭地坐在门口的树桩上，凝望面前重重叠叠的那些个山峰。

他忧伤吗他悲痛吗他绝望吗？从那张赭色而干燥的脸上，您可别指望窥探到他的内心世界。唯有在他祈祷时，您才能从声音的抑扬顿挫中感受到他的痛苦。

处理完二哥和姐姐的遗体，朗加诺布失踪了好多天。最初，我不知道他跑到哪儿去了，直到德西生出老六，一个多月后老六便死去，我才弄清朗加诺布次次都是徒步到县里的顶果寺去祈祷和超度亡魂的。

德西，三十多岁时俨然变成了一个暮年的老妇，张嘴便看到暗红的牙床上那几颗孤零零的黄牙和脸上游荡的那些个皱纹，塌陷的眼眶里偶尔会闪现出一丝亮光来。

听了这些，您肯定会说，我的童年和少年时光是在艰难中度过来的。我不知道应该称是呢还是说不。回想起来，我还是有很多温馨的记忆：夜晚满天的星星在头顶的天际窃窃私语，风从隔窗的木板上叫唤我的名字；雪水融化的溪流从山脚滑过，溅出朵朵美丽的浪花；四月的桃花粉嘟嘟地缀满枝头，笨笨鸟、麻雀、布谷鸟的叫声震碎村子的寂静；一场大雪飘落下来，山上的猴子、獐子、盘羊等跑到村里来觅食，我们隔着几十步相互对望；年迈的西噶老僧跏趺在一块遮阳布下，给我们讲述地球的形成、人类的诞生、神仙的传说等。还有，朗加诺布驱赶骡子，把贫瘠的梯田次第开耕，德西把满载希望的种子撒进土壤里，风把湿土的香味吹进我的鼻孔，再沁入心脾里。夜晚，村子里的男人们挨家轮转，在油灯微弱的光亮下盘腿就坐，诵读祈祷的经文。黑暗中那悠扬的音律荡漾在村子上空，抚慰着全村人的内心。

有一次，我跟在朗加诺布的屁股后，他背着一堆干草，走路有些气喘。我们的脚下是布满砾石的小路，路边一些绿草嫩芽破土而出，我的脚指头也从那双破鞋的洞里探出头来。

我能看到神吗？那时我很想得到答案。

能呀！每当念经祈祷时神就会住进你的心里。朗加诺布扭头郑重地说。

我就想：原来是我不会念经，所以才看不到神呢！

你在世上做什么事，神都在盯着看！坏事做多了，哪天就会遭受神的惩罚。朗加诺布停在路边，背上的干草把他的腰给压弯了，腿有些罗圈地跟我说。

原来神时刻都在我们的身边呀，我之前去欺负那些麻雀、蝴蝶、爬虫，这些都被神给看见了，当时我的心里有些隐隐的害怕。

几年以后的某个夏季，朗加诺布和我赶着家里的骡子，它的背上驮着被子和粮食，我俩行进在山坳中的羊肠小道上。那天德西给我穿上了一身干净的衣服，脚上的一双球鞋是从邻居那里借来的。这一路上我都欣喜不已，我们从寸草不生的谷底，一步步爬升到松树遍布的半山腰，再经过雪水融化而泥泞的小道；一块块被收割过的土地里牛群在悠闲地转悠，一间、两间、三间民房从山后露出来，屋顶的木桩上挂满了金黄色的秸秆，空气中吹来那秸秆的香气。几条狗汪汪地吠叫，有人从矮小的房门里走出来，一只手搭在前额上望着我们。朗加诺布高声跟他们打招呼，那余音在山谷里回荡。屋顶上的人挥动着手也喊声，走好！朗加诺布驱赶骡子继续向前。骡脖子上的铃铛叮当声中，我们已经走过了许多低矮的房舍。我问朗加诺布，我们去乡里要做什么？他咧开嘴，把那排列整齐的牙齿露出来，说，看你这傻子，是送你到学校去读书。我又问，读书是什么？朗加诺布只是笑了一下，这样的笑容在他脸上很难出现。读书？朗加诺布玩味了一下，接着把目光投向了幽深的谷底，接着说，读书就是读书，是要你变成西噶一样。听完我没有惊喜，只是想到以后我会讲很多的故事。我看到正走着的这条路从前方的山嘴边消隐了，等走过去又有一条细窄的山路盘桓在前方的山腰上。

走了三天，朗加诺布才把我送到了乡小学里。

乡比我们的村子大好多倍，我在这里第一次看到了四五层的高楼，还有硬实的黑色公路。可是，我的心遗落在了觉如，很多个夜里梦见的都是觉如灰色的房舍和德西、朗加诺布的脸。

在读小学的五年时间里，每到寒暑假朗加诺布都会赶着那头骡子来接我。有次暑假回去的路上，这头骡子走得越来越慢了，眼睛里含着忧愁，眼眶下的毛都被泪水浸透。望着前方弯弯曲曲的盘山窄道，我埋怨了一句：它走得越来越慢了！

是啊，它老了，这样来回折腾也够它受的。朗加诺布的手剪在背后回应道。

它会死去吗？我突然想到了这个问题。

总有一天，我们都会死去的，世间就是这样轮轮回回。朗加诺布板着个脸说。

我没有再说什么，几个兄弟姐妹的相继去世，使我懂得了死亡就是让活着的亲人悲痛欲绝，而且长久地沉湎其中。老僧西噶曾对我们说，投胎转世的几率很低，就像汪洋大海上漂浮一块有孔的木板，不知道几世你的魂才能触碰到那个孔。所以啊，投胎成人很不易，你们不应该虚度人生。西噶盘腿端坐在桃树下，阳光浸染在他那身褪色的旧僧服上，枝丫上的粉色花瓣从他的头顶纷纷坠落下来，那张皱纹遍布的脸和花白的头发，有了生命的质感和沧桑的韵味。

哦，您无法想象到的是，我们家的那头骡子，直到我升入中学，跑到县城里去读书，它都顽强地活着。

在我的眼里，县城可是个大城市啊！正当我在县城里感受世间的繁华时，我的父母从邻村给贡贡大哥和我，同娶了一个叫阿姆的媳妇。

这个消息传到我读书的县中学里，同学们戏谑地喊我叫老公。班里那些县干部的子弟听到这件事后，用一种异样的目光打量着我。其中的一个还取笑道，吊着鼻涕的老婆在山里等着你，你还读什么书，不如快点离开这里。我对他这种侮辱性的玩笑没有勇气去反抗，那种自卑就一直深藏在我的心里。这句话更加证实了我之前认为的，城里人对我们乡下人存有的那种傲慢与轻视。

寒假回去时我见到了阿姆。

她的岁数跟我差不多，瘦弱的身板直挺挺的，一张瓜子脸上有对水汪汪的丹凤眼，薄薄的嘴唇微微上翘。她穿了件黑布做的藏裙，娴熟地在灶旁做晚饭。灶口露出的那截柴火端冒出乳白色的烟子来，不时有火星蹦跶出来。德西吆喝牲畜的声音从院子里传了进来，我想到德西嫁给朗加诺布时也跟阿姆差不多大吧，那时她肯定有一双灵动而清澈的眼睛，富有弹性的肌肤，以及饱满的双唇，后来在生活的重压之下，她过快地凋敝掉，显出暮年的衰老相来。

我们一起吃晚饭时，阿姆眼睛的余光不住地瞟向我，这让我很慌张，脸一阵阵发烫。好在屋子里光线暗淡，不易被察觉。贡贡吃完饭，撂下饭碗就跟朗加诺布讨要鼻烟，他呲呲地把鼻烟粉吸进鼻孔里。

天色就这样暗淡了下来，一盏油灯的光亮下，阿姆把碗和勺子装进一个盆里去洗。朗加诺布盘腿念诵经文，德西往土灶里添加柴火。我起身出了房门，看到满天的星星在熠熠闪耀，山谷里填满了寂静，一声粗重的呼吸都会搅碎这种宁静。

畜圈里的牛和骡子偶尔发出一点声响来，我推开院门走了出去。

很多村民的房舍黑漆漆的，想必他们都已入睡了。从村子后面流淌的溪水，发出哗哗的声响，平添了更加深刻的寂寥。我走到朗加诺布和德西辛勤耕耘的那片土地旁，夜幕下庄稼收割后的一些麦茬儿孤零零地翘立。一堆堆黑色的积肥堆在农田里，年后这土地就会被翻耕，播下种子后等待收获时节的到来。

阿姆是个勤快的女人，天不亮就已经在灶膛里生起了火，一股滚沸后的茶香飘荡在屋子里。她调制好喂牲畜的汤水，拎起木桶往院子里的畜圈走去。那些牛和骡子听到她的脚步声，支棱起耳朵，眼睛盯着她手上的木桶。阿姆用勺子舀出糌粑和汤水调制的食物，往它们的盆里倒。放下木桶，阿姆又背着水桶，跑到溪流边去背水。等阳光从山头跃上来时，她已经走在村后的山道上，家里的牛和骡子晃悠悠地往山坡上攀爬……阿姆嫁过来后，德西的很多活被她给揽了过去。

最初的几天里，阿姆对我一直保持着羞涩，我见到她时也有一种异样的感觉。只是那个晚上，一切都被打碎了。半夜里我被一阵声响给弄醒了，黑暗里一阵急促而欲哭的声音，从阿姆睡的墙边传过来，那黏性的声音持续了很长时间。这声音是阿姆发出来的，还有亲嘴的声音。我明白了正发生的事情，它让我透不过气来，全身汗津津的，心像是打鼓一般咚咚地敲响。那一刻，把我先前对阿姆给予的美好想象，瞬间碾碎掉，泪水无缘由地沾湿了我的枕头。

后来的日子里，我尽可能地躲避着阿姆。我时常借口到西噶那里去，直到很晚才回家。

西噶对我经常去看他感到了奇怪，但他从不问我缘由。每次邻村有人来卦算，或讨个好日子时，他就让我在一张废旧的作业簿纸上把结果写上。有时为一个名词的拼写，他当众把我嘲讽一番。人们把钱交给西噶后，怀揣我写的那些歪歪扭扭的字，一脸喜悦地离开西噶家。西噶给我讲他曾经在拉萨色拉寺学习过，谈到那时他的眼睛里闪着光，嘴角边的口水都起白色的泡泡了。

一次，我离开西噶家返回去的路上，看到阿姆和妹妹背着一堆干柴从一旁的山坡上下来。我急忙加快脚步向前走去。妹妹和阿姆也看到了我，她们不知道是否看到了我的狼狈相，那咯咯的笑声在我身后炸裂开了。

我的妹妹已经读小学了，但我从阿姆的身上，已经预见到了妹妹的后半生，她也会像德西、阿姆一样在这个与世隔绝的谷底里，像一株草默默地生长然后枯萎掉。想到这里，我就悲伤起来，甚至看不到我的未来在哪里。或许我也会像朗加诺布和贡贡一样，在觉如这个地方重复着祖辈曾经过过的日子，虽然我们每天迎来的是新的太阳，但过的日子却是那种亘古不变的旧日子。

这次回来，对我的触动很大，想着为何县城里的人生活这么清闲、自在，觉如的人辛勤劳作却过得这般的贫困?

假期即将结束，我和妹妹这两天就要离开家，朗加诺布背对着我们收拾东西。他的头发多日不洗已粘成结，细长的脖子愈发地瘦长，那身棉袄褪色后已发白，一些发黑的棉花从破裂处露出来。看到这些我心头有股化不开的忧伤，它驻留在那里让我心痛。

离开的那天早晨，阿姆含着泪躲进了房子里，朗加诺布和德西一直把我们送到村口，妹妹频频回头只为了看到阿姆。最后，她噘着嘴闷闷不乐了一阵子。

山村的路，还是先人们曾经走过的那条狭窄的盘山路，它回旋缠绕到另一座山峰上，紧接着又弯弯扭扭地延伸到另外一座更高的山上去。峰顶的皑皑白雪，好像永远都化不开似的。贡贡背着我和妹妹的换洗衣服和口粮走在前面，我和妹妹紧紧跟在后面。

羊肠小道上的贡贡就像昔日的那头骡子，身上驮着我们的东西，用脚步丈量这条道路的长度。二十多岁的贡贡变得跟朗加诺布一样，一路都沉默无语，眼神也是黯淡的。我们行至洼村时，遇到了一个赶毛驴的壮年人。他一脸的黑胡须，头上缠着个红头穗，一看就知道是个爽朗的人。他让贡贡把东西驮到驴背上，然后唠唠叨叨地开始瞎扯开了。他一路上所说的话里，我印象最深刻的就是这句，上学有什么用，毕业后还得回到山沟沟里，那时候骨头都硬了，农活样样都做不来，还不如不出去呢！我听妹妹说，阿姆也是上到四年级，便辍学回到她的村子里务农。

这里我得向您插上一句，这次寒假我们家的那头骡子好像灵魂已经出窍了，它也不跟牛群到村后的山坡上去找草吃，整天站在村口的那棵杨树下，泪汪汪地待到下午日落时分。等山头的云变成朵朵彩霞时，它才蹒跚地踱回到房门口，趴在地上一动不动。

有次，朗加诺布说：它快要走了，心里悲伤着呢。

德西听完这句话，一颗颗泪珠从眼窝里滚落了下来，声音颤颤地低诵：唵嘛呢叭咪吽。

这时一种悲伤的气息弥漫在我们的心头，它的离去会让我们每个人伤心落泪的。

不知怎么的，回到县里我的心情一直忧郁着，之前不曾想过的一些事在脑子里挥之不去，上课时经常走神，不时遭到老师的训骂。

那次下课要去做课间操时，曾经侮辱过我的那个县城男孩在教室门口又取笑我，说，假期里媳妇把你伺候得不错吧？整天魂不守舍的。接着他放声笑了起来。我的脑袋里又想起了那夜阿姆发出的黏性的声音，它让我极度地愤怒，转身一拳打在那个男孩的脸上。他倒退几步仰面倒在教室里，鼻孔里流出红色的液体来。我又对着他的腹部狠狠踢了几脚。其他同学抱住我，把我拖到了教室外面。

讲到这儿，您可以想象接下来我会受到怎样的处罚。

暴怒的班主任揪着我的耳朵，在教室里对我拳脚相加，他甚至威胁我说，被打人的药费要我来承担。男孩的家长也跑到学校来，要求严肃处理我。

下午我瘸着腿坐在教室里，想到了可怜的朗加诺布和德西，他们得卖掉牛才能替我付这笔钱，那些牛可是我们家最值钱的东西，可不能为了我失去它们。逃回家去，学校会追到觉如的。西噶不是说拉萨是神居住的地方嘛，我就逃跑到那里去，让他们谁都找不到。

那天晚自习一结束，我就背着装了换洗衣服的书包躲到了厕所里。等外面消停下来时，我翻墙迅速沿着公路逃去。那年我才十五岁。

您肯定会大吃一惊，想着我身无分文，能走到拉萨吗？确实，刚从县城出来我的处境就已经很不妙了，这在半夜走着走着饥肠咕咕叫时得到了印证。整个出逃的过程我就不跟您详细讲述了，这世间并不缺少怀有慈悲心的人，这一路他们给了我吃的、穿的，甚至留宿几天的都有。一个多月后，我已经身处拉萨了。

这是一个好大的城市，我沿街乞讨，人们施舍给我的食物和零钱，让我无须对未来有太多的担忧。我要干的事情就是太阳出来后穿梭于茶馆、餐馆，待到下午五点多钟时，坐在阳光明媚的墙根下，把那一张张纸币按照面值大小排列，装进脏乎乎的衣兜里。

我这样乞讨一年多后，拉萨城里的很多人都认识了我，他们在施与我零钱的同时，眼神里对我的这种生活方式表示了怀疑，有人甚至劝我去工地上干活。

我知道他们都是些好人，但我没有想过去找个活干。您肯定不会相信的，我这样坚持乞讨，好像就是在等待一个缘分的到来，是冥冥中前世种下的一个因，在今世的此时等待它开花结果。

记得那是个初秋时节，在桑烟的缭绕中，我推开龚吉茶馆的门帘，向茶客们竖起拇指讨要零钱。这时听到有人对我这样哀叹，唉，年纪轻轻的，这样哪里会有个好的将来啊！我侧过头去看，一位白发苍髯的老者端坐在凳子上叹息。他的目光很有神，手腕上缠着一串紫红的念珠，胸脯挺挺的。之前，我怎么没有见过这个人呢？他的形象让我莫名地对他有了好感。

他示意我坐下来喝茶，我顺从地坐在了他的旁边。他向我打听我的情况，我笼统地告诉了个大致。

他说，你跟着我，我会教你一门手艺的，将来你就能自食其力了。

我没有任何的异议，从茶馆里出来时顺从地跟在了他的身后。

这个白发苍髯的老者是个唐卡画师，名字叫桑珠亚培。他让我在他的唐卡画室里工作，教我辨别矿物质、调制颜料、买画布等。桑珠亚培还拿来《贤愚论》《佛本身传》《萨迦格言》等让我读。我那时就想到这是一个全新的开始，我对一切充满了好奇。

桑珠亚培有时带我到拉萨周围的寺庙里去，让我仔细观察壁画上各种佛的形态和姿势，还给我讲解每尊佛的故事。我在众多的佛里，钟爱上了观世音菩萨，因为他有救度众生的宏愿，更有锲而不舍的精神，那眼光里含满了慈悲、怜悯、睿智。

夜晚我独守画室时，在一张白纸上第一次尝试着画观世音菩萨。可是，我画出来的像比例失调，严重走形，使我对自己能不能学会这门技艺开始有些担心。

拉萨城里又起风了，是春季回暖的风，屋顶上过年新挂的色彩艳丽的经幡在猎猎飘荡，发出咔嗒咔嗒的声响。有一名画师告诉我说，桑珠亚培让我明早到他家里去。

第二天早晨，我赶到桑珠亚培家时，看到他穿了一件崭新的藏装，一脸的白胡须精心梳理过；他的夫人正往桑炉里煨桑，最初飘出几缕蛋白的烟子，之后变成如柱的烟子袅袅向上升腾。

桑珠亚培告诉我说，今天是个吉日，我要收你为徒。

我连条哈达都没有准备，一下弄得我惶恐不安。

桑珠亚培的夫人给我拿来一条哈达，让我献给桑珠亚培。

仪式极其简单，之后师傅让我吃了一碗人参果饭以示吉祥。

从这天开始，我每天下午都要到师傅那里去学习唐卡绘画技艺。他在教我唐卡画技艺的同时，给我讲些佛经里的故事，开示我愚钝的心。

经过四年多的严格学习，我已经能独立完成佛像的绘画了。

这期间我得知妹妹小学毕业后回了觉如，两年后她被父母嫁到了尺宫村里，贡贡已经是四个孩子的爸爸了。这些消息令我欣喜的同时，也对他们的命运感到悲哀和惋惜。我想要是没有那次的逃离，我也肯定回到了觉如，像祖辈们一样耕种着那片贫瘠的土地，过着寡淡而平静的生活。我托人给家里寄了封信和几张照片。

又过了一年后，我很想念父母和亲人，请求师傅准许我回家一趟。师傅捋着伸到胸前的白胡须，用赞许的目光看着我，准许了一个月的假期。

觉如之前蜿蜒的羊肠小道，被宽阔的道路给取代了，上面有汽车和摩托车掀起的满天灰尘在飞奔。以往三天的路程，现在坐车只需两个多小时就到了。

多年后再次见到朗加诺布和德西时，他们并排坐在房门前的树桩上，吸着鼻烟晃动灰白的脑袋。六年多的时间里发生了很多的变化。贡贡俨然变成了曾经的朗加诺布，腿微微罗圈着，脸上看不出任何的表情；阿姆敞着前胸，用硕大的奶子喂襁褓中的小孩，同时谩骂面前在土堆上玩耍的那几个小孩。

望着这一切，我又重新拾回了童年和少年时期的记忆。

我们坐在太阳能照明灯底下，讲述着这几年来发生的生活变化。贡贡的几个小孩不时发生冲突，哭喊声时时打断我们的谈话。阿姆经常起来，抄起一根木棍去处理小孩们的争执。岁月已经从阿姆的脸上带走了曾经迷人的那种羞怯，微微上翘的嘴唇也显出苍白来。

朗加诺布最关心的事，就是绕着弯子要打探我有没有女人。当我含糊地告诉他我还孑然一身时，他从座位上起身去睡觉了。德西也停止拨弄念珠，叫大伙早点休息。我起身进入家里新盖的那间偏房里。

老僧人西噶四年前就已经去世了，他屋门前的那棵桃树上结满了桃子。后面的院门却被一个黑锁紧锁着，仿佛它要把一个故事给收尾掉。褪了色的木板门被太阳晒裂，从那缝隙里我看到长着杂草的小院一角。我走在沙砾石的路面上，耳朵里仿佛又听到了西噶叫唤我的声音。我回头望去，那面矮墙的豁口处，凄然地长有一株狗尾巴草。

妹妹从邻村赶回家来看我，她已经变成了三个小孩的妈妈，生活的负重使她显现出憔悴来，那双手又粗又硬，眼神都是茫然的。

我问她生活很艰苦吗？她瞪着眼看我，仿佛这个问题我问得极其可笑一般。在她的意识里生活本来就该如此，既然如此，那还有什么艰难与不艰难呢。妹妹的这种麻木，使我的心像是被刀给扎了一般，欲哭无泪。

妹妹跟父母的交流也不多，但她愿意跟着他们虔诚地祈祷。那一时刻，妹妹的脸上才会又荡漾起久违的恬静的笑容来。

妹妹背着她两岁多的男孩，贡贡提着我给她买的东西离开了觉如。

朗加诺布和我坐在那个大门前的树桩上，被阳光给晒得懒洋洋的。妹妹，那一家子待她好吧？朗加诺布吸口鼻烟，从嘴里吐出一圈淡淡的烟雾说，就跟所有家的媳妇一样。这个回答让我想到了阿姆，我就再没有问妹妹的事了。

那夜我躺在被窝里，偏房的门吱吱地被推开了，一个黑影走了进来。我赶忙打开手电筒照射，亮光里阿姆身上裹着藏裙，光着脚站在那里。两条白花花的胳膊抱在胸口，在手电光里很刺眼。我问，这是做什么？阿姆怔了一下，才轻声地说，陪你睡觉。我用手电继续照着她，说，不用了，你还是回到孩子身边吧。为了避免看到她的尴尬，我把手电的光给掐灭了。那黑影向门口走去，打开房门把月亮的清辉洒了进来。我躺在被窝里，再次想起阿姆曾经发出的那种黏性的声音。阿姆肯定会记恨我的！

后面的日子里，阿姆一切如旧，看不出一点嗔怪的样子，只是再也不踏进那间偏房里了。

临近离开的时候，我告诉朗加诺布和德西，要带他俩去拉萨。德西听到这句话呜呜地哭了起来，那瘦弱的肩膀在氆氇藏装下剧烈地抖动，朗加诺布抿紧嘴摇了摇那颗灰白的脑袋。

我们离不开这里，地里的庄稼已经成熟，该进行收割了。朗加诺布用清淡的口气跟我说。

我坚持说，贡贡和阿姆会收割的。

从我能干农活起，就没有落过一次收割，这块土地真慈悲，它给了我们粮食，才使我们能一代一代地繁衍下去。朗加诺布张开瘪下去的嘴唇说。

听了这句话，我没有再坚持，只能寄希望于下次。

我按师傅的要求如期回到了拉萨。

那阵子来拉萨旅游的人特别的多，商家预定唐卡的量极其庞大，我们的绘制任务越来越重了。

我从觉如回来的第二年，接到朗加诺布从县里打来的电话，他告诉我说阿姆从山上砍柴回来时摔下来，流产后失血过多去世了。我得到这一噩耗的时候，泪水从眼眶里断了线般地滴落。那张瓜子脸和微微上翘的嘴唇，在我脑海里萦绕。我跟师傅请了几天假，到各寺庙去捐钱点供灯，以便她的魂能够早点投胎转世。

我回到画室见到了师傅，他让我坐到他的跟前，问，该给她塑什么像呢？我被他问得不知怎么回答。师傅皱起眉不解地又问，为你去世的老婆该塑什么像？从师傅的嘴里听到老婆这个词时，我的脸一下红到了耳根。我们那边不兴这个。我许久才这样回答。她是你最亲的人，就塑个观世音菩萨吧！师傅替我做了这样的决定。

我在完成每天绘制唐卡的任务后，利用晚上闲暇的时间给阿姆塑观世音菩萨的像。这幅唐卡塑像进展得很慢，也是我最用心绘制的。当画到观世音菩萨的眼睛时，我为画不出那种浩瀚的爱和慈悲的柔光而烦恼，几十天都没法下笔。我就坐在墙角，一遍遍地回想在觉如初次见到阿姆的情景，但这些都对我帮不上一点的忙。

我把苦恼一股脑地诉说给了师傅，师傅抚摸那长长的白胡须，一会儿闭上眼睛一会儿又睁开眼睛默默地倾听。末了，师傅对我说，你带着未完成的作品回趟家吧，在那里你会找到你要的那种感觉。这红尘世界里不缺乏慈悲，只是我们的眼睛被愚痴给蒙住了而已。

我遵照师傅的指示，在阿姆的七七四十九天来临前再次踏上了去觉如的路。这一路我都在想着德西、阿姆和妹妹，想着她们的人生轨迹，一路的心情都是忧郁和悲伤的。

跟您说这次下去，觉如村的变化还是缓慢的，依旧是一副幽闭、闲散的样子。

见到贡贡时看不出他有多少悲伤，只是围着那几个小孩团团转，不时嘴里喷出几句脏话来骂他们。朗加诺布手剪在背后，喜欢穿行在村舍之间，偶尔停下来跟人们闲聊一阵，那阳光让他的眼睛始终都处在眯缝中，不时有眼泪掉落下来。德西又开始操起了家务，看她的样子已经有些力不从心了。

已经回来几天了，那幅唐卡我一次都没有展开过，一直都找不到那种感觉，那种把所有人的悲伤都注入自己内心的眼神。

阿姆的七七那天妹妹从邻村赶了回来，朗加诺布点上一盏供灯祈祷了许久。他的声音已经跟以往发生了很多的改变，再也捕捉不到情绪的微妙变化。晚上村里的男男女女全跑到家里来，他们诵经诵到很晚。我坐在墙角的一隅，被这些祈祷声给淹没。

第二天妹妹要回尺宫去，她要我送她一程。

我们走在幽深的谷地里，旁边的灌木丛上，开着朵朵碎花。道路的一边溪流溅起白色的浪花飞奔而去，鸟的啼声回旋在山谷里。

阿姆临死的时候怀兜里都装着你的照片。妹妹侧过脸来跟我说。

什么意思？我警觉地问。

她答应嫁到我们家都是因为你。妹妹的眼窝里蓄满了泪水。

之前我可不认识她啊。我急忙争辩。

阿姆曾经见过你，所以一提这门亲事她就答应了。这些年里她也一直在等你。妹妹眼眶里的泪水流了出来。

我的脑袋一下空白了，站在那里感觉天旋地转。

那夜我睡在偏房里，听着贡贡和阿姆的小孩在另外那间房里折腾，心里沉重得无法言说。

半夜里睡意才慢慢袭扰上来。

偏房的门吱吱地被推开了，阿姆光着脚，身上套着藏裙，两只胳膊向我伸了过来。我从床铺上坐起来，望着她流下了忏悔的眼泪。

她抹去我眼里流下的泪，将我的头抱进她的胸口。仰头，我看到了一直在寻找的那种眼神，她柔缓、雌性、淡定、深远……

兽医罗布

一

“我们是兽医罗布的老婆！”

当我望着眼前这两个女人，两个为兽医罗布生过小孩的女人时，封闭的记忆开始苏醒过来。从现在倒数过去，大概有十六个年头了吧。

“日子像风一样刮得轻盈！”我不自禁地这样感叹。

兽医罗布和他的两个女人、遥远的县城都早已被我弃置在了脑后。

已踏上中年末梢的这两个女人，让很多画面在我脑海里闪现出来。

从结了一层冰的窗玻璃边沿往外望，雪花依然纷飞，天地一片灰蒙。县委大院和宿舍披着厚厚的白衣。那时，这样的天气县城里是不用去上班的，可以待在房子里或床铺上，点燃屋子中央的铁皮炉子，向牛羊粪索要一点温暖，将冗长的一天，一点一点地挨过去。

房间正中的铁皮炉子里燃着火，我站在窗前还是觉得冷，是那种从脚底冷气飕飕往上蹿的冷，是骨头都要碎裂的冷。现在归咎起来，可能那时我的心情太沮丧了吧。

除了吃喝拉撒之外，我在床上躺了整整七天，雪却没有要停的迹象。

第八天，我们全被召集到了县委大礼堂里，参会人的裤腿、鞋子沾带着雪，融化后脚下流了一摊的水。会上宣布有几个牧民点跟外界失去了联系，县里要组织抢险人员去这些放牧点上，了解受灾情况并及时转移牧民、牲畜，把损失降到最低点。

来参加会议的许多人虽然面熟，但这半年多里我很少跟他们打招呼，他们对拉萨人也采取敬而远之的态度，我们之间一直保留着一条深深的鸿沟。挤在大礼堂里，人们呼出的热气在窗玻璃上结成了水蒸气，偶尔还传来重重的跺脚声。

会场里压抑，沉闷。

兽医罗布坐在最前排的座位上，嘴里衔着一根烟，好像没有点燃，我看不到有烟雾从他那里升腾。

我记住兽医罗布，是因他的作风问题。当时我刚分到县城，很快就认识了从别处来这里工作的几个年轻人。周末他们把我叫去喝酒，话题是从县城生活的无聊扯开，后头内容越来越广泛了。宣传部的小干事张，突然又把话题拽回来，说，县城里最真实的人是兽医罗布。

有人马上反驳说，去球，他是最累的一个人！

他经常去乡下钻女人的被窝。

……

他们争论着，嗓门极高。小干事张梗着脖子一点都不退缩，坚持认为兽医罗布是县城里活得最实诚的人。

从他们的谈话中，我大致地了解到兽医罗布在县城有个老婆，在噶如牧区也有个牧民老婆。因为这事，几次升迁的机会都跟他擦肩而过了。

我惊讶，两个女人怎能容忍得了彼此！再说，这不是犯了重婚罪吗？

这种好奇心，使我从那天起，就在县委大院里留意一个叫罗布的兽医。

兽医罗布有一头没有亮泽的黑鬈发，黝黑的国字脸，五官倒是齐整，身体瘦高，右肩有点塌陷。这样一副形象是在我寻觅他的第四天，撞进我眼睛里的。

我对他先前所抱有的诸多美好遐想，顷刻间坍塌掉，甚至怀疑他们说的是不是这个人，对兽医罗布再没有一丁点兴趣了。我想那些同事所说的女人也一定很普通，她们会在别人的指指点点中，跟这个兽医罗布纠葛着感情了此一生的。

从那天开始，我不再关心他了。

你是哪里人？

拉萨的。

怎么到这个地方来了？

毕业后没有靠山，还能指望分到哪里去？

啊！惊叹成O形的嘴里露出一排被烟雾熏黄的牙齿，嘴唇也是紫黑。

不幸的人啊！接着他又说。

我从县委办公楼的楼梯上下来时，兽医罗布追下来，同我有了上面的这段对话。现在想想他的声音毫无特色，吝于言辞。

我妈在我临走时还一再叮嘱，跟别人打交道时不要乱说话，要老老实实的。要是她听见我当时跟兽医罗布说没有靠山之类的话，肯定要训斥我一顿。

我们齐头并进走下楼去，走到了办公楼外面。

地面、墙壁上洒满了白花花的阳光，还有热气罩着我们。

他拖着午日照射出的扁扁身影，径直向自己的宿舍方向走去，没有跟我道别。

这是我们之间进行的第一次对话。

他那一身褪色的衣服和瘦弱的背影，通过我的眼睛扫描，深刻地嵌在了我的记忆里，让我感觉很不舒服。

兽医罗布又要下乡了！多吉从办公室的窗户里俯瞰着大院，用轻佻的声调说。

办公室里的其他几个人全挤到了窗子前。

我从众多脑袋的缝隙中，望见兽医罗布和一个男的正往一辆小车里装纸箱，旁边站个背土黄色背包的女人，她望着这两个男人忙乎。

老婆亲自送丈夫到二老婆那里去呢！听到这句话，我们都开心地笑，那声音一浪一浪地荡开去。

他又想那个女人了。

他老婆也真是的。

听说他干那事很有一套，女人离不开呗。

呸，胡说八道。

办公室里的女孩子生气了，她离开窗户，坐回到自己的桌子前。

秋末，杨树的叶子被染成了金黄，经徐风抚摸，不时发出脆脆的呻吟。几片叶子从枝干上旋舞着身子，急不可待地投入到大地的怀里。地面上积了一层枯黄的树叶，有些随风向前奔跑。这种黄不免让人心生伤感。

在树叶的呻吟声中，兽医罗布和男同事钻进汽车，车子驶出了县委大院。

女人的胳膊在空中挥动，直到院子里空荡荡。女人放下胳膊，定定地站在那里，看来有些怅惘和失落。

兽医罗布的女人在哪里上班？我问旁边的人。

那女人开始离开了原先站的地方，迈着细碎的步子向办公大楼走来。

县文化局。

她以前是跳舞的，人长得很漂亮！多吉补充道。

人长得怎么样跟我一点关系都没有。我最关心的是，怎样尽早离开这偏远的县城，回到拉萨去。

“有三个月了，我俩每晚都在做罗布的梦，而且梦的都是同样的场景，听到的是同样的话。这次来拉萨是为他祈愿的。”兽医罗布的县城老婆其米说。

“是吧！那么，你们是怎么找到我的？”

“在梦里罗布告诉了我们你的地址。”其米回答。

“难道昨晚他没告诉你我们要来吗？”牧区老婆永青瞪着疑惑的大眼问道。

“啊—— 没有。昨晚梦里出现过一个模糊的形象，但我不敢确定是他。”

“肯定是他。”

“你知道的，他的右肩比左肩低。”

“我不能确定！”我有些慌乱，心跳一下加速了。

“不需要确定就是他。今晚他会来找你的。”

兽医罗布瘦弱的背影，再次出现在我的头脑里，但过这么多年后不再那么清晰了。

“你们现在住哪里？”我不想为一个死人纠缠不清，

有意把话题岔开。

“地区驻拉萨办事处的宾馆。”

我们坐在一家四川餐馆里，桌上摆了八个菜，还有白酒。旁边的桌子已坐满客人，声音吵吵的。

服务员不断地被人叫唤、指使，各个表情僵硬地忙碌着。

窗外，汽车把人行道给占满，灯光下的马路边有很多来旅游的人，他们脖子上挂着相机，满脸好奇地四处张望。出租车飞快地从他们身边驶过去。

“你们在拉萨待多久？”我问。

“直到他不再在梦里出现！”

“我们还想到山南桑耶寺去，那可是很有加持的一座寺庙，希望罗布在另一个世界里能安心、平静。”

这顿饭吃得很慢，在吵闹声中她们提着嗓门唠唠叨叨地跟我谈论一个死人，一个名字跟我相同，但已经死去十六年的人。

从两个女人的眼神里，我分明能感受到兽医罗布从来没有离开过她们，一直生活在她们的周围。

我跟她们不停地碰杯，想让热辣辣的酒烧毁神经，这样就不用想任何事了。这种事我待在县城里时干过很多回，那是很见效的。

酒杯里的最后一滴酒，顺着喉管嗒地落到肚子里的那一刻，我比任何时候都清醒。但我要拒绝让兽医罗布闯入我的梦里来。

“明早我来接你们。”我把她们送到宾馆门口道别时说。

路灯暧昧的光铺洒在四周，徐风轻轻地吹。她们说着感谢的话，亲密地牵手走向宾馆阶梯。我转身向路边走去，准备打辆出租车回家。

“别忘了，今晚罗布会去找你的。”女人从背后吼道。

夜里听到这句话，我身子抖了一下，急忙转身，两个女人却不见了。

隔着宾馆的玻璃门，我看到里面灯光的映照下，曲尺形的柜台和墙壁上依次挂着的时钟，一名女服务员坐在电脑后面盯着屏幕看。

我的心开始忐忑不安，脊背上冷气直冒，心咕咚咕咚地跳。

两个女人怎么倏忽间就蒸发掉了呢？

我推开玻璃门，踏进宾馆大厅里，向电脑后的服务员问：“刚才有两个女的进来了吗？”

服务员警觉地盯着我，反问道，“你是谁？”

“她们来自××县，一个叫其米，另一个叫永青。我过去在那里工作过。”

服务员疑虑重重地听我说完，把眼睛转到面前的电脑屏幕上，手在鼓捣着鼠标。

“刚才我没见她们上去啊！她们住312房间，你要上去吗？”她的眼睛从电脑屏幕上移开，目光再次落在了我的脸上。

“不。”说完，我转身往外冲去。

今天是怎么了，一切都乱套了。为什么我要请兽医罗布的两个女人去吃饭，喝着酒听她们谈论一个死去多年的人。我真是疯了！她们还说什么死人晚上会来拜访我。太刺激了！谁会相信这些呢？

夜晚的拉萨街道很寂静，喜欢夜生活的人三三两两地在寻找落脚点，烧烤摊上的煤烟味驾驶着风奔跑。歪戴礼帽的一个酒鬼，趔趄地从我身边走过去。涂脂抹粉的小姐不时从我身边像幽灵一样闪过，丢下一句：“帅哥玩不玩？”

我站在路边，心头很慌乱。我得找一家酒吧坐一坐，把这一切理顺清楚。

几瓶啤酒沉甸甸地储存到肚皮里时，醉意适时地涌了上来。我想：今天的这些怪事，很快就可以从我的脑海里丢弃掉。

酒吧里柔和的音乐在飞翔，朦胧的灯光拖着长长的尾翼，烟雾醉酒了似的在半空中摇晃。遗忘一切的时刻马上会到来。

有个人撕裂开雾霭走了过来，停在我的对面。他摆弄椅子，将身体沉沉地放了进去。椅子惨烈地嘎吱了一声。

那人伸过手来，端起酒杯，张开了嘴。我又看到了那排被烟熏而发黄的牙齿。

“是你吗？兽医罗布！”我不禁叫喊了起来。

“轻点声，别把隔壁桌子上的人给吵了。”兽医罗布赶忙制止了我。

我环顾四周，没人理会我刚才的惊叫声，酒吧里的人各自忙着扫荡自己桌上的酒。我顺从地选择了沉默。

真是见鬼了！

“那年的雪下得可真厚，前方除了白什么都看不到。世界一旦变成了白色，那一点情趣都没有了。雪，只能使眼睛疼痛，一切死寂。”兽医罗布压低声音，隔着桌子对我说。他在椅子里扭动干瘦的身体，选了个最舒服的坐姿。他点上一根烟，继续说：“我们坐的那辆丰田车缓缓地向前驶去，轮胎上的防滑链与地面的摩擦声从车底传到耳朵里。偶尔，车子打滑，车尾扭来甩去的。

“天空愁容满面，白色的雪花漫天飞扬。

“汽车到久迪乡时，已经是下午四点多钟。

“乡长穿件羊皮袍子，羊毛织的帽子被拉下来，将整个脑袋和脖子都裹在了里面，只露出眼睛、鼻子和嘴巴。他站在没膝深的雪地里，用手指着前方，说，汽车再往前开的话很危险，现在路都找不见了。

“一辆丰田越野车和两辆装满粮食和草料的东风货车

只能停在久迪乡。这里离失去联系的最近牧民点也有半天的车程。

“在乡长的喋喋不休声中，我们进入乡政府办公室，喝到了热热的茶，身子开始暖和起来。接着，我们讨论徒步过去还是开车进去的问题，形成了两种意见，各有各的道理。

“最后我说，开车进去吧，这样能抢时间。道路由我来指。

“怀疑的目光落在了我的身上，我必须得说点什么，才能打消人们的这种疑虑。接着，我又解释道，我作为兽医，在这条路上骑马、徒步走了十多年，对这里的地形很熟悉，希望你们能相信我。”

“当时，听完你的这句话，我的心里也在打鼓。怕在这种白茫茫中万一有个闪失，那就命都没了。”

“我想当时所有人都是害怕的。可是，次仁罗布，我跟你说，这十多年里，我不停地穿梭在这些牧场和农区，给牲畜打针、发药，教群众怎样预防牲畜疾病，这里的沟沟坎坎，我心里标得清清楚楚。”

“这些都是你死后，我才知道的。”说这话时我的舌头有些发僵，对面的兽医罗布也有些朦胧了。

咣。我们举起杯子，触碰了一下，然后一饮而干。

“要是车子出了事的话，你能承担责任吗？带队的副县长问我。

“能！我来承担责任。说完这话，我的心里一下没了底。但既然话说出去了，就得凭着以往的记忆，把车队带到鄂巴乡去。

“第二天，半天的车程，我们艰难地开了一天，总算平平安安地到达了目的地。对于我来讲，好像把一生的劳累全部积蓄在了那两天里。我太累了，到鄂巴乡的乡政府办公室时，脚沉得迈不动步子，靠墙倒下去就睡着了。”

“兽医罗布啊，你肯定很累呀。一路上，你在没膝深的雪地里去探路，有时爬到山坡上去确定方位，有时拿着铁锹在前面带头铲雪。那天，你只打过几次短暂的盹。后来，是我们把你从墙角边抬进屋子里，让你张开双臂舒服地睡觉。”

“我们还喝吗？”

“你是从另外一个世界过来的，今天醉个够吧。”

“好的。你到我那儿的话，我来招待。”

“还早着呢！”

桌子上的空瓶子，被服务员丁零当啷地撤了下去，桌面一下开阔了。

“那一次的雪灾，是百年不遇的啊！”

兽医罗布说完好像在摇晃酒杯，啤酒从杯口洒落了下来，被桌布一下吸掉，没留一点痕迹。

“你被雪吸了！”

“什么？”

酒吧里一个外国男人低沉地哼起了歌，就是找不见人，雾霭迷蒙。鼓声、小号声、吉他声、男声在我耳朵里极速飞驶。我在想，唱歌的是黑人呢还是白人？

“到了鄂巴乡，我们离最近的放牧点，只有三个小时的路程。我醒来，看到车上的粮食和草料全部已经卸载完毕，两辆东风货车准备返回去，继续拉救灾物资。

“在鄂巴乡我们征用了很多的马、骡子和牦牛，驮上粮食和草料向放牧点进发，去放牧点的路可真难走啊。

“我们左手拄着木棍，右手攥着牲畜的缰绳，在淹没膝盖的雪地里艰难地挪步。

“刺骨的冷风，撒落的雪片，铁灰色的天，都在考验着我们的耐力。

“我们在茫茫雪原上走啊走啊，就是走不到前方的山嘴下。

“脚麻木了，身子软绵无力，可是不能停下来，要是天黑之前赶不到放牧点，我们就会被冻死在雪地里。

“我和乡里派的向导在前面引路，偶尔回头看，其他救灾人员戴着墨镜，嘴唇发紫，呼着热气，摇摇晃晃。

“那时我真担心有人撑不住会倒下去。那些驮着物资的牲畜，眼角淌着泪水，鼻孔里呼着热气，疲惫地跟在旁边。它们脖子上的铃铛丁零当啷地敲响，这声音太珍贵了，给这个白色的世界增添了一丝生机。

“我听到有人在咒骂这场雪，骂这阴霾的天气，可声音听起来是那样的软弱无力啊，仿佛是在自言自语！

“黄昏时牧民盖的土灰色房子，白皑皑地翘立在雪原上，屋顶冉冉飘升充满希望的烟子。看到烟子，我们无缘由地簌簌掉泪，把体内最后那点力量积聚起来，兴奋地向牧民的房子走去。

“藏獒的狂吠声，让牧民从房子里跑出来，向狗吠的地方张望，看到有人蠕蠕地向他们走来。牧民一下激动了起来，挥袖大声吼叫，往雪原里没命地冲过来。

“我们在雪地里相互拥抱，彼此听到了喜悦的泣声。

“那燃烧牛粪的铁炉子，把屋里烤得暖乎乎的，我们的脸上开始有了红润。牧民边给我们倒茶边悄悄地落泪。他们都是些很容易感动的人啊！”

有股雾霭荡漾到了桌子上空，缥缈得我都看不清对面兽医罗布的脸了。雾霭后面那个声音还在继续讲。

“下来救灾的人当中，除了我谁都没有到过这个放牧点，更别说下一个放牧点了。救灾人员个个累得筋疲力尽，只想倒在地上，舒服地睡个觉。

“我们裹着大衣，围着牛粪炉子入睡。马上有人发出均匀的鼾声，沉潜到梦中。

“外面，风像小孩一样任性地哭泣，掠过时还不忘擦着门窗弄出一点响声来，以便让我们时刻记着它。

“就是这讨厌的声音，使我想起了另外那个放牧点上的牧民和他们的牲畜来，雪灾也许会让他们一下变得一贫如洗。这样一想，我的心里很难受，那里的牧民都跟我很熟啊！

“狗吠声刚响，马上就被风卷走，只留下风的呜呜哭泣声。

“天亮时，雪花减少了，但冷风刮得更加迅猛，呼呼地从原野上咆哮而来。

“我看到这个放牧点上的畜群，快把储备的草料吃完了，下一个放牧点的情况可能要更糟，要是不及时转移，牲畜会因没有食草而死去，那样，那些牧民将来的日子不好过啊。

“我发现救灾人员走不动了，就雇用两个牧民牵着六头牛，穿过那片雪原，进入积雪覆盖的山坳里。

“要是以往，进入到这山坳里，头顶上有雄鹰振翅飞翔，山谷里清丽的牧歌悠扬，绿色的山坡上牛羊时隐时现。唉，眼前的这种白，不知从大地上夺去了多少条生命啊。

“雪下得太厚了，深的地方快没到大腿上。我们往前走几步都得付出极大的气力来，走走停停，行进速度极其缓慢。

“到了半夜，我们才走到了最深处的那个放牧点。

“在手电的光照下，我看到牧民家体弱的牦牛和羊儿都已死掉，饥饿了几天的牦牛和羊，表情麻木地啃吃同伴的肉来维持生命。

“我望着这幕悲惨景象，眼泪落个不止。

“牧民们仰头凝望阴暗的天空默默无语。

“我们不能再等待了，牲畜随时都会因饥饿而倒下去。我要带领牧民离开这个偏远的放牧点，向鄂巴乡转移，这样能给他们补给更多的草料，尽量保住牲畜的生命。

“牧民谁都没吭一声，黯淡的眼神犹犹豫豫。

“次日，我们带着十多个牧民和六十多头牦牛、几百头羊，向鄂巴乡转移。

“这一路上，牧民不说话，踩着厚厚的积雪，轻诵祈祷的经文。有一些体弱的羊，经不住艰辛的行走，倒在途中死去。

“我们走出那狭长的山坳，来到开阔的雪原上。这里离鄂巴乡不远了。

“冲在最前面的我，想到自己已把这些牧民转移了出来，揪紧的心一下松弛了下来。我一脚踩进深雪里，身体的重量就被雪吸引过去，一头栽倒在雪地里。

“在牧民的推搡和叫喊声中，我的身体开始僵硬起来，意识渐趋模糊。一切逐渐变得黑沉沉的，四周没有一点声响。

“我藏匿在这黑暗里，一下轻盈如烟，再也没有疲惫和负重感了……”

我很想说，“你救出的那些牧民和牲畜，后头都好好的”，可是这可恶的舌头硬得像块冰，眼帘沉重得似卷帘门，不能哗啦啦地卷上去，把面前的东西看个清楚。

一切都是白色。傍晚时刻，你被牧民用牦牛驮回到了鄂巴乡。那晚我们把你放在了乡政府办的一个墙角边，牧民自发地为你点了酥油灯。他们不顾劳累，盘腿围坐在你的四周，诵经祈祷了一夜。那声音有时像奔腾的江水，有时又像溪流般婉转缠绵……

我站在辽远的草原上，黑色的牦牛帐篷里升腾炊烟，一个女人在木桶里用搅棒柄哗啦哗啦地抽动牛奶，旁边一个穿着红衬衫的小男孩在玩耍。兽医罗布盘腿坐在草地上，旁边搁着医药箱，满脸喜悦地凝望着。

远边的山绿得耀眼，山峰戴着白皑皑的雪帽，几朵耀眼的白云像玉带一样在半山腰轻柔地飘荡……

县城会议室里黑压压地挤满了人，到处都是红，红色的旗帜、红色的横幅、红色的鲜花、红色的歌曲，一派喜洋洋。

高音喇叭里正在播放《歌唱祖国》：五星红旗迎风飘扬，胜利歌声多么响亮；歌唱我们亲爱的祖国，从今走向繁荣富强……

歌声中，胸戴鲜红纸花的许多人走来走去，个个脸上挂着甜蜜的笑……

我走在路上，外面漆黑一片，没有一丝的光，这让我突然感到恐惧。

我老婆在喊，你尿床了——你尿床了——她还用力推我……

我睁开眼睛，幽暗的灯光下，有个年轻而陌生的女孩在推搡我，同时在喊："大哥，你醒一醒，我们要关门了。"

我睡眼惺忪地瞅着她，才慢慢想起我是在酒吧里，刚才还跟兽医罗布在对饮呢。

"大哥，你都睡了三个小时了。酒吧里的客人都早回去了。"她看到我还在迷糊状态中，有些不高兴，急着要把我赶出酒吧门外。

我对面的兽医罗布不见了，只看到桌子上有三瓶已开启的啤酒，环顾四周没有一个客人。我摸着昏沉沉的脑袋，问："跟我喝酒的那个人呢？"

"没人陪你喝酒，一个人喝的。后来你睡着了，还一个劲地说梦话呢。"

"刚才和我喝酒的还有一个人，他叫兽医罗布。"我辩解着，站了起来。

我的身子有些摇晃，突然发现尿很胀，得先去趟卫生间。

我出了酒吧，摇摇晃晃地走在大街上，街道上空空荡荡的，没有一个行人。

被拉萨夜晚的冷风一吹，我哆嗦了一下，酒也醒了一半。我环顾四周，看看能不能寻到兽医罗布，街道上唯有我一个人。我轻声念诵唵嘛呢叭咪吽，向家的方向走去。

二

兽医罗布进入我梦境里的事，我绝不能告诉他的两个老婆，要不她们会没完没了地跟我问个不停，会弄得人很烦心。躺在床上，我想起昨天发生的那些个事情来，一切是那么栩栩如生，不可思议。酒精还在我的体内，头隐隐地痛，口渴难忍。

我一看表，时针已经指向七点半。我得起床了，昨天说好今早八点钟一起去甘丹寺朝佛。

汽车在平整的柏油路上咝咝地滑翔，道路两边的柳树向后急速滑行。

两个女人上车后简短地寒暄几句外，嘴巴就闭得严严实实。我从汽车内部后视镜里窥视她们，两个女人阴沉着脸，各自从两边的车窗向外眺望，陷入一片迷茫中。

道路前方的村子里有牛羊要横穿马路，我开始让汽车降速，摁了几声喇叭。牛羊一点都不惧，甩着尾巴慢腾腾地穿过去，放牧人手握鞭子，冲车窗做鬼脸，然后伸出有些发紫的舌头，嘻嘻地笑着扬长而去。

汽车再次加速时，其米说：“拉萨这地方真怪，一到这里他就没再在梦里出现。”

“我也等了一夜！”永青伤心地附和道。

“昨晚他来找你了吗？”她们几乎是异口同声地问我。

“没有！昨晚送你们回到宾馆后，我跟朋友去酒吧喝酒了。”我的声音很苍白，还带点颤抖，脸颊开始发烫。

她们失望地别过头去，接着选择了沉默。我急忙把睨视的眼睛收回来，看到前方有辆白色的丰田车急速驶过来。驾驶室里静得难受。

汽车从挂满五颜六色经幡的达孜铁桥旁驶过去。

太阳的光把眼前的山水、植被照得生机勃勃起来。波浪般的黑色路面上，汽车快速荡漾过去，我的心却沉重了起来。

小干事张和我花一个多月的时间，为兽医罗布写的先进事迹材料送到县上就被搁浅了，其他人的事迹材料却扬帆起航向上级组织驶去，后来他们成为了全区抗雪救灾英模。这件事对小干事张和我打击很大，我们心里一点都不服气。

永青念起了经，她的声音有点沙哑而粗犷，可是诵经的旋律非常悠扬：嗡达日度达日度日萨哇哈哇——

这旋律把我的注意力吸引过去，将心头升起的怒怨给涤荡干净。

我把汽车拐上山脚的一个小道上，然后缓慢地爬上盘根错节的山路。

甘丹寺巍峨地耸立在山头，它的金碧顶上阳光熠熠生辉。

兽医罗布的两个女人仰望甘丹寺，双手合掌祈祷。我听到她们两人都在轻声呼唤罗布的名字。车内的后视镜里，两个女人已是泪涟涟。

汽车驶到了甘丹寺大门口，我把车子停在简便的停车场里。

从甘丹寺的大巴车上有朝圣者陆续下来，他们背着干松柏，手里攥着铜制供灯或黄色袋装酥油，三三两两地向庙宇走去。

金黄的阳光把两个女人斑白的两鬓和颈项上的松肉，清晰地暴露在我的眼前。岁月的刻刀永远都是这样的铁石心肠，不经意间把人雕琢得面目全非！

“你们跟着朝圣的人去，我在车里睡一会儿。”我对兽医罗布的两个女人说。

“你休息吧。我们去朝佛了！”

她俩各背了一个大包，尾随前面的朝圣者，包里鼓鼓囊囊的，看来装了很多供奉的东西。

兽医罗布的两个女人肩并肩地走着，要是不知底细的人，还真以为她俩是一对姐妹呢！

我望着她们的背影，又想起了第一次见永青的情景。

副县长命令我和顿珠跟车，把兽医罗布的尸体运回县城去。

那天早晨，牧民们围着兽医罗布的尸体，把一条条洁白的哈达献上去，然后他们簇拥着把他抬到东风车的货箱上。

车子驶离鄂巴乡走了两天，我们才回到县城里。

兽医罗布的女人其米，见到丈夫尸体时没有哭喊，她默默地流着泪，在几个女人的搀扶下，把兽医罗布的尸体迎进了屋子里。屋子里她们已经腾出了停放尸体的地方，藏柜上有一盏硕大的银质供灯，火舌正从灯芯上噗噗地跳跃，旁边有三个僧人打坐念诵经文。

我们安放好兽医罗布的尸体，就待在这里帮忙料理后事。

第二天中午，雪不再飘落，屋子里僧人依旧念经，敲打法器的声音丁零当啷地响。我和顿珠的任务就是守候一百盏供灯，这是照亮兽医罗布亡魂的明灯。酥油灯把屋子里的温度升得老高，我感到有些困倦，就走出屋子到外面去吸烟。眨眼的工夫，顿珠也跑了出来，我们站在雪地里，有一搭没一搭地说些不相干的事，接二连三地抽了好几根烟。

不好了！顿珠突然叫喊。

我顺着他的目光把头扭过去，只见一个牧民装束的女人正向这头走来，从她的身后闪出一个四五岁的男孩来。我立刻明白这个女人就是兽医罗布的牧区老婆，这下可能会闹出事来的。

女人踩着积雪，背上背个麻袋，径直走过来。

顿珠转身往屋里跑，我却没有动，傻傻地看着女人走近。

女人还没有走到我跟前，屋子里的人已经从房门里涌出来，他们把其米顶在了最前面。

永青停住脚步，首先开口了，我是来送酥油的，求你们给罗布点供灯。

你的脸皮也真厚，怎么能到这儿来？其中来帮忙的一个女人首先发难了。

永青把胸前的绳子扣解开，斜着身子，让麻袋从背上掉落到雪地里，再蹲下身将沾着雪的麻袋抱在怀里。男孩抓住永青袍子后面的下摆，脸上怯怯的。

别来生事，赶紧回你的牧区去。又有人冲她喊。

永青没有理会，抱着麻袋，眼睛越过人墙，望着后面洞开的房门。里面传来僧人的诵经声。男孩从我们脸上的表情，感觉到了对他们的敌意，一把抱住永青的腿，脸埋进袍子里。

那时，永青看上去约莫二十五六岁，那张圆脸很耐看，身板也极结实。只是这冰天雪地里走得太久，脸颊和鼻头被冻得红通通的，几缕头发粘在额头上。

我的目光从永青的身上移开，落到其米的脸上。其米的脸苍白而痛苦，眼睛却咬住面前的这个女人，嘴巴抿得紧紧的。

我的目光在永青和其米的身上来回转移，心里担心接下来两个女人会撕扯在一块。

永青大概太累了，她蹲下身把麻袋放在雪地上，两手搭到小男孩的肩头。

人们立在前方像一堵墙，要将她挡在兽医罗布的房门外。

永青的脸上出现了无奈和痛苦的神情。

这样僵持一阵后，永青双膝跪在雪地里，掩面嘤嘤地哭泣。男孩围着永青转了一圈，看不到永青的脸，伸出两只小手使劲推她的脑袋。永青没有理睬男孩，他干脆张大嘴哇哇地哭了起来。

永青把掩面的手放下，起身牵住男孩的手，匆匆向来的方向走去。

等等，你还是跟罗布见最后一面吧。请进屋。其米平静地冲永青喊。

我们听到这句话时惊呆住，被弄得不知所措了。

其米泪涟涟地走过来，拽住了男孩的小手，领着他向房门口走去。男孩显得有些惊慌，不时扭头望望永青，腿却向前迈去。

永青蹲下身，重新抱住麻袋，走过人们让出的一条路，进入屋子里。

这是我初次见永青。现在永青和其米都变老了，可她们对兽医罗布的那份爱，依然是那样地执着而坚定，以致十六年过去后两人依然独身，这可是我没有预料到的。我怀着复杂的心情，点燃一根烟，向停车场边的甜茶馆走去。

“喂，我给你算个卦。”

听到这声叫喊，我停了下来，向声音传来的方向望去。只见一个花白头发的老僧盘腿坐在地上，面前的包装纸盒上摊开一摞经文，头顶挂着一块用来遮挡阳光与雨水的方形布片。他把绛红色的袈裟披肩往肩头上提了提，一脸笑意地望着我。

“我从不算卦，谢谢您！”说完我继续往前走去。

“等一等，昨晚你一直跟一个鬼魂待着。”老僧从我背后又掷过来这句话，它敲打得我心噼里啪啦地碎裂。我赶紧转身，向老僧走过去。

“您是怎么知道的？”我急迫地问他。

“从你的身上能闻到鬼魂的气味。”老僧说完翻开了一页经文，那张翻经文的手背褶皱不堪，褐色的皮肤上还有块块斑点。

“我怎么样才能摆脱这鬼魂的缠绕？”我担心我的生命会因兽医罗布的亡魂而遭受障难。

“他是个可怜的鬼魂，对你不会造成任何的伤害。”老僧说。

“你能确保？”我问。

“我向三宝起誓！”老僧坚定地回答。

我的心踏实了许多，刚刚生起的怨恨和责怪、恐惧一下消失了。

“您帮我算个卦吧！”我求老僧道。

“不给你算。你的一生不会大起大落，会在平实中度过的。”老僧这样说。

我对这个回答，只能无奈地报以微笑。

“我们要一同来劝阻这个鬼魂，不要继续在人世间游荡，让他尽早到中阴界去投胎。”老僧对我说。

“我是个凡人，没有这种能力。”我回答他，心里不敢确定兽医罗布的亡魂还真的在人间游荡。

老僧浑浊的小眼睛盯着我，看透了我的心思，但没有一句责怪的话。老僧的右手从腰间取下一个铜镜，示意我坐在他的身旁。他用黄色的布将铜镜镜面擦拭干净，放在面前摊着的经文上，边念经边往上面撒青稞，之后用梵语诵起咒语来。铜镜轻微抖动，接着加剧了动弹，把上面的青稞一粒粒地震落下去。

老僧拾起铜镜放在我的手心里。

我在镜面里看到了兽医罗布，他正跟着他的两个女人来到了寺庙大殿，两个女人却浑然不知。

我惊讶地抬头看了一眼老僧，他伸过来那只枯瘦的手，把铜镜从我手里夺了过去。

我深信世间会有很多神奇的事，只是我们的慧眼被蒙蔽着，所以什么都看不到。

老僧用黄布擦拭铜镜镜面，再次将它放到了我的手心里。

噶如牧区的雀拉雪山就坐落在铜镜里，那皑皑的峰顶给了我深刻的记忆。

两只鹰在蓝净的天空中展翅滑翔，绿色的草原卷着浪涛，扑向天的边际。

一顶黝黑的牛毛帐篷，搭建在雀拉雪山脚下的那条小溪边，白色的羊儿和黑色的牦牛散落在绿色上，仿佛是为了遮蔽这令人心动的翠绿。几头威猛的藏獒晃动硕大的脑袋，在牛羊间穿来梭去。

兽医罗布从帐篷里走出来，将药箱和半袋糌粑搭在一匹棕色的马背上。永青牵着小男孩的手，肩头扛一只牛皮口袋，走到一匹白马跟前。

东西搭载完毕，兽医罗布把小男孩抱到棕色马背上，然后牵住缰绳往前走去。永青牵上白马跟了过去。他们一直向前走，把牛毛帐篷抛得远远的。

走到一堆五颜六色的经幡跟前时，兽医罗布把小男孩从马背上抱下来。

经幡被风抚弄得全身摇曳不停，发出醉心的哗啦啦声。

兽医罗布抱住永青，在她的额头上吻了一下，再蹲下身去把男孩揽入怀里，脸颊紧紧地贴在了一起。

永青把牛皮口袋绑到棕色马背上。

兽医罗布松开小男孩，跨到棕色马背上一挥鞭，马儿开始奔跑了起来。

永青和小男孩站在经幡前目送兽医罗布渐行渐远。

当兽医罗布的背影模糊成一个黑点时，永青一把搂住男孩，肩膀剧烈地抖动……

铜镜里的雀拉雪山，让我的记忆飞翔了起来。

唉！那场大雪使毗邻的三个县都遭受了严重的雪灾，但为了救灾献出生命的却只有兽医罗布。灾后，县委让我和小干事张坐着丰田越野车，到农牧区去收集兽医罗布的先进事迹。我和小干事张坐着车，快速飞驶在一条幽长的山谷里，两边的山坡翠绿欲滴，各种颜色的邦锦花点缀其间。雪山融化后从山上流泻下来的溪水，犹如一颗颗碎裂的玻璃珠子，明亮又晶莹，哗哗的流水声平添了一份幽怨的寂静。走出这迷人的山谷，前方是一片开阔的草原，中央聚集地建有房屋，屋顶猎猎飘荡着彩色的经幡和五星红旗。一条土黄色的简便道路，蜿蜒地伸向房子背后。我们的车尾扬起了漫天的灰尘，将两边的牛羊全都遮蔽了起来。

这里就是坝根乡，离永青待的噶如牧区已经很近了。我从前面的车窗看到乡政府大门，乡长和其他几名干部手插在衣袖里，满脸疲倦地望着我们的车子。

坝根乡里我们听到的关于兽医罗布的事，把县城里流传的那些关于他的负面故事全给否定了。在牧民的眼中罗布可是个作风正派、敢作敢当、工作认真的兽医。我们去采访牧民朵儿古时，他说，永青能摊上这么个男人，是她前世积德积出来的。当我们告诉他兽医罗布在县城还有个老婆时，牧民朵儿古往地上啐了一口唾沫，续上一根烟，不屑地说，那有什么？在牧区几个姐妹就一个男人，或几个兄弟就一个老婆。再说，永青也没有让罗布答应娶她呢！我们有我们的生活方式，你不能以你们的标准来说这个对那个错，几百年来我们的祖先选择了最适合的生存方式。朵儿古说的也在理，自然环境、生存条件决定了婚姻的形式，我们只有包容和理解。我们走访了十多家牧民，没有一个说兽医罗布有作风问题，临走这些牧民都会惋惜地说，罗布是个好人，不该这么早早地走啊！

回到坝根乡简陋的接待所里，我们把三角铁炉里的牛粪点燃，在烟雾的缭绕中把各自采访到的兽医罗布的故事汇总，交流。不知是故事本身感动了我们，还是烟雾刺激了眼睛，我们个个脸上泪水涟涟。小干事张决意要去噶如牧区点，了解永青和兽医罗布之间的事。司机听后从一旁鼓动，甚至要求吃完午饭就出发。我盘算着这次过去的话，一定能听到一个美丽浪漫的爱情故事，内心里充满期待。

我们离开坝根乡时，已经是下午三点多钟。乡长在大门口拦下车子，由他来给我们当向导。汽车驶向宽阔无边的草原上，土黄色的路面逐渐消失，司机在草地上新轧出了两道印痕。在乡长的指引下，汽车向雀拉雪山快速飞奔。

看前面有顶帐篷。小干事张喊了起来。

我们看到一顶黑色的牛毛帐篷，立在空旷的草原上。旁边是黑压压的牛群和白花花的羊儿，帐篷边还有几匹马儿悠闲地啃草。

还要往前走，这里是龙佩的草场。乡长用手指着前方说。

我们看到帐篷里有人走了出来，站在门口向汽车使劲挥手。几个小孩试图追逐汽车，无奈车速太快，瞬间从帐篷的一侧飞驶而去，小孩蹦跳着向我们挥手道别。

经过几顶帐篷后，我们远远地看到了雀拉雪山下孤独坐落的那顶黑帐篷。它就是我们的目的地，是兽医罗布在牧区的家。

我们到达永青的帐篷前时，太阳已经滑行到了西山头，形状各异的云朵全燃烧成了彩霞。

永青对于我们的到来，显得很惊讶，有些手足无措。

乡长告诉她我们是来写兽医罗布的先进事迹时，她别过头去呜呜地哭了起来。男孩抓着帐篷的牵绳，另一只手搭在胸口傻傻地望着我们。

小干事张用拗口的藏语劝导永青，她的哭泣声才逐渐微弱了下去。

云朵被落日烧毁之后，颜色变成了暗灰色。风轻轻飘过来，我们感到了一丝冷意。

永青从帐篷里拿来了垫子，我们盘腿坐在上面，听潺潺的小溪声，吃煮熟的牦牛肉，喝起了热辣辣的沱牌酒。

你是怎么认识兽医罗布的？小干事张问永青。

永青扭捏了一下，把手中的切肉刀放在盛肉的盆子里，眼睛瞟向了雀拉雪山顶。雪山的峰顶白茫茫，雪线以下长起了茂盛的红柳，火红色一直蔓延到山脚，与碧绿紧密地交融。成群的牛羊被拴在木围栏里，几头藏獒在附近转悠。

大伙都知道你俩的事，不妨说出来。乡长对着酒瓶喝了一大口。

老早就认识他，那时候我有丈夫。他每年都要下来检查牲畜有没有疾病，登记新出栏的数字，也教我们一些简单医治牲畜的办法，留些必需的药给我们。永青的脸颊上出现了红晕，玲珑秀气的五官多么地匀称，她的眼神变得温柔了起来。

后来，我的男人带上六十张羊皮，说是要到拉萨去做生意，离开了这个地方。随后的日子里，家里的一切活都要由我来承担。每天夜晚我都要望着拉萨的方向，等待男人归家过团聚的生活。几年里，我们一直都在等待他回来，可这种期待一次次地落空，最后我的心死去了，再不抱任何希望。女儿一天天地长大，同时我也忘记了这世间自己曾经有过一个男人。永青说完用舌头舔了一下嘴唇，几根乌黑的头发垂落在她的眼睛边。

一轮皎洁的圆月从半空中瞅着我们，天色不一会儿就要暗淡下去。溪流潺潺地发出声响，告诉我们这里是僻静的地方。

我们轮流给永青敬酒。几碗酒落到肚子里，永青不再那么拘谨了。

里里外外都得靠我一个人来支撑，那压力你们是想象不到的。白天我要去放牧，回来挤奶，打酥油，弄牛粪，护理小牛犊，直到深更半夜才能把头落到枕头上。特别是在转场时，我一个人忙不过来，这时我对出走的男人充满了怨恨。女儿宗吉八岁多时就帮着我挤牛奶，赶牛羊到草场上去。这样的辛苦我都能承受，只是这男人应该给我们捎个信来，告诉一声他的好歹呀。他一去从此没有任何的消息，是死是活我们全然不知。为这事，我有时会莫名地生气，不免要把这种情绪发泄到女儿身上，过后又悔恨得痛哭流涕。

男人出走的第三年，一些不安分的男人半夜跑到帐篷外边，在狗吠声中给我唱撩拨人心的情歌：金雀般的姐姐呀，去年想着与你相聚，无奈路途遥遥呀，今晚有缘见上一面；银雀似的姐姐呀，去年是要相亲相爱，只怪河流无数条，今夜我们再续前缘……

我躺在被窝里，眼泪一个劲地掉，这些歌入耳入心，使我更加地憎恨那出走的男人。每天晚上有歌声飘荡在我的帐篷顶上，这些歌声让我夜夜泣不成声。

为了生存我不得不接受别的男人了，这样我在转场或到冬季屠宰牲畜的时候，男人就会无偿地跑来给我帮忙。男人尝不到一点甜头，谁会来帮助我们孤儿寡母！他们在我的身体上爬上爬下，可没有一个人是真心爱我的，这我非常清楚。

永青的眼泪簌簌地掉落下来。她用手背擦着泪水，另一只手将碗里的酒灌到嘴里去。

除了藏獒的几声叫唤外，只有溪水汩汩流淌的声音。我们的心情沉重了起来，将杯子里的酒喝到肚子里。兽医罗布的儿子安静地躺在我们的身边，用那双无邪的眼睛打量着我们。

之后，我也厌倦了这种没有感情的男女关系，想着法子或以各种借口躲避他们。有些男人再也不来帮我了，这片广袤的草原上，我又能怎样，只能独自一个人承受这一切。

关于你男人，后来也没有消息了吗？小干事张问。

先是听到了他在拉萨的消息，后来听说他跟一个女的在一起生活。

永青说这话时，平静得令人惊讶，仿佛那个男人跟她没有一点关联一样。

难道你不想去找他？我问。

一个人决意不要你的时候，你再怎么去赖，只能使别人更加地反感你。他放弃我们肯定有他的原因，就让他无牵挂地在别处生活吧。永青又把一碗酒干了下去。

男人离家五年多后的一个夏季，罗布骑着马又来到了这里，看上去他比以往更消瘦了。他骑在马背上，身子前倾，问道，永青，你们家的牲畜都没病没灾吧？我站在牛毛帐篷一边，手上缠了一圈的羊毛，回答他，托三宝的福，它们都没病没灾，壮实着呢！罗布从马背上下来，取下药箱又要给我分药了。这时，天色不早了，太阳正从西边的山头上坠落下去。于是我问他，兽医罗布，你是要到哪里去？他说，你这里的牲畜没有病的话，要赶到下一个牧民家中去。这怎么可能？下一家的路远着呢，最快的话下半夜才能赶到。说不准，路上他还会遇到狼啊棕熊什么的，那罗布的命可就不保了。我说，下一个牧户住得远着呢，今晚住在我这里，明早赶去吧。他抬头看看天，皱了皱眉头，很爽快地答应了下来。

晚上，我和他围着铁灶炉，聊起了牧场、牲畜、我的女儿，他安静地听着，眼神里充满了同情。偶尔，搭讪一句，每句话都让我心里暖暖的。在我认识的男人里，没有一个人说出过这种贴人心的话。别的那些男人，说的都是些露骨的话。我好像找到了倾诉的对象，把一股脑的烦恼全部都倒给了他。他从褡裢里取出一瓶酒来，邀请我跟他喝。我的心情舒畅了许多，看到他那样专注地听我讲，内心里对罗布充满了好感。等牛粪火燃尽时，罗布睡在靠门的帐篷边上，我和女儿睡在里面的垫子上。他的头刚落到枕头上，就发出了鼾声。我一直睡不着，两眼望着帐篷顶开裂的口子，从那里投射进来白色的月光，落在罗布的药箱上。那夜罗布给我的印象很深刻，是那种一辈子可以托付的人。我躺在垫子上翻来覆去，一直都睡不着，眼看着月光开始慢慢地移动，酒在我的体内燃烧。我从被窝里钻出来，走到了罗布睡觉的床铺前，他的身体在被子下蜷缩着，一只手搭在下巴底，样子是那样地安静、乖顺。他的睡姿让我的心莫名地疼痛，觉得他不该这样到处奔跑，应该待在县城里。外面的狗狺狺地吠叫起来，我怕他被吵醒，赶紧回来钻进了被窝里。

第二天上午，他喝茶吃糌粑，然后准备去找下一个牧户去。

永青的眼睛再次投向了黑漆漆的前方。我们知道那里是兽医罗布曾经要去的地方。

罗布走了后，我的脑子里一直都在想他。牛羊被赶到山坡上后，我就望着他去的方向，盼望他骑着马儿从我身边返回去。我的愿望很快就实现了，罗布是在第三天赶了回来。他下马走到了我放牧的地方，我的心里一阵喜悦，脸颊红得像朵晚霞。看看这些牛羊，你们的日子会过得很富足。罗布说着走近了我。我不敢正视他，眼睛投向了悠闲吃草的那些牲畜。我清楚我对罗布已经有好感了。为了延误他的行程，我谎说有个牲畜好像病了，让他跟着我到畜群里去找。他听说有牲畜病了，立马精神了许多，挎着药箱一同往草原深处走去。他还不时地回头催我快一点。他的这种认真劲和容易被人糊弄，让我觉得他人太单纯了。但从我个人来讲，能这样就随了我的心。我带着他在牛羊群里穿来穿去，一会给他指一头黑色的牦牛，又一会指额头上有块白毛的牦牛，他都要认真地跑过去仔细观察。后头我说，是我记错了不是它们，那头生病的牦牛被我拴在了营地里。反正那时天色已晚，他再赶也到不了下一个牧户家。

我们一起赶着牛羊回到了营地。他帮我把牦牛一头头地拢进木围栏里关上门，一头头地拴在绳桩上。做完这些活时已是傍晚时刻。他问我那头生病的牦牛，我说它已经好了，要不它怎么有力气挣脱得了绳索跑掉。罗布开始着急起来，说丢一头牦牛，对于一个牧户来说是个很大的损失。为了稳住罗布，我在牛群里又找来一头壮实的牦牛说就是它。罗布盘腿坐在地上，观察这头健健康康的牦牛。我为他的这股傻劲感动着，想到这是一个多好的男人。他确信牦牛没有生病后，向着帐篷走过来。这时，我已经给他熬好了茶，心里有千万个怜惜在他身上。

你们会觉得好笑的，但我想爱一个人就要敢爱敢当。

那夜当女儿熟睡后，我赤裸着身子，钻进了罗布的被窝里。他被我热乎的身子给弄醒了，睁开眼一下从被窝里跳了出去，站在月光下惊讶地看我，再看看另一旁熟睡的我女儿。

别吵醒她！我轻声地说。

他还没有从惊吓中醒来，用一种怪怪的眼神盯着我。我的心突然疼痛，不知怎么的哭了起来，泪水伴着嘤嘤的泣声。是我的哭声和泪水，软化了罗布的心。他靠近我，按住我的肩头，并肩坐在了一起。我想到要是这次放开了罗布，今生就不会再拥有他了。

我说，你不要看贱我，这一生我没有遇到过一个疼爱我的人，我以为你是这样的一个人，所以准备把自己献给你。我知道你有家庭，也不要你娶我，只是每次路过这里时，进我帐篷住几天，给我一些关怀就够了。

罗布听完身体颤抖，脑袋用劲摇了几下。他的目光盯住帐篷的门，轻声说，这样我就背叛了家人。你还年轻，会找到一个疼爱你的人。

我感到了绝望，可是不能轻易认输，这可是个真正的好男人。

我对罗布说，男人离开后，我一个人生活了五年，要是有疼爱我的男人，我早就嫁人了。

罗布不说话了，脑袋勾了下去。

我继续说，佛祖都可以拿身体饲虎，你就不能满足我抱着你睡一晚上吗?

罗布长长地叹了口气，两手抱住了脑袋。月光照着他那枯瘦的身子，让我不能自禁地爱上了他。我一把抱住他，将他拖进了被窝里。

第二天，我早早地起床给他熬茶，怕他心里有顾虑，天微亮时就赶着牛羊离开了营地。我想等我放牧回来，他人早已走了呢。可是，我回来时，那顶黑色的牛毛帐篷里飘升着淡淡的烟子，罗布站在牛粪垛旁边向我挥手。我高兴地落下了眼泪，心里更加确信这是个有情有义的男人。

那夜，我们相拥着坐在火堆旁，我直接告诉罗布我是多么地珍惜这段感情的。他也告诉我，他不能离开家人，那是一个很善良的女人，他不愿让她受到伤害。我说我不要你的任何承诺，只要下来时到这里住几天就行。

我靠着他肩膀，闻着他身上散发出的烟味，心里就很踏实了。

从那年开始，罗布每次下乡都会来看我，小住几日又去别的地方。我对他从来不要求什么，也没有指望能得到什么，心里就是喜欢他，只要两个人能短暂地待上几天，我就觉得这一生没有什么遗憾了。

罗布也是个心细的人，他会选择我要转场的时节过来看我，然后帮我收拾东西，赶着牲畜到下一个放牧点。因为我跟罗布的关系，牧民们对我也格外地照顾。

“喂，你在发什么呆啊？”老僧边问边轻轻推搡我。

铜镜里什么都没有了，金黄色的铜面亮晶晶的。

“我想起了往事。”我回答。

“你要是可怜这个亡魂，就替他做些事吧。你跟我到僧舍里去，我们把他的亡魂劝回到中阴界去。”老僧仰着头，目光里充满期待。

“为兽医罗布我愿意做任何事！”我回答。

老僧开始收拾东西，那件披在身上的袈裟经日晒风吹，已经有些褪色。

我望着前方顺着山势而建的寺庙，不禁为兽医罗布念诵起了祈祷经文。

三

我尾随在老僧后面。他由于年事已高，腿脚不便，走起路来有些摇晃。他领我走了一段高低不平的土路，我很想问他的名字，可是老僧一直喃喃地念经，我就打消了这个念头。我心里一直在嘀咕，到时老僧会用什么样的法术，召回兽医罗布的游魂。想到这，我的心里充满了遐想，又有些恐惧。这时，我发现醉酒后的头痛已经消失，身体里的所有机器运转自如。

老僧开始下一段陡坡，路面全是石块铺砌的，到了尽头再转，开始爬段坡。半坡上有座两层的僧院，因时间久长，从外观来看显得破旧、衰败。

“我们这样进去，兽医罗布的两个女人会找不到的。”我把担心说给老僧听。

“她们没朝佛完，这边就已经结束了。”老僧停下脚步，扭头对我说。

我再没有多说什么，迈开脚往前走。

来到僧院门口，大门敞开着。穿过杂草丛生的院子，能看到细瘦的廊柱和开裂门板的僧房。我敢断定这里不会有其他僧人居住。土质霉烂后的腐朽气息，飘进了我的鼻孔里。老僧跨过大门门槛，飘飘地穿过院子中央。院子里洒了一地的阳光，就是这暖人的阳光，让我鼓足勇气，把脚踏进了这座破败的僧院里。

老僧走在前面，像一团红色的火球，向前燃烧过去。

我惊讶老僧的步履怎么一下变得如此轻盈，急忙跑过院子中央，不想从脚边的草丛里扑棱棱地飞出一只红嘴乌鸦，把我给吓了一跳。

我定下神来，急步追赶老僧。

老僧从怀兜里掏出一把硕大的藏式钥匙，上面的各种口子让我想起了万里长城的城垛。他把钥匙插到那把大锁里，咔嚓地上下摇动几下，才使那扇油漆剥落、铁质生锈的门吱嘎嘎地打开了。扑面而来的是一阵阴风，把老僧的袈裟给撩了起来，让我全身打了个寒战。风停了下来，袈裟又结结实实地粘在老僧身上。我发现门正好对着房间那扇开启的窗户，风是对吹过来的。老僧进入房间里，把沉重的锁搁在屋子中央的方桌上，爬到床上把窗户给关上。

“这院子里就你一个人住？”我问。

"就我一个，图的是个清净。"老僧说着从床上下到了地。他把背上的布包取下来，把经文和铜镜放到了柜子上的佛龛前。

房子只有两柱的面积，向西开设的窗户里能看到停车场。

老僧要我从藏柜里取出陶质供灯，点燃后放到佛龛前。

他脱掉袈裟，找来一个铜盆，开始揉糌粑。他要我把方桌上面的东西全部搬走，铺上一块干净的白布。老僧用糌粑做各种形状的朵尔玛，他陶醉于自己的工作中。我看到墙壁上挂着三怙主的唐卡，佛龛里供奉的是金刚手。我没法插手，只能坐到床铺边沿看他忙活。

老僧又在一塑料盆里盛满水，丢进一坨黄澄澄的酥油用手拿捏。他一直忙活着，没有时间搭理我。这时我的烟瘾上来了，我走出房门，靠在回廊的一根柱子上抽烟，思绪也像烟子一样飘飞。

小干事张和我把兽医罗布的先进事迹写完了，很多具体事例让我们都感动得落泪。县委宣传部领导看完，专门把我们叫去询问事情的真实性。当他得到我们肯定的回答后，激动得仿佛发现了一座金矿。能为默默无闻、遭人非议的兽医罗布还以清白，我们感到很欣慰。

我和小干事张又把写好的材料打印一份，交给了兽医罗布的老婆其米。其米接过材料给我们说了一些感谢的话。我对其米说，兽医罗布的这些事迹，肯定能评为全区抗雪救灾的英模！其米听了我的话，嘴角抽动了一下，说，人都走了，要个虚名干吗？她的脸上显不出一点兴奋来，倒是充满了悲伤。他救了那么多牧民和他们的牲畜，应该得到这个殊荣。小干事张回答。其米没有搭理，眼泪一个劲地落个不止。过后她说，能有那么多生命获救，死他一个也值啊！那是积德！我们知道平日里她背负了旁人过多的责难和白眼。

一切出乎我们的意料，在这些抗雪救灾英模里，独独没有兽医罗布。小干事张和我很不服气，决意去找宣传部部长。宣传部部长的态度倒是很和气，不停地承认兽医罗布的这些事迹理应成为英模，只是县里有很多人在检举他作风不正，这样有污点的人怎么能当全区的英模。我们把事情的原委详细地告诉了宣传部部长，他听完郑重地告诉我们，无论怎样，他毕竟有两个女人吧，这是事实，人家反映的也不是没有根据。我们要注意社会影响啊！

我和小干事张待在那间阳光灿烂的房间里，心却凉透了，只想离开这所房子。

我们出了宣传部部长办公室的门，谁都不愿意开口说话。阳光照射在身上还是冷，是从骨头里面冷到血液里。

我的脚向县委大院外迈去，心里在想我要好好喝一通。我走进了县城里人人都忌讳的饮厅，操着四川话的小姐热情地把我迎了进去，把我安排在一间暗黑的卡座里，开上了暧昧的昏暗灯光。摆满一桌的啤酒，杯子里泡沫呲呲爆裂，我端起杯子连喝了几杯，好使神经赶紧麻醉掉。哥，别这么急着喝，我陪陪你！旁边坐下来一个瘦高的女人，她把杯子抢了过去。卡座的门帘被掀开，出现的是小干事张，他坐在了对面那张凳子上。小干事张说的第一句话就是，好人不得好报！我又干了一杯，才说，我要是当好人的话就是畜生。在饮厅小姐的陪伴下，我们喝了个烂醉。但是心里的那种痛无法用酒驱散掉，我们觉得愧对了兽医罗布，愧对了那些带着真挚情感叙述兽医罗布事迹的农牧民。

从那天开始，我每天早上去趟办公室，然后溜到外面喝酒。钱花光了，就卖房子里的东西，还到处欠账，我的声名从那时起日渐隆起，全县没有人不知道。走在县城里，人们在我背后指指点点，有人还骂我是酒鬼嫖客。我无所谓了，既然做好人不得好报，索性破罐子摔到底。

盛大而隆重的抗雪救灾表彰会时，在一阵热烈的掌声中，我跌跌撞撞地走进了会场，胡乱地说着前言不搭后语的话。人们盯着我这个醉鬼，脸上现出不屑和愤怒来。最后，我被人架出了会场，扔进房间里，有人从外面把门给锁上了。我看到这种喜洋洋的气氛，就为兽医罗布感到不平。

半年之后，单位领导主动找到我，让我回拉萨去联系单位。

离开县城的那一天，兽医罗布的老婆其米和小干事张来给我送行。我坐在车窗边，心里没有了离开县城后的喜悦，看到其米后心里更是无比地悲凉。

在回拉萨的车上我发誓说，此生再不踏入这个地方。

到拉萨后，我努力从兽医罗布事件的阴影里挣脱出来，同酒精进行着抗争。许多年后，时间销蚀了罗布在我记忆里留下的那些印痕。

我把烟蒂扔在地上用脚踩碎，准备再续上一根时，老僧人从背后喊道："你是来闲待着的吗？有很多活要干呢！"

我把夹着的烟装进烟盒里，跟老僧进了屋。

方桌上摆满了各种形状的朵尔玛，上面贴的酥油花栩栩如生。我被老僧的技艺折服，深信他是一名了不得的僧人。

"要我干什么？"我问老僧。

老僧从矮桌下端出一个不锈钢盘子，上面立着一尺多高的一个糌粑人。那人的轮廓、神态跟兽医罗布很像。我惊讶老僧是怎么认识兽医罗布的。

"是他吧？"老僧问我。

"是他。"我肯定地回答。

“这亡魂太重情重义了，佛教里叫执迷不悟。他该罢手，该清醒了。”老僧感叹道。

老僧盘腿坐在床铺上，从面前的桌子上拎起铃杵摇动，铃声把整个房间给填满了，也把我的思想给攫住，让我沉浸在这脆亮的音律里。

老僧随后口诵一阵咒语，紧接着敲起了密集的鼓。

我坐在墙角边的草垫上注视着老僧。我确信，兽医罗布的亡魂此刻被招到了老僧的房子里，过会儿他就会附入糌粑做的人体里，然后在老僧的引导下去中阴界投胎。

法事持续了一个多小时，最后老僧面对糌粑人开始击掌，糌粑人在抖动，不时能听到老僧吹出的噗——噗——声。

“你过来。”老僧命令我。

我走了过去。

老僧两手端着不锈钢盘子，交到我的手里。他在糌粑人周围放了几个尖尖的朵尔玛，然后用红线箍了几圈。我看到糌粑做的兽医罗布痛苦无比，五官都歪斜了。我的心被揪了一下，鼻尖发酸。

“你出院子，把它丢弃在公路边上，我会引导他到中阴界去。”老僧吩咐道。

我端盘子出了门，穿过院子，下到石板路上。

等我回来时，法事还在继续，铃杵声——诵经声——

鼓声循环不停。

法事结束后，老僧脸上显出疲态来。

“现在你可以走了！”老僧对我说。

“亡魂不再游荡了吗？”我问。

“我想应该是这样的。”老僧说。

我掏出两百元钱放到桌子上，老僧坚决地推辞。

出了老僧的房门，我找块石头把钱压在那里。

我走到停车场找不到兽医罗布的两个老婆，就向寺院的甜茶馆走去。

她俩正坐在茶馆的一个旮旯里喝甜茶。她们看到了四处探头寻人的我，两个人同时向我招手。我走了过去，坐在对面的一条木长椅上，一张油漆掉落的长桌横在中间。永青给我倒了杯茶。

“你们什么时候出来的？”我问。

“出来没有多久。我们看到汽车里没有人，想着你肯定在甜茶馆里就走了进来。”其米解释道。

甜茶馆里有很多喝茶的信徒，他们说话的嗓门较高。我把身子前倾小声问她们：“朝拜得怎么样？”

“虽然在诸佛前祈祷他去投胎，心里却希望夜夜能见到他。”其米说完无奈地苦笑。

“昨夜没能见到他，我的魂好像被抽走了一样。”永青说。

我匆忙避开了她俩的眼睛，思想着要不要跟她们讲我和老僧所干的事情。我的心里很纠结，被愧疚和悔恨团团围住。为了不让她们看到我的窘态，我找个借口跑到了外面。

半个钟头后汽车驶离了甘丹寺。

汽车行到山脚下，我把一张光碟放进了播放器里。

“风儿吹过神湖的时候，你牵住了我的手，宽阔的草原，我为你停留，从此美丽在我的左右……”《我们好好爱》的歌声飘荡在车子里。

其米望着车窗外，一脸的憔悴，永青诵着经拨弄念珠。

“其米，以前采访时，你没有说过你和罗布是怎么认识的。现在能跟我说说吗？”我不想一直这么沉默着回拉萨。

永青停下诵经，伸手推了推正在出神的其米。她缓过神来愣愣地看永青，再看看我，一脸的茫然。我又把刚才的话给她重复了一遍。其米深深地叹了一口气，把眼睛给闭上。从后视镜里我看到她的胸口起伏，眼角淌出一行泪水来。

我正要为提出这么个不合时宜的问题责骂自己时，身后传来了其米的声音。

“罗布是个孤儿，是政府保送他去内地学习的。学业完成后，他主动要求回到了原地，安排到了县农业局。我是后来从拉萨艺术学校毕业，被分配到了县文化局。刚从学校出来时，我憋足了劲一心想要干一番事业来，可是县文化局连个演出队都没有，整天待在办公室看过期的报纸，听人们聊家长里短，送送材料来打发时间。这种环境慢慢地销蚀了我的理想，也使我变得懒惰起来。最令人难受的是，每年夏天上面的领导一茬一茬地过来，说是来视察指导工作，县里每天让我们陪领导吃饭，席间还要给他们敬酒唱歌，直到领导尽兴地回去。后来这好像成了我分内的工作似的，整个夏天喝得醉醺醺的。县城里的人在背后议论我说是个卖唱的，甚至有人无端地指责我说在卖身。这些话传到我的耳朵里，我自尊心受到了极大的伤害，也使我对所处的环境感到了深深的悲哀。在我迷惘之时，一位县文化局的老领导让我到基层去，说在那里能寻到民间文化资源。这句话又燃起了我的希望，我渴望到乡间去，收集音乐和舞蹈素材。现实却是文化局里没有一个人愿意下乡，单位没有可派的车子，这可把我给难住了。”其米说到这里停顿住，眼睛眨巴了几下。永青不再诵经祈祷，手里的念珠也停止了拨动。

“正当我无计可施的时候，那位老领导给我出主意说，你就跟着农牧局的罗布下去，全县的情况他最熟悉。我听后非常高兴，就跑下楼到县农牧局去找罗布。那时他还年轻，有一头乌黑的鬈发，身板结实挺拔，脸上充满朝气。我请求罗布带我下基层时，他一口应承下来，还给我介绍哪个乡有什么什么艺人，哪个山沟里唱什么样旋律的鲁，牧区和农区跳的舞蹈有些什么区别，当时说得我心情激动不已。我想跟着罗布走，肯定会有大收获。

“出发的那天我睡过了，一阵敲门声把我从睡梦里吵醒。我才知道不好了，时间被我给耽搁了。坐到车上，我发现农牧局局长拉长着脸，一肚子的不高兴。出了县城她开始拿我撒气，说得我眼泪滴了下来。罗布急忙替我承担责任，说给我通知的时间报晚了。那局长从副驾驶座扭过头来，愤愤地剜了他一眼。罗布没有理会她，掏出一条干净的手帕递给了我。那局长不再唠叨，直视着道路前方。罗布怕我难受，开始给我讲这次要经过哪些地方，能看到什么样的景色。他的这种热情让我感动，我当时把他当成了一个最要好的朋友。农牧局的汽车只到桑嘎乡，接下来我和罗布要雇上骡马，驮着药物和粮食经过九个村子。那时候偏远的很多村子都不通公路，只有简便的山道。每到一个村子，罗布先把我安顿好，然后一家一户地去登记牲畜死亡、出栏、变更等情况，完成分内的事后，带我去村民家访问和录音。正是由于罗布，村民们才毫无保留地给我进行演唱和表演，并把家传的珍贵服饰拿来给我看。一个多月的时间里，我写满了两个厚厚的笔记本，录了十几个小时的音带。回到县里，看着这斐然的成绩，心里充满激动。接着我又跟罗布跑了其他几个乡，这段亲密接触的时间里，我发现罗布是一个很负责任的人，同时又是一个肯吃苦，乐于帮助人的人。他身上体现出的这些个优点，慢慢地把我的心给俘获，等我俩把全县转完一圈时，我们不仅收获了爱情，同时也收获了事业。我写的一本《藏南酒曲与山歌》得到了很多专家的认可，地区文化局甚至派人来跟我商谈调动的事情。因为罗布热爱他的故乡，我放弃了这个机会。女人一旦结了婚，就把精力全部投入到家庭琐事上了……”

夕阳照射在汽车挡风玻璃上，刺得眼睛看不清前方的道路。我赶紧把墨镜给戴上，这样前方的道路可以看得清晰一些。道路两边的树和农田呼呼地从汽车两旁往后蹿去，村庄倏忽间被抛在了脑后。

“次仁罗布，我感谢你曾经为罗布所做的那些努力。”其米把脑袋从前排两个座位的空隙里探了过来。我看到她眼角边刀砍斧削般的深深皱纹，心里漫溢开一股挥之不去的淡淡忧伤。

“罗布的事迹让我和小干事张感动，我们所做的一切都是为了对得起自己的良心，你就不要说这些客气的话了。”我说。

“罗布这一生从不去求人。也许这种特立独行的性格，使得他在单位不被领导所看重，他后面来的人一茬一茬地升了官，一波一波地被调往地区和拉萨，可他一直都在原地踏步。他一年里总要挤出七八个月来，到农牧区转悠，为老百姓做点实实在在的服务。他为什么这样做？直到他死去以后，我才一点一点地明白了过来。罗布诊断治疗牲畜疾病方面很在行，待在县城里他感觉自己一无是处，于是不停地往乡下跑，这样他才感到自己活着的意义。可是县城里的人，没法了解他的这种想法，便想着他为什么要扔下妻子和女儿，不停地往条件艰苦的乡下去。于是想象出了那些‘钻被窝’之类的难听话。回到县城别人跟他问起这档子事情时，罗布虽有一千个愤怒他都能压得住，只是对问这个问题的人反问一句，‘人要比动物高级吧？’说完，从此他不会再搭理这个人的。这种巨大的舆论压迫，让他饱受精神折磨，也从那时刻起他开始喝起了白酒。有天晚上半夜时，我一下惊醒了过来，旁边躺着的他在床上辗转反侧，一直没有睡觉。不一会儿，我浅浅地进入到梦乡里。这时他坐了起来，我睁开眼睛看到他下了床，蹲下身从床底摸索出一瓶白酒来，汩汩地喝上几口，才爬回到床铺上入睡。他的身心承受着太多的煎熬，但他的行动却没有任何的收敛，依然我行我素地到农牧民群众当中去。现在想想这样也很好，在那里他可以任性地穿越空旷的山谷，可以无拘无束地驰骋在草原上，那时刻他的心是自由自在的。你也许会问，他为什么不改变？因为他太犟了，不愿向别人低三下四。你相信‘心善道路自然宽’这句话吗？罗布用实际行动证明了这句话的正确。以前我还不太相信，可是他死后我信了。罗布已经离开我们十六年了，那些曾得到过他帮助的人，一直都没有忘记他。每次来县城都会带些东西来看望我们，有人甚至愿意出钱帮助我们。他们坐在家里跟我们谈论罗布，就像在谈论一个依然健在的老朋友一样。”

一阵沉默。我听到了其米因激动而加速的呼吸声。

前方能看到被经幡包裹的达孜铁桥，离拉萨越来越近了。

“因为我是罗布的妻子，为了让他在县城里感受不到压抑，不让他长吁短叹，我鼓励他到基层去，去帮助那些需要帮助的人。家里的一切由我一个人挑着，从没有向他怨言过一句。罗布帮助牧民能救活一头牲畜，那也就体现出了他的价值。”

汽车顺着蜿蜒的拉萨河水向西奔驰，太阳已经从西山头落下，我把墨镜给摘了下来。

手机铃声响了，我赶紧接电话。电话那头老婆劈头就问：“你什么时候能回到家？”

我回答：“天擦黑时能赶到。”

她说：“小孩已送到她奶奶家了，晚上我要跟朋友去KTV。”

我说：“我知道了。”

电话咔嗒一声给挂断，我瞄了一眼手机，仿佛看到了一场危机正在酝酿之中。

“又耽误你时间了。”其米说。

“这是我必须要做的。”

“今晚罗布会出现吗？”永青没头没脑地说。

我们都没有再吱声，大伙都静静地望着车外的黄昏景色。

我想起了以前我去采写兽医罗布先进事迹的片段文章内容。

那一次，兽医罗布风尘仆仆地回到了县城里。

已经三个月未见的女儿，看到爸爸背着包、全身灰蒙蒙地从院子中央走来时，扔下一同玩耍的伙伴，张开双臂向爸爸冲了过去，一头扎入到他的怀抱里。兽医罗布从女儿身上闻到了一股特有的香味，这香味让他感到温暖的同时，也产生了深深的愧疚。这年他的女儿整好是十岁，这十年时间里，他给家人的爱太少太少了，其他小孩被双亲挽着手上街时，兽医罗布的女儿却望穿秋水地等待父亲从基层回家来，一家人过团聚的日子……

《兽医罗布先进事迹》

别问这个问题可以吗？

不回答也行！

你们想把它写进去吗？

不写。只是想全面地了解。

我有预感，那天右眼跳得很厉害。晚上罗布从乡里回来了，他有意躲开我，而且显得心绪不宁。这是我们结婚十多年来第一次出现了这种反常举动。我想他一定是遇到什么难事了。晚上等女儿睡着后，我把他叫出房门，要他陪我在大院里转一圈。他更加慌乱了，说已经太晚，加上很累，想早点睡觉。我说，你这么久在外面跑，就舍不得陪我转悠这么一圈吗？灯光下他面露怯色，极不情愿地出来了。我们谁都没有开口，静静地走在院子里。罗布几次看我，又把眼光匆忙躲开。我知道会有不好的事情发生，但隐忍着不发问。罗布停住了脚步，吞吞吐吐地说，我在牧区犯错误了。我的身体被冻住了，脑子里嗡嗡地响，许久才问，是什么样的错误？他说，我跟一个牧女发生了关系。我抡起手一掌击在他的脸上，还吐了一口唾沫。他捂住脸什么也没说。黑夜压得我脚都挪不动，心冷得硬成了一块。回到房子里，我抱张被子单独去睡，怎么都睡不着。

眼泪和叹息声伴了我一夜，那夜比平时都长了好几倍。罗布在床头枯坐了一晚上。

天亮后送女儿上学去，回来的路上想着我对罗布这么迁就，到头来他却背叛了我，我不能这样受屈辱，应该要跟他离婚。

这样僵持了几天，当我写好离婚申请书叫罗布签字时，他那塌陷的肩膀更加地低垂，几缕鬈发悬在眉骨上，那张脸因痛苦而扭曲着。这样一个形象，轻轻拨了一下我心头的悲悯之弦，让我犹豫不决起来。我发现对他还有感情，他的悲伤、痛苦能催生我更大的悲伤和痛苦。我的心软了下来，我不忍再让他难受了。

一年多后，我的想法开始改变了，想到要是在牧区也有个人照顾罗布的话，未尝不是一件好事呢！那样罗布即使离家很远，我都不用担心他，知道在那里他不会挨饿雨淋。我给他带的物品里，塞进一些女人的衣服。他也不说什么，一脸的歉疚。那时我在想，只要他不把人带到县城就行。从那刻起我就默认了永青的存在。

现在回头看，我为我爱的人献出了一切，即使罗布走了，我也没有一丝遗憾。

《采访笔录》

“其米，你是个伟大的女人。容下了这么多常人不能容的东西！”我由衷地赞扬其米。

“都是爱在作祟。”其米解释道。

“这超越了爱情，是博爱！”

“我们现在是姐妹了，是一家人。”永青插话进来。

“你们希望兽医罗布一直陪伴着吗？”我问。

“直到我们死的那一天！”

“既然这样，那么你们来拉萨祈祷他的亡魂早点投胎干吗？”

她们没有回答我。两人都别过头去，看窗外朦胧的景色。

拉萨城里的灯光亮了起来，汽车开始行驶在拉萨大桥上。

四

兽医罗布的两个女人谢绝了我请她们吃晚饭的邀请，这样也挺好的，至少再不用提兽医罗布这个名字了。我把车开到宾馆门口，等她们下车后就离去了。

现在回家也没有人，我还是到酒吧去喝他几瓶，再把重要的事给干了。

我把车子停在了地下停车场，出来后往丹杰林走去。

窄小的巷道里行人如织，吵闹声不止。

我走进一家昏暗的酒吧里要了十瓶啤酒。理查德·克莱德曼的钢琴曲《夜无眠》正在演奏。几杯酒落到肚子里，我开始激动了起来，身体微微发抖。

我从里面的衣兜里掏出了老僧用糌粑捏的兽医罗布，小心地把上面缠绕的红线给拆开，把他放在对面那把椅子上。

等我做完这些事，坐回到凳子上时，激动还没有消退掉，这两条腿的哆嗦就是个证明。我用一杯酒让自己镇定下来，两手绞在胸口长长地舒口气。

“服务员，再来一个杯子。”我往吧台喊。

服务员立马送来了酒杯。

我把酒杯放在对面椅子前的桌子上，斟满了啤酒。

我用手托着下巴，借昏暗的灯光端详糌粑捏的兽医罗布。他的五官已经恢复正常了，脸上的表情也安详。我的心情愉快了起来。

“我敬你一杯酒。”我端着杯子说。

糌粑捏的兽医罗布好像在笑，身子却一动不动，我只好自己把酒喝干。

理查德·克莱德曼的钢琴曲还在演奏，我掏出香烟点燃，吐出第一缕烟雾时，对面的凳子上坐下一个人来。

烟雾消散后我看到的是那个老僧，我惊得烟从嘴里掉到了地上。

老僧竖起一根指头，放在嘴唇上，“嘘——”了一声。

我僵在凳子上，全身不能动弹。

老僧从怀兜里掏出两张百元纸币，搁到桌子上，用右手推了过来。毛主席的脑袋上照着一圈灯光，那下巴上的痣非常地清晰。

“你把附了魂的糌粑人给偷走了，我无法再引导他去中阴界，这点费用如数奉还。”老僧说完起身滑溜了出去，红色像一道闪电，只留下酒吧门上的挂铃丁零当啷地敲响。

我再看凳子上，糌粑捏的兽医罗布已经找不见了，肯定是被老僧偷走了。

我气愤不过追了出去。街道上灯光璀璨，还有那么多人在闲逛。在这些人里找不见一个绛红色的背影。我转头进了酒吧。

我拿起瓶子往嘴里灌酒，醉意从某个神经点向四处扩散开去。

我对面的那张椅子始终空着，直到我离开这家酒吧。

幽暗的灯光照射在幽深的小巷里，我孑然向前走去，嘴里不住地骂着没有怜悯心的老僧。

“喂——，请给我借个火。”从墙角边有个男人钻了出来。

“你像个鬼，把我给吓了一跳！”我埋怨着掏出火机点燃。

他的嘴凑向了微黄的火苗上，烟头触到了火身。

烟头幽暗的红炽烈了一下。

那人张开嘴，对我说了声：“谢谢！”

我再次看到了那排发黄的牙齿和塌陷的右肩紫黑的嘴唇！我一下跌坐在地上，呼吸不畅起来。

那人吸着烟只顾往前走去，消失在巷子的尽头。

“兽医罗布！”我的声音在夜色里苍白无力。

奔 丧

这几年，我一直在等待父亲去世的消息。

这几年，我一直在想，父亲要是死了的话，对我的打击会有多大？可以让我产生多大的悲伤？

当我真的接到父亲去世的电话时，脑子里出现了片刻空白。之后，莫名地镇定，仿佛他的死与我毫不相干，既没有悲伤也没有惋惜。只是想，从此笼罩我心头的这个阴影可以抹干净了。这种想法一旦产生，一阵爽朗的气流呼啦啦地顺着脑袋直往脚底奔流下去，全身骨头被刮得哗哗响，身子轻轻地悬浮在了空中。

一

按理说我的身体应该要有一些征兆，比如，眼皮跳，心口堵，耳朵燥热，等等。说实话，什么都没有。而且那天有一阵子，心情好得不能言述。大概推算的话，也就是父亲凝视着自己的第二个老婆说，我熬不过这坎儿了的时候。

那时候，远在千山万水之外的我，正紧握十八年没有见面的李红艳的手阵阵激动。

那是昨天的事情，是在刘叔七十六岁生日的时候发生的一幕。我得解释一下，刘叔全名叫刘靖定，跟我父亲同是十八军进藏人员，当时他还是父亲他们那个排的排长。

刘叔对我来讲，是一个楷模，是我的一个参照，他可以让我更恨我的父亲，也让我刻骨地体会没有父亲的痛苦。

昨天，天蓝得让人呼吸畅快，还有撩人肌肤的晨风从开启的窗户里扑棱棱地飞来，在我裸露的胳膊上轻盈地舞蹈，它的足尖挠得我痒痒，挠得我睡意消散。我靠躺在床头，已故母亲的形象又填满我的脑海。她的音容笑貌，最近时常闪现在我的梦里，而且梦中她瘦骨伶仃，憔悴不堪。母亲在世时自己没能尽孝，没能让她过上几天舒坦日子，我感到愧疚、自责。为了摆脱这种负罪感，第一缕阳光还没有从窗子里溜进来，我就胡子拉碴地从被窝里爬起，趴在窗口，望着秋天清冷的街道。

高原清晨的冷风，渐渐驱散了缠绕我的那份痛苦。我想下午去找大昭寺的贡布喇嘛，央求他帮我在释迦牟尼佛祖前点一夜的金灯，不要再让母亲的亡灵这样时刻缠我。

到嘎玛古桑刘叔家时，已临近中午十二点。

刘叔家里很热闹。坐在刘叔家的客厅里，旁边有那么多人，可我一个都不认识。孑然孤坐，才觉察自己与这热烈的氛围很不协调。我开始不自在起来。

刘叔的女儿拉措问，你不舒服吗？

我晃着头说，没有。

拉措又出客厅，忙着招呼客人去了。

时间黏糊糊地越走越慢，过了许久，拉措才跑回来，拽着我的胳膊出客厅。

你猜，我带你去见谁？拉措在灿烂的阳光下皱着眉头问我。我瞅见了她眼角浅晰的鱼尾纹和浮肿的眼袋，岁月流逝的伤感猛地擂在我的胸口，疼痛让我噎住了。我艰难地嘘了口气，梗着脖子，让疼痛消散。

猜呀？她全然不知我的痛。她只迷醉于自己出的谜题，且表现得是这般的执着。

我无奈地咧嘴一笑，摇了摇头。唉，我们都开始出现了衰老的征兆。

拉措抓住我的胳膊，拾级而上，嘴里在说，达瓦拉姆。

达瓦拉姆是谁呀？我飞快地运转脑子，但真的忆不起这么一个人。

李红艳。想起来了吗？拉措挡在前头，惊讶地看着我。这名字很耳熟。我努力记忆着，慢慢从已经远逝的岁月中，牵引出一个曾经跟我们共同生活过几年的小女孩的身影来。留存在我记忆中的她，经常穿件褪色的红色灯芯绒上衣，扎着小辫子，眼睛很大，特别爱哭。

是李煌俊叔叔的女儿吧？我张着大嘴问。

这下想起来了吧！李红艳的藏名叫达瓦拉姆，她去年从那曲调到拉萨来了。拉措说完从后面推我进了房门。

志文，见见红艳。刘叔站起来，笑吟吟地说。

都认不出来了。我过去紧紧握住了李红艳的手说。细腻、柔滑的手乖顺地躺在我的掌心里，传递过来一阵让人身颤血沸的愉快电波。

我不知道该怎样称呼她，李红艳和达瓦拉姆，哪个称呼更适合于她。我也知道名字虽然只是个符号，但这符号却能左右一个人的一生。

我该怎么称呼你？我问。

叫我达瓦拉姆吧。现在单位里的人都这么叫我。她那连绵雪山之峰似的一串皓白牙齿展露在我眼前。

刘叔和拉措下楼去，我俩继续热烈地交谈。

就在我和达瓦拉姆谈得最兴奋的时刻，我的父亲却由一辆的士疾速地送往医院。他的第二个老婆和女儿从左右拥着他。汽车飞速行驶，道路两旁高耸的大楼呼啸着从他们的身旁流淌，恍恍惚惚；阎王支使的收气小喽啰背着皮囊迅速赶来，他无形的身躯穿过林立的高楼和黑压压的车辆，准确地嗅到了从车里飘散出的将死气息。父亲透过车窗看到小喽啰那张狰狞的脸，恐慌、绝望在脑袋里翻搅，浑浊的眼眶不断涌起浪波，溅出硕大的泪珠来。

父亲攥着女儿的手说，罗梅，快给你哥说，爸不行了。

罗梅掏出手机，匆忙拨了我寝室的电话。父亲的第二个老婆左手枕在他的脖颈下，右手揉他干瘪的胸口，以使呼吸畅快。

电话一直没有人接，铃声叽里呱啦地横冲直撞向我房间的各个角落。

公路上堵车了，周围一下虚静得让人恐怖，收气的小喽啰挨近父亲，张开皮囊，要把弥留之际的那口气装进去，汽车哀伤地用马达声为父亲哀鸣。

父亲枯枝般的手在空中乱晃，要把死亡的使者驱赶。

没人接，过一会我再打。爸你不会有事的。罗梅说完脸贴在了父亲失去血色的面颊上。后来罗梅见到我时对我说，爸爸的眼里充满了恐惧，泪水簌簌掉落，脸湿淋淋的。

汽车再次飞速地行驶，冲出层层包围，最后驶进了医院。后来发生的很多细节，由于紧张，罗梅记得不是很清楚。她只记得父亲被几个白晃晃的人，手忙脚乱地推进了抢救室，咔嗒一声门被关掉。这恐怖的声音，狠狠地揪了一下罗梅的心，使她预感到父亲将会撒手丢下她们母女俩。罗梅偎在她母亲的肩头啜泣。她说那时她感到了啮心的孤独和无靠。

我上高二时爸爸病故了。达瓦拉姆说。

达瓦拉姆的父亲、哥哥已经离开了尘世，但他们焦躁、困惑、失意的形象却永远烙在我的心头，以致使我宿命地认为，今后的日子里我们还会继续重蹈他们的覆辙。

我现在跟一个汉族耍朋友，以后要到成都定居。达瓦拉姆的这句话让我惊讶。

你回内地能适应吗？我问她。

这有什么，我想会适应的。达瓦拉姆展着笑容说。

我预感到灾难正向她逼近，她却浑然不知。这灾难到底是什么，我说不清楚。

吃过晚饭我告别了刘叔和泽西阿姨。刘叔坚持要把我送到路口。

你爸身体怎么样？出了大院的门，刘叔关切地问我。

我有半年没有跟父亲联系了，但我脱口说出了爸身体还结实这句谎话。刘叔点着头连说，那就好，那就好。

那一刻我猛地发现，站在夕阳里的刘叔已是一个很憔悴的老头，刚才他眼神里的那点亮光此时已逃遁，微驼的身上散发出让人不安的茫然与寂寞的寒气来。我望着这幅衰老的图景，呆住了。刘叔抬起右手挥了挥，示意我赶紧走。他的动作是这般的僵硬、迟钝。我喟然长叹：刘叔老了，老得与我记忆中的那个刘叔截然不同了。

我侧转身子走开。

横穿马路来到对面夕阳照不到的人行道上，我这才拨了贡布喇嘛的手机，向他详细叙述了最近亡母时常出现在梦里的事。贡布喇嘛说，你除了点个金灯，最好在佛祖前烧斯乙（金字符）。

我说，好，明天我把钱给您送过去。

贡布喇嘛笑了，那清脆的笑声通过电波飞入我的耳朵里，心里那些个揪心的念头顿时散开了。

抢救室的门吱嘎地响了一下，罗梅和她妈的身子僵在那张凳子上，扭腰，神色惶遽地往响声处看齐。那阴森森的门敞开后吐出几个穿白衣服的人来，滚到最前面的面带倦意地说，没能救过来。

罗梅和她妈相拥号啕，湿漉漉的哭声漫过整个走廊。苍蝇般的人们围着伤心的哭声转悠，听饱之后振着双腿匆匆离去，唯有鹅黄色的灯光粘在她们母女俩身上，投下古怪的孤独的影子来。

我从路旁的小商店买了一包烟，抽出一根点着火，才想起我不知道要往哪里去。鳞次的商店和笔直喧嚣的公路把我的目光牵向了远方，等我的目光落在尽头时，脑海中哐当一声，小魏便活脱脱地蹦了出来。我掏出手机拨了号。

你在哪里浪荡？小魏劈头就问。

在外面。你哪？

没生意。在店子里。她说这话时还伴着那种吃吃的黏糊糊的笑声。唉——。是一个困乏的叹气。你能过来吗？过来吧，我闷死了。

西边的太阳从山顶落下，最末的光把山头上的几片云烧得像燃着的牛粪饼。

现在？我问。

就现在。我等着。电话给挂掉了。我不假思索地拦了辆的士就往拉萨城的西头奔去。道路两旁的商店、饭馆亮起了霓虹灯，的士像贡布人射出的响箭，刺破空气飞速穿越闪烁灯光的街道。

小魏扶着我回到她的出租房时，已是凌晨一点。我有些醉意，晃晃摇摇中脱掉了衣服、鞋子，倒在了小魏那张木板搭的床上。

先睡。我先洗脸洗脚。小魏凑过来在我脸上吻了一下。

我翻过身去，床板嘎吱嘎吱地响。墙上那两个赤身裸体拥抱在沙滩上的外国男女跳进了我的视线，那女的腿部健美，臀部滚圆滚圆的，丰起的双乳似座双塔，一下点燃了欲望。爱欲的火星从我的眼球里迸溅，火星引燃了身体里的每一根血管，它们刺刺地燃烧着向周身涌去，烧得我血液滚烫，喉咙干燥。我伸出滚烫的双手，把小魏拽过来，压在身子底下。她被我烫得身子颤抖，随后，我听到了她烧焦后急促的呻吟。这呻吟和床的嘎吱声，轻轻把我托举起来，周围的一切荡然不存了。

醒来天还没亮，屋子里一片漆黑。我开了台灯，摸索着从包里掏出一根烟。

怎么不睡一会儿？小魏侧身过去。我盯着她平展而柔滑的脊背，感到我的生活已是一塌糊涂。她一动不动地侧身躺着，呼吸均匀，显得极其安详，仿佛睡眠可以使尘世生活的污垢全都淡忘。

我用被子把她的脊背盖实，在淡白色战栗的烟雾缭绕中，独自翻开一些零碎不全的岁月片段。

灌煤气了——，新疆煤气——

外面天已经大亮，一片嘈杂声四处狼烟。屋内漆黑一片。

要走了？小魏倏地坐起来，开了台灯。

钱放在枕头下。我说着伸手去开门。

什么时候再来？

我烦的时候。

放你妈的狗屁。

外面金黄色的太阳光跳跳荡荡落了一地，我披着晨光，踽踽走在人行道上，被汽车的嘈杂声吞没了。

二

我对他的记忆曾经只是那张开始泛黄的黑白相片。那张相片上的父亲很年轻，也很英俊，他把靴子般锃亮的黑发规整地梳到脑后，胸前三枚奖章肆无忌惮地彰显，灿烂的笑容被凝固在嘴角边。他的英武滋润了缺乏父爱的我，懵懂中我产生过一丝骄傲。后来随着生活的越发艰辛，姐姐的自杀，妈妈精神的一蹶不振，照片里的那张脸，在我眼里开始变得面目可憎，让人厌恶。我曾偷偷用钢笔在那张脸上画了个叉叉，一表我对他的极度憎恨。直到过了二十多年以后，我和他面对面，谈起过去，谈起我们各自走过的那些岁月时，我才对父亲的过去有了一个大概的了解，我激烈的情绪稍稍得到了平静。但，这并不是说我原谅了他对我母亲和姐姐所造成的伤害。

那是我大学毕业参加工作两年后的事了。当时，我是为了去听听给我们造成不幸的那个人的忏悔，我还要当着他家人的面谴责他的不负责任。

当我下了火车，走出车站时，看见人群中一个瘦骨伶仃、花白头发的老头。他高举一张写有“罗志文”的纸，挤在迎接队伍的最前头。拥挤的人浪涌动着，推得他汗涔涔的，可老头铁打似的岿然伫立在队伍的最前头。

我向他走去，说，我是罗志文。

老头显得异常地兴奋，把纸折叠起来，塞进裤兜里，伸手接过我的背包。那只手像晒干的白萝卜，手背的皮肤皱皱巴巴，看了之后一股愁绪在我心头涟漪。

我是你爸，罗军呢！老头自我介绍道。

我不知所措，这人与我记忆中的父亲差别那么大，是我始料不及的。

我们之间话不多，在公交车上我盯着固执地提包的花白老头，徒然生出“这就是那个给我们造成巨大不幸的人吗”的念头。这念头一在脑海里闪现，我经久积累的仇恨之雪峰，滴答滴答地消融。我清晰地听到了仇恨落地时的惨痛碎裂声。

他说：

那是一九四九年年底，我们打赢了成都战役，部队开始进驻成都。当时上级命令我们十八军进驻川南，我们想再也不用打仗了，许多老战士开始盘算在那里娶妻安家。一九五〇年发表了《完成胜利，巩固胜利》的元旦社论，部队里有人猜测这就是要进军西藏或解放海南岛。果然猜中了，二月初，以师为单位，召开了“挺进祖国边疆——西藏动员大会”。散会后部队里弥漫着焦躁和恐惧的情绪。那时，西藏在我们的想象中是一块不毛之地，常年被大雪覆盖，又缺少氧气，人很难在那里生存。二十二岁的我跟其他人一样，在忐忑不安中度日。后来部队领导给我们讲解放西藏的重大意义，还进行了政治动员，我们的思想顾虑慢慢打消了一些。有很多人写了请战书和决心书，进军西藏的动员活动搞得轰轰烈烈。

就在临进藏的前几天，我接到了从福建老家辗转寄来的一封信，说父亲病故，叫我回去。我怀揣那封信找到了连长，他用一种轻蔑的目光打量着我，缄默不语；指导员踱着步在我眼前晃来晃去，晃得我焦躁不安，晃得我全身发冷，晃得我真认为自己是个逃兵，我在他们面前矮了一截。最后指导员冷冷地说，罗军，想不到你这么怕死。这句话的威力真大，轰的我身体里流动的血凝固，脸灰白，头脑一下被掏空了。不知这样傻站了多久。许久之后，为了证明自己不是孬种，我揉碎桌子上的信，趔趄着走出了营地，坐在营地后面的一条小河旁，把一包烟快抽没了。直到脑袋昏涨时，我划燃一根火柴把信烧掉，灰色的纸灰在春风中旋转，无声地落到草丛里。我拍掉屁股上沾的尘土、青草，慢慢走回了营房。

毛主席说：一面进军，一面修路。三月底我们每人背个三四斤大米和干粮向甘孜出发了，走了近一个月才抵达了甘孜。甘孜城坐落在雅砻江东岸，四月底这里整天风沙弥漫，给人荒凉贫瘠的印象。那时候可苦了，由于道路没有修通，部队粮食供应不上来，每日的三餐改为了两餐干饭，后来又改成了两餐稀饭。饿得实在招不住时，常拿缸子喝水，喝得我肚子鼓胀，走起路来肚子里哗啦哗啦地响。只消一会，尿胀，放完水，肚子又瘪瘪的。上面命令部队不准买当地人的粮食，说这样会增加当地人的困难。我们饿得撑不住了，部队里有人开始打麻雀吃，当地一些喇嘛看到后说麻雀是神灵，打麻雀要遭神的报复。部队下命令禁止打麻雀。我们就把生存的希望寄托在了地鼠上，甘孜的地鼠多得不计其数，把它们捉来跟野菜炖，闻那香味让人掉口水，肚子也咕噜噜地叫。忍饥挨饿中熬了三个月……

父亲说往事的时候眼睛里挂着泪花，仿佛这事不久前才发生一样。讲到兴奋处，他有点手舞足蹈。我从旁边瞅着他，坚硬的心在泡软。

六月底，一五四团的一个侦察排渡过金沙江，迂回到藏兵后面进行侦察。没想到侦察排与藏军不期而遇，经过激战，有十名战士战死了，八名重伤员被擒，后来这八名重伤员被绑在木桩上剖腹杀掉了。噩耗传来时我们的肺都要气炸，我们拾起武器找连长请战，当时满脑子就是想报仇，报仇。但上面不准我们感情用事，我们只能窝着火度日子。直到十月七日，我们才从邓柯渡江，绕到藏军前哨据点夏来松多的背后，给藏军来了个措手不及，全歼守军约一个代本。那些藏军没有正规的军服，而且年龄悬殊，其中有老头也有少年。为了堵截其他藏军逃往昌都，我们十多天都在强行军，昼夜追赶，与藏军的马进行赛跑，直逼昌都而去。到了第八天，李煌俊实在跑不动了，脚肿得鞋都脱不下来，是我和刘靖定拖着扶着，才勉强赶到了伏击点。

藏军很懒散，没有组织纪律，他们稀稀拉拉地沿着山脚窄小的道路过来，一点都显不出大敌当前的紧张。有些甚至停下来，准备待在草坪上支起灶烧茶。这些藏兵好像不知道什么叫打仗。那天，天气晴朗，太阳很大，烤得身体都快要烧焦了，下面传来的江水声和马的响鼻声清晰可闻。就这么一个宁静而美好的日子，一声令下，四处枪声乍响，一些藏军倒了下去，命归黄泉；有些藏军掉转头往回跑。我们冲锋了，这架势震住了藏军，他们傻兮兮地站在原地缴械投降。那次战斗我获得了一枚奖章。

我想我开始渐渐地熟悉父亲了。

这是你阿姨。这是你妹妹。进屋后父亲给我介绍。

我望着陌生的妹妹和父亲的第二个老婆说，你们好。

父亲的第二个老婆忙着做饭去了。我和父亲、罗梅坐在背阴的光线昏暗的客厅里。

哥，你能住多久？罗梅问。

第一次听到有人这样称呼我，觉得别扭。我说，十天。

不能多住些日子？接着罗梅又问。

不能。我冰冷地丢下了这句话。

我看到她无瑕的双眸里掠过一丝惋惜之情，绞着手指头不再言语。

父亲点燃一根廉价的香烟，吐出灰白的呛人的恍惚的烟雾来。

一九五〇年十月中旬，昌都以南的宗驿山下二千七百余名藏军投降，昌都被解放了。来年的七月底部队开始向拉萨挺进。为了快速行军，我们除必须带的军需物品外，一件换洗的衣服都没有带。由于几个月都不能洗一次澡，换一次衣服，身上养满了虱子。这些可恶的东西吸饱血后，就会繁殖虮子。几十张嘴把全身咬得遍体是伤，满身痒痒，伸手一抓，就能抓出四五个虱子来。途中我们没有吃的了，就吃病死的骡子肉。到拉萨附近的德庆时，我们个个面黄肌瘦，黑不溜秋，嘴唇发乌。

这年的十月底，我们从拉萨的东头渡过吉曲河，当晚睡在了河滩边。许多跟我们一样面黄肌瘦的藏民，穿着破烂的衣裳，围着我们看稀奇。天黑下来后，他们用松枝点燃一堆篝火，继续围观我们，还不时地发出啧啧的声响。这些藏族对我们的一举一动都饶有兴趣。

那时，还搞了一个部队入城仪式。记得，那天上午郄晋武团长骑着一匹雪青马，威武地向检阅台上的张经武报告，然后在《解放军进行曲》的音乐声中，我们迈着整齐的步伐走入会场，双脚踏得地皮呵呵响，威风凛凛，口号声震天动地。

随后，我们的部队扎营在了拉萨河畔的一个荒地上，一排排绿色的军营帐篷错落有致，一出帐篷，迎面就是红山上耸立的布达拉宫。夜晚，躺在简易的行军床上，哗哗流淌的吉曲河灌满耳朵。

缺粮缺柴成了部队最大的问题。西藏地方政府为了赶我们走，拒绝向我们卖粮食和柴火。

我们砍伐河滩上的荆棘当燃料，噶厦政府说那是神树不准砍；我们捡兽骨头当柴用，他们又说烧骨头的臭味把神佛熏走了，百般刁难我们。为了不增加藏族人民的负担，部队开展了大开荒。我们忍着饥饿，在乱石荒滩上进行开垦。上午太阳把体内的水分全都蒸发掉，皮肤炙烤得烧焦般疼；下午起风，风夹着沙砾狠狠地抽打脸庞，直往眼睛和嘴巴、鼻孔里钻，嘴里沙土嚓嚓地响。当时拉萨河滩上到处都是鹅卵石，铁锹刺嘎嘎地在石块间嘶鸣，锄头掀着尘土哄叽哄叽地叫，我们播下种子，一心盼望着收获。

我发现父亲跟我谈及过去时，总挑那些艰苦的岁月来讲，我揣测他这是为了给自己寻找离开西藏的借口，这样一想，不免对他有些不屑了。

吃过晚饭，父亲陪我在他们单位的院子里转悠。我们两人都很少说话，只有他遇到同事时，介绍说这是我儿子。那些人惊讶地盯着我看，最后客套地说，福气啊，有这么大的小孩。晚上我睡在那张硬邦邦的木床上，汗水把全身浸透，无法入眠。我真想跟父亲大吵一场，把心中积郁的所有仇恨都宣泄出来。要是我不跟他大吵一次，我就觉得我对不住死去的姐姐和一生苦难的母亲。

醒来，罗梅已经去上学，父亲的第二个老婆也去买菜了。我看到父亲身子沉在竹椅里，脑袋低垂着。我想他现在衰老得早晨都要在椅子里打瞌睡。凑近一看，发现父亲戴着老花镜在看一张照片。我的脑袋越过他的肩头，看到一张我们全家人的合影，我在拉萨从未见过。父亲没有发觉我已站在他身后，那苍白、松弛的手紧紧捏着照片的右角。我的心又一下软了下来，先前吵架的想法如香炉里的桑烟在空气里消散、冲淡。我把手搭到父亲的肩头。父亲缓缓地抬起雪球似的头，老花镜下流淌出两行湿漉漉的泪珠。

这是我们一家人的合影。他说。

但姐姐已经死了。

他把照片往胸口上一贴，抖着肩膀呜呜地哭了起来，花白的头晃得似那暴风雨中摇曳的白海棠。

我们终于赢来了收获，那时刘靖定已经升为连长了，我也被提拔当了排长，只有李煌俊依然当着小兵。但我们常聚在一起，感情相当的好。随着康藏和青藏公路的开通，我们的日子开始好起来了。一九五九年三月初拉萨发生了武装叛乱，叛乱很快被我们平息下来，接着开展了民主改革，藏族人民开始当家做主人了。

父亲跟我聊这些时，广汉的天空一直阴着，还有雨珠稀稀拉拉地掉落，在路面上积了一摊水。我在竹椅里尽量坐得舒服一些。父亲和我的目光偶尔相撞，他便张皇失措地别过头，忧忧郁郁地望着远处。我和他相处的那些日子里他的眼神总是怯怯的。那忧郁的天气最能体现我们的心情。那种天气适合于回忆，适合于让痛苦注满我们的心。这是我在离开广汉前的一天跟父亲在茶园喝茶聊天时的一幕。

后来，我去看过他两次，每次在广汉待的时间只有七天，最后那次离现在也隔了四年多。

他说，我在内地等了你们三年。这是父亲最充足的理由，这三年的时间给足了他底气，可以使他赎回良心的谴责，继而堂堂皇皇、口口声声地称我为儿子。我用冰柱般寒冷尖利的目光迎接他洋洋洒洒的热烈，我的寒气咀嚼、细咽他的那份热烈，使他不寒而栗，使他感到这一生父子之间存在的那道鸿沟，使他感到了今生无法弥合的伤痛。

三

这个文件你翻译一下。尼玛科长把一摞汉文稿放在了我的面前。时间是九点四十分。一缕阳光从窗子里照射进来，照在办公桌上那盆行将凋谢的吊金钟花上。

我抬头冲他笑了笑，问，上午必须要翻完吗？

我们先去喝杯甜茶，明天下午交上去就成。

尼玛科长和我欲离开时，电话嘀铃铃地响，我伸手接起，对方要找尼玛科长。我坐在凳子上翻看今天的《西藏商报》。

过一会儿去喝，现在有个朋友让我到交警队去，帮他把车子弄出来。尼玛科长说完就从门里游了出去。

《西藏商报》上说，昨天有个年轻人在朗玛厅被人捅死了，还有一条消息说昨晚一名出租车司机遭到了抢劫。我一下来了情绪，摊开报纸仔细地看。咯噔咯噔的皮鞋声中央啦进来了，这脆亮的声音每天都要无休止地强奸我的耳膜。

科长都没来的吗？她把包撂在桌子上，继续说，臭，昨晚的手气真臭，我输了一千多。

青年朗玛厅昨晚捅死一个人了。我说。

就死了一个？真臭。央啦开始往她的茶杯里倒水。

昨天晚上查封了一个网吧。接着我又说。

这有什么，今天关掉，明天又让他们开，都这个样。人家有后台！这段时间我手气怎么这么背。

我点燃一根烟，悠悠地躺在办公椅里。又是电话铃嘀铃铃地响，它掐断了我的思绪。

志文，你的电话。央啦把电话筒伸到我面前，神神秘秘地说，是个汉族，女的。

小魏不至于这么早就给我打电话吧，她一般都是中午才起床。

喂？

哥，爸昨晚去世了。我的脑子里一片空白，片刻之后，开始镇定下来，没有悲伤也没有惋惜。只是觉得，从此笼罩我心头的这个阴影可以抹干净了，我的身体轻轻地悬浮，直到央啦推我一把，我才从虚空中跌到了硬邦邦的现实里。我真切地听到电话那端的嘤嘤啜泣声。

我说，明天赶回去。

我姐姐临死前的那天也是这么说的。她没有多说一个字，也没有少说一个字。

罗宏在她们电厂里被公认为是个美女，加上她的洁净和入时的穿着，电厂的男人们私下里都在说：汉妞就是不一样。罗宏成为了电厂所在那片郊区最能吸引人们眼球的一道风景，男人们江河般的目光涌着浪涛在她身上翻滚，她就这样蹚过他们浪涛汹涌的目光走到了生命尽头。

那天，泽西阿姨跑到我妈上班的地方，要我妈叫罗宏回来，说第二天有个什么领导的侄儿要来见罗宏。我妈和泽西阿姨屁颠屁颠地走了十多分钟，到刘叔的单位打电话。罗宏说她只有换班，换成上半夜的班。我妈很高兴，一再嘱咐不要忘了。

罗宏最后说，明天赶回去。

回来的路上泽西阿姨露着发黄的龇牙，溅着唾沫大讲特讲那领导的好，我妈听得声声入耳，神采飞扬，笑声不绝，两人的步伐轻捷而流畅。

罗宏交接完班，透过玻璃往外看，夜浓浓的，似一堵厚实的墙壁挡在面前。她对来换班的那女孩说，明天我要回拉萨。那女孩羡慕地看了一眼罗宏，说，路上黑，用我的手电筒吧。罗宏接过手电筒后表示了谢意，一头扎入到化不开的黑暗里。

罗宏非常熟悉这里的地形，她要走过一片杂草丛生的开阔地，横穿公路，再下个斜坡就能到宿舍区。罗宏走到公路上时与一个赶毛驴的农民不期而遇。在手电光的照耀下，罗宏看清了赶毛驴的农民和他的两头驮着牛粪饼的瘦弱的毛驴。农民在毛驴铃铛叮咚叮咚的伴奏声中说，哦，是电厂的呀。他的声音在寂静的黑夜里向四处散开。

是的。你去拉萨卖牛粪？罗宏说完，目光落在了农民的脸上。

是呀。早点去就能早点回来。他回答。罗宏看到他手里攥着的牛皮鞭子。

一路要走好。罗宏说完沿着斜坡下去。

唉！农民刚一应，瞬间被夜幕吞噬掉，只听到脆亮的叮咚叮咚声在飘荡。

不远处亮着灯光的宿舍区，催促罗宏加快脚步 。她走下那条斜坡，接近了大门。这时一个黑影噼里啪啦地踩碎寂静的黑暗从罗宏身后飞来，伴着粗粗糙糙的喘息声，一把将她摁倒在地。罗宏回过神来，看清压在自己身上的人是刚才那农民，她开始惊叫起来。

叔叔，别这样。

汉妞，别喊。汉妞别喊。农民的手开始扯她的裤腰带。

救救我，救我——

有坏人——

救我——

罗宏与农民撕打起来。农民一使劲，罗宏的裤腰带砰地断裂了，裤子的纽扣噼噼啪啪散落一地。那把手电筒将一柱亮光泻在他们的头前，照亮着几颗不规则的鹅卵石和惨白的大地。

救救我——

农民那只钢锉般的手摸到罗宏柔滑的大腿，她的全身像被霜冻一般冷却下去，开始瑟瑟发抖，眼泪簌簌掉落下来，手却无力地捶打农民。一根硬邦邦的木橛子扎进了罗宏的体内，她感到下身一阵撕心裂肺的疼痛。

别，别，别这样。

救救我，救救……

有人打着手电，循着声音向这边跑来，脚步声嘈杂。五六个手电筒的光齐刷刷地照在扭结在一块儿的人身上。农民抬起黑糊糊的屁股，从罗宏的身上爬了起来，那孽根却笔直地挺拔。

突然，农民很悲凉地喊了一声，骗人，一样的嘛！那声音在黑夜里飘到了很远的地方，而且伴有空灵的回音。

他光着下身往前走了几步，就被电厂的男人们摁倒在地，一阵毒打。末了，用草绳捆绑得结结实实，扔到一间废弃的房屋里。

罗宏被女工们扶了回去，最后留下两个女工陪伴。罗宏坐在床沿一个劲地掉泪，临近天亮时说，我困。她们三个就睡了。

翌日，太阳从山脊冉冉升起时，电厂的一个女工尿急，她从被窝里把手伸到床底摸罐头盒，罐头盒里尿已满，才很不情愿地下床，提着罐头盒向厕所走去。睡意使这名女工迷迷瞪瞪，她眼睛也不睁，嗅着厕所里飘来的尿臊和粪便的臭气，笔直地向厕所走去。砰的一声她撞到了什么东西，手里的罐头盒尿筒掉到地上，泼了一地。她刚想骂声见鬼，那东西迎头又把她给撞翻在地。

该死的。女工骂完，躺在地上睁开眼。她看见一个脖子上套着绳子的女人，在厕所门口来回晃荡。

你……她刚一叫，又马上停住，然后哇的一声，翻转身子，手脚并用奋力往回爬。

死人了，死人了——

罗宏上吊自杀了。

我们接到消息时，已临近中午。电厂的一辆解放牌破车把我们接了过去。我看到罗宏静静地躺在她睡过的那张床上，人们给她穿上了她最喜欢穿的白底碎花上衣和咔叽布做的天蓝色裤子，脖颈上系着红色的纱巾。妈妈一见这场景，趴在罗宏身上昏厥过去。

下午我见到了强奸罗宏的那个农民，他的脸上青一块紫一块，还有指甲的划痕，全身被麻绳捆绑得紧紧的。

你为什么要强奸？现在人都上吊自杀了。电厂领导拿着赶毛驴的鞭子抽打他。

骗人，一样的，没有区别。他自言自语地说。

听电厂的人说，他一上午都这么唠唠叨叨。农民的脸是土灰色的，头发干黄，目光呆滞。

什么一样的？后来赶来办案的公安不停追问。

我们村里有个复员回来的人，他叫嘎玛，他说汉族女人的下面是冰凉的，藏族女人的下面是热的。这是骗人的，都是一样的热，我昨天知道了。农民终于道出了原委，眼里清澈的泪水哗哗掉落。

有人一脚踢在他的小腹上，农民哼唧了一声，然后双膝着地，痛苦地倒在地上。

把他铐起来，带走。说完就有人架着他走了。

从那开始我就再也没有见到这个农民，他的可怜相使我的仇恨没有那么强烈。他的女人我倒是见过两次。

我们到电站的那天黄昏，她牵着一个七八岁的女孩，背着一岁多的小男孩来求情。她穿的氆氇藏装很破旧，草绿色的球鞋已经破烂，洞口处露出脏不唧唧的脚指头。

阿妈啦，饶恕我的男人吧，求求你了。她的额头吧唧吧唧地磕在地上。她见我母亲只是一味地哭，并不理会她，才想起什么似的，从藏装的怀兜里摸索出一个脏兮兮的头巾。她解开结，把十几个煮熟的鸡蛋呈上来。

这鸡蛋能抵得了人命吗？电厂的人替我们说话。妈妈的眼睛向她瞧也不瞧，她只活存于失去女儿的痛苦之中。

阿妈啦，饶恕我的男人吧。我们家里还有四个小孩，没有了男人我养活不了他们，求求你。她又吧唧吧唧地磕头，那小女孩抱着她的弟弟缩在墙角，一脸的恐惧。

养不起，那生那么多干什么？有人责难道。

那女人扬起脸，说，两个小孩的父亲都不是他。清晨我去背水或下地料理庄稼时，被别的男人摁在地上搞，怀了小孩只能认命呀，哪能寻死寻活的。她要是不去死，什么事都不会有的。

她的话还没有说完，有人啪地往她的脸上送去一记响亮的耳光。鸡蛋骨碌碌地滚到了我们的脚边，蛋壳碎裂了，甚至能看到金色的蛋黄。那两个小孩吓得哇哇哭起来，一并跪在女人的身旁。

真不要脸，这种话也能说得出口。

怪不得你的男人像个畜生。

……

后来农民的女人来拉萨找过我们一次，那一次她什么都没有求，因为她的男人被毙掉了。她来只是给我们送些鸡蛋，我在她的脸上找不到悲伤、苦难的影迹，唯一留给我深刻记忆的是农民的女人很衰老了。

要是罗宏坚持读书，就不会发生这种事的。

我们家的日子这么艰苦，罗宏才要去工作的。

你们爸爸要是不回去，我们的日子也不会这么苦，罗宏也就不用辍学。

自从罗宏死后，妈妈常在蜡烛底下自言自语。由于妈妈精神恍惚，单位把她从原先的工作岗位上撤了下来，从保管员到收发员再到打扫卫生。罗宏的死把她折磨得痛苦欲绝，不久，单位让她提前退休了。我们靠着她微薄的收入生活。

我买好了第二天去成都的飞机票，然后从民航局门口给刘叔家打电话，告诉他们父亲去世的消息。泽西阿姨接到电话非常紧张，要我暂时别告诉刘叔。泽西阿姨说，老刘上了年纪以后，心里老念着家乡，让他去他又不去，整天忧郁得很。

为办理手续我花掉了整整一上午的时间，想想真叫人恼火。从民航局出来，时间已经是下午两点钟，我拦辆三轮车直奔大昭寺去。

贡布喇嘛在房间里给三名藏医学院的学生上声明学课，他们每个人盘腿端坐，膝盖上放着装了一层薄土的撒雄（学习声明学时用的小木板），随着贡布喇嘛念的口诀，竹笔飞速地把土里写的字去掉上半部分或下半部分，然后添加字。

志文，你来了。

我弯下腰恭敬地说，是的。

课快讲完了，在外面等等，那里凉快。贡布喇嘛说。

好的。我应道。

在回廊里的确凉快，这张旧沙发很柔软，我陷在里面。

贡布喇嘛的徒弟给我倒了杯酥油茶，然后匆忙去听课了。

茶很酽，浓香喷薄欲出。我喜欢僧人熬的茶，有股苦味，喝完余香在舌尖驻留。

我的目光落在迎面黄色的墙上。

小的时候那面墙上写满了语录，红色的字，很醒目的。当时只认得毛主席万岁几个字。这几个字是罗宏教我的。

那时罗宏牵着我的手到这来拣过雪拜（藏币的一种）。我们是偷偷地钻窗户来到里面的，从木箱里抓一把雪拜，装进衣服兜里就跑。满是灰尘的佛像前我们倏忽过去，留下尖厉的叫声萦绕。罗宏还带我去看壁画，说壁画上画着鬼。我们俩站在墙边仔细地找，可是当时没有找到。一缕阳光照射进来，岩石板的地面反射着刺眼的光。我们又从窗户里爬出去，来到八廓街里。唉，那时我们什么都不懂。

贡布喇嘛的课已经讲完，学生走出来，提着包走下了楼梯。我从沙发上站起来，走进贡布喇嘛的房间里。我向贡布喇嘛讲述了母亲最近时常出现在梦里，以及父亲昨天去世的事。贡布喇嘛说，既然有生，就有死，你不必太悲伤，这一切是自然现象。你还是为死者多布施，这样对他很有益处。贡布喇嘛已经八十多岁了，是那种瘦弱、精干的老者。我在他那里待了一个多钟头，除了安慰，他还教导我抛弃对父亲的嗔怪、怨愤，要设身处地想父亲以前的处境。末了，贡布喇嘛说，你父亲是个很好的汉人，他跟我关系很好！这句话让我不知怎的，开始对自己以前的行为自责。父亲在世的时候，我总想埋怨、责怪、仇视，到头来人一去世，又为自己的气量和心胸狭窄开始悔恨。我也不知道当时是怎么了，心里装的恨太多了。

离开大昭寺，我走到了街上，搭辆三轮车，匆匆回家收拾东西。一切收拾停当后，我坐在沙发上，头脑里涌来纷乱的念头，这些念头让我烦闷。我打开啤酒瓶，让酒麻醉我的思想。

我认识益卓拉姆，是参加工作三年后的事了。那时我母亲身体很虚弱，时常要住院，这样我也就把闲暇的时间全耗在了医院里。益卓拉姆是那家医院的护士，对我母亲印象不错，我不在的时候常照顾我母亲。为了向她表示感谢，母亲会让我送些水果、奶粉之类的东西，表示我们母子的感激。由此，我们相互间熟悉了，一直保持朋友似的关系。直到母亲去世，我处在孤立无援的境地时，益卓拉姆来到了我的身边，她帮助我把母亲的后事办得井井有条。我们之间的关系也向前迈了一步，我对她的依赖愈来愈严重。

母亲的周年一过，我和益卓拉姆领了结婚证，我们成了法律所承认的夫妻。那种生活是多么地甜蜜、幸福，一切是那样地清新，那样地让人憧憬。我和益卓拉姆从八廓街搬到了单位的房子里，房子虽然破旧，也没有卫生间和厨房，但是我们挤在里面，温暖四处洋溢。后来，益卓拉姆的舅舅给我们支援了一些木板，我们用这些木板在房子前搭了个小木屋，把厨房安在了那里。益卓拉姆上下班都由我来接送，我时常骑着那辆永久牌自行车，在坑凹的土路上飞驶。益卓拉姆搂着我的腰，把一股浓浓的爱意通过手指的轻微蠕动传递给我。爱情中沉溺的我，更加卖劲地蹬自行车，把我的喜悦也提速起来。为了让益卓拉姆多得到些休息，每天我早起到食堂打饭，回来再叫醒她吃早饭。她睁开眼睛，用一种感激的目光凝视我，从被窝里伸出白亮的胳膊，箍住我的脖子，脸颊贴得紧紧的。此时，我的内心里荡漾甜蜜，为爱情的生活而喜悦。我们有时去舞厅跳跳舞，或到卡拉 OK 去唱歌，那时的生活缤纷多彩。

结婚一年后，益卓拉姆有了身孕，我真不敢相信自己会当父亲。妊娠期的反应较大，益卓拉姆时常呕吐、瞌睡，显得很疲惫。我把家务活全部揽了下来，一天到晚忙得不亦乐乎，也不知道辛苦。夜晚我们躺在床上，把每月存上的钱数一数，想着再过几个月能买上收录机或电视机。虽然那时工资很有限，但生活的质量很高，每天都充满希望。

益卓拉姆要回老家一趟，我们坐在东风车顶，经川藏线去昌都。深更半夜，司机把人载在货箱的货物上，乘着夜幕行驶。我和益卓拉姆紧靠着，用一件军大衣挡风遮雨。天一亮车子就停下来，让我们在路边生火煮茶。认识的不认识的分成几组，有些去捡柴火，有些去提水，有些找石块搭灶，人们盘腿围坐在一起，享用茶和糌粑。一杯清茶，一碗糌粑，它的香味无法用文字来描述。两块石头搭建的灶，给了我们继续前行的力量。噼啪燃烧的干枝，席地围坐的场景，到现在都让我怀念，这一切成了我最温馨的记忆。那一路上，我们经历了山体滑坡，看到前面的汽车从我们的眼前掉下山崖。当时，和我同车的那些农牧民，就站在车子滑下去的地方，念诵经文，为死者祈祷。有的甚至拿出风马旗来，找个木棍竖立在那里。这趟探亲的路，我们足足走了五天，到达目的地时，脸上的皮肤掉了一层，人也消瘦了很多。好在益卓拉姆和她肚子里的小孩平安，这让我很是欣慰。

昌都——一座位于大山之间的城市，一座两条江水拥抱的城市，她使我有了很多的遐想。我想在这里重拾父亲年轻时的一些岁月片段，让我重温他的一些感受。可是时代变迁，心境不同，我无法体会父亲曾经的那些个感受。

益卓拉姆的家在昌都西头的一座山坡上，这里的民房层层落下，很不规整。益卓拉姆家的墙壁是灰色的，窗子上刷了漆，大门的门过梁和门扇上并没有刷漆，看去缺少了些生气。

我的手机响了，铃声有些迫不及待。我急忙看号码，是小魏打来的。

你在干吗？我烦透了，你过来。她用一种不容商量的口吻说。我习惯了她的这种说话方式，这是她的性格使然。

我爸昨天死了。明天我要回去奔丧。

你又喝酒了！过来，我陪你喝。死了，你不就解脱了嘛。这是你说的。小魏的语气柔和了些。我肯定她为自己刚才说的话有些后悔。我沉默了一会。是你说的啊。死了，你也别太伤心，过来和我说说话，你会好受些。她又补了一句。

屋子里的确冷清且沉闷。我说，等着，我马上过去。

十多分钟后，我站在了“亮丽美发室”门口。里面五六个女的依次坐在门口的沙发上，有的抽着烟，有的往脸上擦粉，有的梳理头发。我看见小魏从座位上站起来，把铝合金门吱吱地拉开了。

上楼喝酒。小魏说着转身上楼梯。我顺从地跟了上去，进到临窗的小包间里。

老板娘撵上来问，要什么酒？拿几瓶？

十瓶拉萨啤酒。我说。小魏嘴里喷出了一缕灰白的烟雾，圆脸上没有任何的表情。

啤酒上来后，小魏全部开启了。她说，今天我陪你喝，我不想让你伤心。

我没有伤心，只是觉得有点懊悔。当初，我该对他好一点，不该让他带着遗憾离开这世界。我说。

世上没有后悔药。喝酒！小魏劝导。她把酒杯递了过来，我一口干完。

谁都不说话了，小魏把酒杯斟满。这时有人上楼梯来，说话时听出是一男一女，钻进了隔壁的小包间。我们听到两人脱衣服的声音，接着传来床板嘎吱的声音。我伸手从小魏的烟盒里抽了根烟，她把点燃的打火机送到了我的嘴边。我们端起杯子又喝了。

你明天的飞机？

上午九点二十的。

自己照顾好自己。

我咧嘴笑笑，脸上的肌肉却硬邦邦的。她看着我笑，把一口白牙露了出来。你知道我为什么来拉萨吗？说出来也没有意思，还是喝酒。我发现她的眼神一下黯淡了下来，脸上挂着痛苦的表情。

为了痛苦干杯！我建议。这时隔壁的人开始穿衣服，下楼去了，脚步声慢慢地消失。

前些年，我的老公有了外遇，他不顾家了。更让我雪上加霜的是，我们的工厂运转不了，我下岗了。家里有两个老人和一个小孩，等着我挣钱养活呢。可我找不到活路，那时我们同厂的一个女工说，去拉萨好挣钱，她的一个姊妹在拉萨开了餐馆，现在正缺人。她问我去不去？我一口答应了下来，可是这路费怎么办，我把我的难处向她说了。她说你可以立个字据，钱那个姊妹会寄过来的，到时从你工资里扣。我非常感激，还一再表示谢意。到这根本不是她说的那样，那个女的开的是一家饮厅，后来为了还钱为了养活家人，我不得不走这条路。小魏自顾自地说。

我的心冰冷下去，被霜冻了。我端起酒杯独自干了一杯，酒有点苦。她的脸上有无奈的苦笑，这种表情挂在这张美丽的脸庞上，只能让我心痛。

我初到拉萨无依无靠，经常一个人坐在路边，晃动着脑袋，然后两手抱住头，抵在膝盖上。我一直重复着这个动作，过路的人们看我稀奇，看一会他们又没了兴趣，转身走开。他们肯定想我是个疯子，可是那时候我真的不知道到底该怎样把自己弄恶劣。小魏停顿了一下，从烟盒里抽出一根烟点上，吐出一圈烟雾来。这烟雾从我面前飘移，渐渐变形，后头支离破碎了。小魏也如同这烟雾，慢慢地变质了。

啤酒一瓶一瓶地减少，心头的痛却一点一点地增加。

益卓拉姆和那个康巴商人来到了家里，要我跟她离婚，我被彻底给打碎了。我可怜兮兮地求她回心转意，说我不会再伤害她，说我可以原谅她的过错。益卓拉姆说，你不是我想要一起生活的那种人，你一无是处。我还能说什么呢！益卓拉姆把家里的东西分了，雇来的人把她的那一部分装进了汽车里。益卓拉姆说，后天上午我们协商离婚，你一定要到。为了顾及最后一点颜面，我回答，好。

益卓拉姆和康巴商人走了，望着屋子里一片狼藉，我的泪水哗哗流淌下来，悲惨的哭泣声飘满屋子。我一时无法从感情的挫败中解脱出来，整天浑浑噩噩，嗜酒如命。

你在想你父亲？小魏问我。

想也白搭。我说。再要酒吗？

当然要。你我的心情都不好，醉了什么事都可以忘记。小魏说。

那时，我天天喝酒，有时连班都不去上，领导来找过几次，耐心劝导我。为了给我换个环境，他们让我参加了一个短期翻译培训班。学习结束回到单位，还是经常喝醉，最后领导见我只摇头。这种状况持续了一年多，我也从感情的挫折中摆脱了出来，想开了很多事情。

有些事是忘不掉的。酒醉只能一时半会地忘却，醒来一样心痛。我说。

一时半会儿就够了，那也是忘记啊。

我再要了六瓶酒。我们很少说话，两人都有些醉态，一边抽烟一边喝酒，在烟雾的缭绕中各想各的心思，但我确信我们所想的都是些不能让人快乐的事情。桌上的酒喝完了，外面的路灯已经亮了，我该走了，明天还要赶飞机。

我想叫你留下来陪我！小魏说。她的眼眶湿漉漉的，眼圈都红了。

不行，明天我还要早起。我边说边伸手摸她的脸。

她把我的手打掉，忽然站起来，歇斯底里地喊，走，马上走开。不要让我见到你。

我笑她的醉态，站了起来。她拾起包，拽开门摇晃着走了下去。那背影扎入我的眼睛里，疼的是我的心。

我下楼，她躲在卫生间死活不出来，还大大咧咧地骂人。老板娘说，没事的，她醉了，你走后我们来照顾。

我说，那就麻烦你们了。

外面很喧闹，可我的内心很孤独，我与这个世界真的对立了吗？

四

在拉萨河边有座庄园，人们带着景仰称其为堪珠仓。在拉萨，堪珠仓是个大贵族，在拉萨四周和山南拥有广大的谿卡。其庄园分上下两层，一层主要用于房屋出租及朗生的住所，二层是主人的起居室和佛堂等，乍看很有气势。我的外婆就是堪珠仓的厨娘，外婆二十七岁时生下了我母亲，母亲一出生便成了堪珠仓的朗生。当母亲五岁时，要给堪珠仓撕羊毛，捡牛粪。她经常穿着破烂的藏装跟几个女佣盘腿坐在院子的阴凉处撕羊毛。她们有的纺羊毛，有的梳羊毛，有的撕羊毛，偶尔有人会说几句逗人的笑话，这可是她童年最快乐的时刻。要是没有羊毛活干，母亲就得背着柳筐到外面捡牛粪去，回来堪珠仓的夫人要检查。捡得没有满筐的话，轻则挨顿骂，重则抽嘴巴。可她每天的粮食定量只有一勺糌粑，她经常吃不饱，外婆忍着饥饿，把自己的那份让给母亲。晚上，外婆和母亲睡在一间小房子里，她们的家当只有一床藏被和一个木箱子。箱子里装着外婆的两件衬衣和一双长筒靴、母亲的一件藏装。在箱子的最底层藏着外婆辛苦攒下的几枚章嘎嘎布，除非遇到急事，外婆是舍不得花这个钱的。母亲和外婆相依为命，在庄园主的谩骂和挨打中渐渐地长大了。

红汉人要进来了，他们在昌都把藏兵给打败了。这句话传到了堪珠仓，从老爷到奴仆，都是惶惶的，人们的心里驻留着巨大的恐惧。

可是，红汉人的部队很快进入了拉萨，出乎人们想象的是，他们并没有改变现状。堪珠仓老爷脸上的焦虑在消失，傲慢和冷漠又挂上了脸。这时母亲已经十二岁了，堪珠仓派给她的活路是放牛，顺便要去砍柴火、捡牛粪，偶尔还要接送上学的云丹少爷。

母亲曾说，那时候过藏历年，是我最幸福的时刻。在堪珠仓租房的佃户米玛，会把她女儿平时穿的藏装和鞋子借给我。我把这些衣服放在枕头边，一晚上都睡不着觉。

日子一天天地逝去，转眼两年过去了。有次，母亲去放牛，看到藏兵在操练，有很多小孩围观看热闹，她跟他们待在一起看。等操练完了，藏兵回去后，小孩们折断树枝，扛在肩头学藏兵操练，母亲也加入了进去。等太阳从山头落下去时，她才想起没有捡牛粪，转了一圈，只拾到半筐。母亲赶着牛，背上背着柳筐回堪珠仓。在庄园门口母亲正巧碰到了要出门的管家，管家看到柳筐里只有一点牛粪，气得挥手一巴掌打在母亲的脸上。管家说，我有急事要去办，明天我再跟你算账。管家骑上马，离开了庄园。母亲脸颊在燃烧，但她更害怕第二天管家跟她清算，心跳动不停。母亲把牛赶进牛圈里，回到了小屋。她一直静不下来，脑子里涌现的是管家因气愤而扭曲的脸。

第二天天不亮，母亲偷偷地跑出了堪珠仓，她要去投奔亲戚。

母亲走了一天，才走到亲戚家。亲戚见母亲突然到来，先是一惊，急忙问，央宗，你的妈妈没出什么事吧？母亲掉落眼泪，把自己的事说给了亲戚。他们知道母亲的事情后，让母亲进屋喝茶吃糌粑粥。末了说，明天你必须要回去，要不你妈妈会遭罪的。母亲说，我怕管家，他会打死我的。亲戚说，唉，都怪你，怎么不好好干活呢！算了，明天我从菜地里拔点萝卜，一同过去，求管家放你一马。那夜母亲失眠了，她很害怕回去，不回去，她又没有其他地方可去了。

鸡叫第二道时，亲戚叫醒了母亲，他们往拉萨方向走去。到堪珠仓时已是下午了。外婆一见到母亲，就骂，不懂事的小孩，你惹了大祸了。现在把顿珠啦也搭了进来，这可怎么办？骂完，外婆掉眼泪，用手捶胸。大姐，我们是亲戚，我不帮你，谁帮你。现在管家大人在吗？顿珠啦说。在。外婆回答。顿珠啦牵着母亲的手上楼，院子里的朗生们屏住气，目送他们上楼。顿珠啦到了管家的住房门口，隔着门帘恭敬地喊，管家大人——。不一会儿，管家出来了，一见到母亲就骂，你不是要跑嘛，回来干吗？顿珠啦从怀兜里掏出哈达，弯下腰呈上去，管家大人，我把人给您送回来了，一路上劝导她好好给东家干活，报答东家的养育之恩。她答应以后不会再发生这种事情，请管家大人原谅她这一次。噢，我还带了点新鲜的萝卜，不成敬意！管家叫顿珠啦把装萝卜的口袋送到厨房去，当着顿珠啦的面说，看在顿珠啦的面子上，这次不追究了。母亲揪紧的心一下松了。顿珠啦连连道谢，也让母亲跟着道谢。

顿珠啦当夜就回去了，外婆忐忑不安地向他表示谢意。顿珠啦说，姐，你自己要注意身体啊！顿珠啦在夕阳的余晖中走出了堪珠仓，走向了自家的方向。

天亮后母亲去放牛了，晚上回来时，管家从楼梯上下来，一把揪住母亲的头发，朝她脸上扇了几个耳光。大声骂道，家里养乞丐，真是白养。给乞丐供糌粑吃，还不知道感激主人，干点活都不肯出力。管家骂完，用脚踢母亲。踢到肚子上时她窒息了，疼得身子蜷缩起来。管家还不肯罢手，拳打脚踢，母亲的鼻子里也弄出了血。几个朗生和外婆跑过来，跪在地上，求管家高抬贵手饶了母亲。管家抬起脚重重地踩了几下，末了说，看你还敢不敢跑，下次再跑，就把你的腿给打断。外婆跪在地上，把头抵在管家的脚前，泪水滴落个不止。管家拂袖而去，上了楼梯。朗生们赶紧从地上抱起母亲，送到了狭小的房子里。好心的租房佃户，送来了一小坨酥油，在母亲的太阳穴和脑壳上涂一点。母亲被打得半死，眼睛里一片茫然。那夜外婆蹲在母亲的身旁，看着淤青的胳膊和胸口、大腿，泪落不止。外婆为了使母亲的伤尽早好起来，一夜念诵经文，祈求佛祖保佑母亲平安。天空发白时，外婆丢下母亲到厨房去干活，抽空回来叫醒母亲，让她起床去放牛。母亲全身疼痛，咬着牙起床，背着柳筐踉跄地走到牛圈，把牛赶了出来。太阳刚从东边的山头露出来，大地被照耀得白花花一片，母亲走在阳光中，全身的疼痛被唤醒，眼泪噗哒噗哒地滴落。外婆倚在堪珠仓的大门上，望着艰难走路的母亲的背影，浑浊的眼睛里滚下泪水。

母亲说，顿珠啦是个好人，可惜平叛不久，他就患病去世了。我都没能去看他一眼，那时我跟随部队在阿里。母亲说到顿珠啦，心中充满感激，她的记忆也会活跃起来，但这些记忆却是让人伤心的。

被堪珠仓的管家毒打一顿后，母亲再不敢贪玩了，她尽守尽忠地放牛，砍柴，捡牛粪，尽可能地让堪珠仓的老爷、夫人、管家找不到茬。

在一个夏天中午，母亲捡好了满满一筐牛粪，然后坐在草坪上，望着悠闲地吃草的牛。这时几个认识的小孩走过来，他们衣衫褴褛，赤脚。走到母亲身边时，他们问她，跟不跟着一起去。她说不去。那些小孩又说，到军区去，现在正开饭了呢！一说到饭，母亲肚子里咕噜噜地叫，舌苔上唾液吱吱涌现，满嘴湿漉漉的。他们给吃的吗？母亲问。那些汉人可好了，会给你吃的。他们说。母亲把柳筐背在背上，跟着他们到军区去。翻过墙，看到部队正开饭，穿土黄色军装的军人，手里端着盛满饭菜的碗，从他们的面前过。其中有个小孩冲着这名军人喊，本部啦，咕叽咕叽（求求你）。军人把他那碗饭菜倒在了他的帽子里。其他几个小孩抢着把手伸进去，抓一把塞到嘴里狼吞虎咽下去。他们一张嘴，从未闻过的香味飘进母亲的鼻子里，她的肠子开始痉挛。那些人已经把帽子里的饭菜洗劫一空了，风吹过来，把帽子里的缕缕香气吹送过来。这时，有几个军人端着吃剩的饭菜过来，让他们拿家伙接住。母亲撑开了两个黑黑的手掌，接住了香喷喷的大米和青绿的菜，她顾不得害羞，拱着嘴大口大口地吞进肚子里，连手指缝里滴出的油，都用舌头舔干净。这种饭菜母亲平生第一次吃到，只觉得世上没有比这更好吃的了。母亲跟着这帮小孩再次翻墙过来时，肚子里已是沉甸甸的。一打饱嗝，那股香气喷涌上来，幸福得让全身战栗。天黑之前母亲回到堪珠仓，外婆让她吃糌粑粥，母亲说，我不饿。她没有吃一口，母亲很想给外婆也带点红汉人吃的饭菜过来，但她怕外婆怪罪自己。第二天母亲的心里有了盼头，那就是中午那顿饭。她偷偷地把豁口的木碗揣进怀兜里，背个柳筐赶牛出门。每天中午她都跟那些小孩翻墙进去，拿出木碗等着施舍。

有次母亲捡好牛粪等着她的伙伴们过来，可那天谁都没有来，她的肚子里咕咕地叫。抬头看时，太阳正当头，这是开饭的时候。母亲把牛粪倒在地上，背着柳筐翻墙进去。很多军人已经认识她了，一见就过来给她倒饭菜。母亲吃得正起劲的时候，走过来两个军官，他们走到她的面前，一个用汉语跟她说话，母亲睁着大眼，有点惊慌。另外那个和蔼地蹲下身，用藏语问母亲，你是哪个家的？母亲转过头，用手指墙头露出的堪珠仓的屋顶。那个和蔼的军官对另外那个用汉语说了几句。他又问，你愿意到内地去学习吗？母亲用手把碗里的最后那点饭菜塞入嘴里，鼓着腮帮子点头。他又问，家里有几个人？母亲把嘴里的饭菜咽进肚子里，回答，我和妈妈。他摸了摸母亲脏兮兮的脑袋，展着笑容问，小姑娘叫什么名字？母亲说，央宗。另外那个军官和会说藏语的军官说了几句话，两个人都一脸的慈祥。后头那位会说藏语的军官说，我们让你到内地去学习，现在就给你把名字报上去，到时候再通知你。母亲急了，她说，要是堪珠仓知道了，会把我打死的。你们能给我说吗？我经常在这后面放牛。军官沉思一会，爽快地答应，可以。母亲露出了笑容，她想上学是因为这样可以离开堪珠仓，今后还能天天吃到这么好的饭菜。

后来的几天，母亲一直等待着让她到内地去学习的通知，可是过了四五天都不见那两个军官过来通知，中午她去要饭也没有看到那两个军官。到了第八天，母亲背着一筐牛粪，赶牛回堪珠仓。夫人从厨房里出来，看到母亲正在把牛粪堆在厨房门口。夫人揪住母亲的耳朵说，小叫花子，你报名说要到汉地去，真让人耻笑。晚上管家回来，看他怎么收拾你。夫人说完，扭腰上楼去了。一阵冷风从母亲的背上掠过，头皮都麻麻的。母亲想，这下管家肯定会打断她的腿。母亲眼前跳跃的是管家的那张脸，她全身颤抖，腿酥软。母亲回屋不见外婆，她想待在这里肯定又是一阵毒打，为了免遭毒打，必须要马上逃到军区里去找那两个军官。黄昏时候，母亲决然地跑出了堪珠仓，风似的掠过那片开阔地，翻墙进入军区里，找到了那名军官。

那夜，母亲被留在了军区里，还给她发了一套土黄色的衣服、白衬衣、鞋子、毛毯等，另外发了几块大洋。

第二天天刚亮，吃过早饭，母亲坐进汽车里，车子扬起尘土驶入了赤门。那里有很多等待上车的小孩和送行的家长，有几个认出了母亲，说，这不是堪珠仓厨娘的女儿吗？怪可怜的。有人给母亲一点零用钱，脖子上还献了哈达。母亲不敢待在人群中，她怕堪珠仓的人过来抓她，机敏地上车躲在油桶后面，用毛毯把人整个给裹住。不一会，她听到车下有人说，堪珠仓的管家也来了。母亲吓得半死，她焦急地等待发车，汗水把整个身子淋湿。许久，才有人上车，在一阵祝福声中车子缓缓地启动了。母亲这下长松了口气，掀掉毛毯把潮湿的人整个暴露在了阳光下。母亲看到道路两边挥手送行的人，凉风呼呼吹来，她真切地感受到从此解脱了，身心里荡漾开幸福的喜悦。车顶上的红旗呼啦啦地飘扬，母亲的心豁然开朗了起来。

汽车从哲蚌寺下经过时，有些僧人把裙子撩起，将黑糊糊的屁股对准了他们。一些老人把围裙脱下来，边抖边骂，还吐口水。汽车在诅咒和怒骂声中，离开了拉萨市区，驶向了通往青海的路上。

我现在已经走到了布达拉宫前面，我仰望布达拉宫潜心祈祷父亲的魂灵能够得到超度，也希望赎回我给他心灵造成的伤害。在这夜幕中，我的泪水禁不住滴落下来，我不得不承认，我对父亲还是存有感情的。明天我就能够见到你了——我的父亲。

父亲和我坐在露天的茶园里，面前的小桌上放着两杯茶，一缕热气徐徐升腾。我给父亲讲李煌俊叔叔的事情。

李煌俊叔叔下到地方后，从事起了教学工作。他和索朗旺姆阿姨在学校的房子前开辟出一块地来，种上了白菜、萝卜，他们两口子经常拿些菜，带着李红艳和李革命来家里看望我们。我们一家人围坐在一张桌子上吃饭，后头我们这些小孩跑到八廓街上去玩，大人们待在屋里聊天。要是我们在外面待的时间很长，李叔就会跑出来找我们，他带我们回家。他把我们集中起来，给我们讲好听的故事。李革命不会听，他说这些他都听过，然后独自一个人玩。李叔会给我们讲从没听过的故事，杨六郎的故事是我最爱听的。有时我们两家到刘叔家去，在那里玩上一天。这些都是你走后的事情。可是仅过了半年多，有一次罗宏跑过来，气喘吁吁的，她牵着我的手，跑出了八廓街。我说，我跑不动了。说完蹲在地上喘气。罗宏说，李叔被人抓了，我带你去看。她显得很着急，不时地转头向前看。从她的表情我知道出大事了，我用手摸着胸口说，姐，那跑啊。我和罗宏小跑着追到了那拨人。我看到李叔头戴一顶高高的纸帽，上面写满了密密的字，胸口挂着一张方纸，那上面也写满了字。李叔以前头发梳理得油光光的，现在却乱蓬蓬的，脸上也失去了儒雅的神韵。整个人萎靡不振，极度惊恐，眼睛直视脚尖。我问罗宏，李叔为什么要被抓起来？罗宏说，犯错误了。我不知道什么叫犯错误，但看这架势，有这么多胳膊上戴袖章的人押着，李叔肯定会遭罪的。其中有个人把握紧的拳头举到头顶，高喊口号。身边的人应和着，声音特别地响亮。我们一路追随下去，后头停在了交际处门口。包括李叔在内的五个人，一字形排开，人们举着语录高喊口号。

我和罗宏回来，找到了妈妈，把事情跟她说了。那夜我们偷偷去看李叔，进了他的家门。在蜡烛的光亮中，李叔一下老了很多，他低着头只顾抽烟。李红艳依偎在索朗旺姆阿姨怀中，变得很乖巧。屋子里飘荡着烟子，让我不停地咳嗽，李叔却一点都不理会，烟一根一根地抽。母亲一直在安慰李叔和索朗旺姆阿姨，偶尔阿姨也说几句话。可李叔谁都不理会，嘴里吐出一缕缕烟雾来。这时李革命进来了，他的胳膊上戴着袖章，嘴里哼着歌。李叔扔掉烟蒂，一把抓住李革命，在他的屁股上狠狠地抽打。李革命的歌戛然而止，变成了求救声。索朗旺姆阿姨和母亲赶紧把李革命夺了过来，让我们几个小孩待到外面去。那晚月亮很亮，银白色的月光洒落在我们的身上，我们玩起了捉迷藏。直到母亲喊我们回去，我们才很不情愿地离开了李叔家。

李叔经常被人拉出来遛街，我们也就不觉得新奇了。没有想到的是，刘叔那边也出了问题，泽西阿姨哭得像个泪人似的，经常来家里诉苦。之后，听说李叔和刘叔被弄到愚公学习班去了。索朗旺姆阿姨没有工作，无法养活两个小孩，她把他们送到了自己的父母那里，那里可是地道的牧区，他们俩跟牧民一同生活。索朗旺姆阿姨待在拉萨，找些临时的活，等待李叔回来。四年之后，李叔回到了拉萨，他人很消瘦，头发掉得快谢顶了。他总是一个人闷闷地抽烟，旁人谁都不理会，眼神里已经没有光彩了。母亲带着我们又去看李叔，到李叔家后，李叔说，他要带着索朗旺姆阿姨回那曲去，他不愿待在拉萨了。他说一句话，咳几声，赶忙用手捂住嘴。母亲劝他先把病治一下，然后再考虑去留问题。他赶忙摆摆手，不让母亲劝他。李叔咳成这个样子，还要抽烟，谁都劝不住。

李叔他们要离开的那天，我们早早起来，跟着母亲去送李叔和索朗旺姆阿姨。到那看见刘叔一家也来了，我们小孩聚在一起又开心地玩开了。一辆草绿色的公共汽车，载着李叔和索朗旺姆阿姨走远，扬起漫天的尘土，等尘土落下，前面的道路已经空空荡荡，车子已经从我们的视线里消失了。李叔就这样离开了拉萨，为了李革命和李红艳，他把家安到那曲去了。

听说李叔一到那曲就把李红艳从牧区接了过来，让她上学。李革命早就跟随他的一个舅舅学开车，李叔好说歹说他都不愿去上学，李叔只好随他去了。车队后来把他招工了，他成了一名国家工人。

父亲用手揩眼泪，眼睛紧紧闭上。我喝口茶，从父亲的烟盒里抽出一根烟点燃了。

李叔从老家给李革命找了个媳妇，女方发来电报说，过几天就到。李叔担心房子的事情，到处找领导要求解决房子。那些领导却说，李革命不是我们单位的，要解决房子，就得找李革命他们单位的领导。李叔觉得这话也在理，跑到运输队找到了李革命，把事情跟他说了。李革命说，找什么领导，存放轮胎的仓库里住进去就完了。李叔说，那可不行，人家老远嫁到这里来，不能让人寒心。李革命却不当回事，给李叔说，爹，你回去，过三天再来看，保证让你满意。李叔说，我和你妈也准备一下。李革命用他那辆解放牌车子把李叔送回了家。

李革命回到单位，把他那一拨的人全叫到了食堂里，他们喝着白酒，吃着萝卜炖牛肉商量李革命的新婚住房。最后大伙决定，跟他合住的两个人搬出去，挤到其他集体房里去。只是他们必须要把床搬走，要不那曲这么冷的地方，无法待下去。李革命说，床，你们搬走，我要的就是房子。他端起杯子给兄弟们敬酒，几杯落肚，李革命有些飘飘然了。食堂里的灯亮了，厨师也凑过来讨两杯酒喝。他说，你们等我一会儿，去去就来。李革命开着解放牌车子，油门踩得轰然响，车子一下冲出了大门。没过一会，汽车的灯光直射进来，轰地车头对准食堂门口停了下来。李革命晃悠悠地进来，叫兄弟们到车上卸木板去。李革命跟厨师对干了两杯，他的兄弟们抱着写有 ×××× 革委会 ×××× 交通局 ×××× 汽车队的门牌进来，一数有十几个，做床板已是绰绰有余。他们把床板垒起来，热热闹闹地把四斤白酒灌到了肚子里。

李革命第二天就把李叔接到了他的单位，让李叔看他的新房，李叔望着宽大的木床，欣慰地笑了。

不久新娘来到了那曲，李叔简单地举办了一场婚礼。那天李叔端着杯子给每位来宾去敬酒，嘴里一再地向他们表示感激。后来李叔和索朗旺姆阿姨离开了婚礼场所，回到了自己的家里。索朗旺姆阿姨劝李叔早点休息，李叔却心满意足地说，他已经很知足了，现在没有什么遗憾。索朗旺姆阿姨往李叔的床头放了一杯水，让他别想得太多了。第二天，索朗旺姆阿姨看到李叔睡得很香甜就没有去叫醒他，先把铁炉里的火烧旺，再添加进一点牛粪，等到屋子里暖烘烘时，她才去叫李叔。可是李叔理都不理会，她去推时发现李叔的身子早已冰冷，他已经去世了。

父亲坐在竹椅里，轻声地说，他只活了四十多岁。唉，人生！他别过头去再也不说什么了。

李叔去世了，索朗旺姆阿姨和李红艳住在一起，李革命带着媳妇时常过去看看她们俩。李叔的单位看到索朗旺姆阿姨日子过得艰苦，就让她在单位里干些杂事，发点工资。她们的生活总算有了保障。

李革命的那张门牌做的床，真能养人，他和媳妇睡在上面，年年都能怀上小孩来，连续四年生了四个小孩，除了有一个不幸夭折外，三个孩子都健康地成长了起来。后来，李革命停薪留职，自己跑起了运输，他的生意起初一帆风顺，赚了不少钱，还被地区选为“致富能手”，在报纸上进行过宣传。李革命觉得还要大干，于是伙同别人，倒卖起了烟草，由于没有经营烟草的许可证，一车的货物全部被没收，他不但把本钱赔进去，还在外欠了一屁股的债。李革命受这打击，一下消沉下去，经常喝酒醉倒。有一次他在酒馆里不堪别人的戏弄，与人打起来，被别人用刀子给捅死了。李革命的媳妇带着三个孩子回到了她的老家，从此再也没有了她的消息。

五

“形役心劳尘役人，浮生碌碌一心身。繁华过眼春风歇，来往双丸无住轮。”

天不亮我就起床，背上包出房门。这时手机响了，我一接就听出是小魏打来的，她用那种带有磁性的声音问，起来了吗？我回答，已经起来了，现在正往民航局赶班车呢。你酒醒了吗？为了我的后面这一句，电话那端的小魏在咯咯地笑，路上多保重，我想你。我说，不用担心，我自己会照顾自己。小魏说，那样最好。你到了那里，给我打个电话，这样我就放心了。我说好的。电话挂断了。我在路上搭辆的士，赶到了民航局，民航大巴上还有两个空位置，我坐了下来，没有一会车子徐徐开动。望车窗外，有许多转经的人，桑烟炉子里烟雾腾腾，大巴倏忽间把他们甩在了后面。前面经过的道路两旁，没有行人走动，所有的商店紧关着门，外面没有什么可看的。我靠在靠背上，把眼睛给闭上了。

母亲她们经过几天的行驶，到达了青海西宁，在这里休整两天后，她们坐火车来到了成都。一路上的所见所闻，都超过了母亲的想象，她一路沉浸在兴奋和喜悦之中。母亲她们到达了西南民族学院，学院为她们举行了热烈的欢迎仪式，安排她们住最好的房间。学校要求学生们剪头发，搞个人卫生，母亲把自己的长发给剪掉了，留了个刘海。学校在正式开课前，带着西藏来的学生去工厂、农村进行参观，使母亲她们大开了眼界。之后，按照学生的年龄和学习程度进行分班，正式授课了。

母亲在内地学习期间，外婆却到处托人找母亲。看到母亲去内地的人跟外婆说，你的女儿从赤门坐车去了汉地，她现在在汉地。外婆苦笑着并不当真，她不相信母亲能到内地去，也不相信母亲会有这么好的命。还有人说母亲在七一农场挑粪，也有人说在蔡公堂看到过母亲。外婆信以为真，跑到七一农场去找过，最后她失望地回来了。直到一年以后，母亲托人从内地给外婆寄去了一张照片和一双布鞋，外婆才相信母亲就在内地学习。

母亲她们的学习时间定为三年，可是到了一年半后，拉萨发生了反革命叛乱，她们的学习匆忙结束，陆续派回西藏参加平叛工作。母亲回到了拉萨，然后随军去了日喀则和阿里。平叛结束后母亲又回到了拉萨，被安排到西藏人民广播电台工作。

民航班车已经到了贡嘎机场，我背上包下车，换了登机牌，通过安检，坐在了候机室里。

益卓拉姆生小孩时我既紧张又兴奋，我不知道她要生出来的是男孩还是女孩，这给了我很多的想象。当益卓拉姆躺在病床上连连叫喊时，我有些惊慌失措，急忙跑去找来了医生。医生说，她只能剖腹产。我征求益卓拉姆的意见，可她坚持自然出生。医生也没有办法只能遵从她的意见。下午医生把益卓拉姆抬进了妇产科里，直到太阳落山她还没有出来。我焦急地来回走动，站在妇产科门口，耳朵贴在门上偷听里面的动静。天刚黑下来，小孩就出生了。益卓拉姆被推车推了出来，直接送到了病房。益卓拉姆已是疲惫不堪，虚弱得很。我把酥油涂在她的太阳穴上，头部被一块布给包裹住，然后给她喂了点肉汤。益卓拉姆让我去看一下小孩，说是个男孩。我赶紧跑到婴儿观察室，看到了待在玻璃箱里的儿子。他的样子真可爱。

益卓拉姆和我拥有了连接的纽带，这爱的结晶给予过我们很多的快乐和生机，我们俩都为他付出了太多的精力和时间。在我们的呵护下他慢慢长大，成为了我们俩生活的中心。

我和益卓拉姆一切都围着儿子珠扎转悠时，我们之间缺少了沟通、交流，彼此间失去了新鲜感、期待感，这些都间接导致了后来的离婚。我清晰地记得，那是个炎热的星期天，我们仨待在家里，我正准备午饭。这时益卓拉姆跑进厨房里，拿起菜刀切水果。我赶紧制止她的行动，说这样不卫生。益卓拉姆说，别穷讲究了，菜刀是干净的。我夺过菜刀，说，你怎么这么懒，洗一下都不会？益卓拉姆回答，我不像你这个汉族，穷讲究个没完。我最不愿意听的就是别人说我是汉族，然后怎么怎么的。我们为了这件鸡毛蒜皮的事争得面红耳赤，益卓拉姆一巴掌打在我的脸上，骂道，你这个人什么本事都没有，跟你过真是委屈了我自己。听了这句话，我的自尊心受到了极大的伤害，为了不示弱我大声地说，你从我这屋子里滚，去找个有本事的，我马上跟你离。益卓拉姆气得拖着小孩就走，连续三天她都没有回来。这三天我醉了三次，我也决意不去找她。益卓拉姆后来自己回来了，但是从那开始我们之间经常发生摩擦，一生气我就跑到外面去喝酒，深更半夜醉醺醺地回家，然后瞎闹一通。益卓拉姆的心伤透了，她偶尔晚上不回来，跟同事出去玩耍。益卓拉姆就这样认识了一个康巴商人，两个人走到了一起。益卓拉姆拿我和康巴商人一比，我的确一无所有，康巴人却拥有房子、汽车，人家做事比我豪爽。她对我彻底地死心了，她跟着那个康巴商人过日子，我只能放手。

飞机开始加速，机身离开了地面，开始向空中飞去。从飞机上往下望去，连绵的群山似一个个浪涛，翻涌过去，绵延不止。过多的回忆让我有些疲惫，也有了些伤感。现在就想安静地待一会儿。我尽量什么都不去想。一个半多小时的旅行结束了，我要赶到广汉去为父亲奔丧。

出了机场，一阵热气包围过来，弄得我全身透湿。我不想耽误时间，搭辆的士赶到了公共汽车站。从售票窗里买到一张下午去广汉的车票，离发车还有一个多小时。我在人声鼎沸的候车室里待着，思绪又飞回到了曾经的岁月中。

外婆经常到军区那头去割草、捡柴火，父亲看到后经常帮忙。有时还带着大米清油去看外婆，外婆也热情地拿出奶渣、干果、酥油茶来款待。久而久之，外婆认定父亲是个好人，有了把母亲嫁给父亲的想法，在外婆的极力促成下母亲嫁给了父亲。母亲生下了罗宏和我，当我一岁时，外婆去世了。在我三岁的时候，西藏军区要裁减人员，父亲瞒着母亲报了名。当上面的决定正式下来后，父亲想给母亲来个措手不及，让母亲乖乖地跟着他到内地去。可是父亲的如意算盘打错了，母亲不但不去，而且对父亲的这种做法特别反感，她表示一辈子不会离开拉萨。父亲对这个结果很生气，一赌气就跑到了内地，然后有半年多不联系。我们跟母亲过，从未想过跟着父亲去内地。后来父亲让母亲带着我们过去，否则就要离婚。母亲对这片土地很有感情，她离不开这块土地，也就放弃了回内地的想法。父亲经过三年的等待，终于把我们给放弃了。从此我们千山万水相隔，彼此间留下了很多的伤痛和不幸。

父亲在内地成家了，母亲却一直守护着我们姐弟俩，把自己的青春年华都奉献给了我们。

汽车载着我往广汉飞驶，半路上我用手机给罗梅打了个电话，说我在汽车上，过会就到。

我到父亲家门口，看到人们送来的十几个花圈摆在那里，房子里传来令人心碎的哀乐声。罗梅接过我的包，让我先到父亲的遗像前鞠躬。我在哀乐声的催化下，大颗大颗的泪珠滚滚而下，深深地向父亲鞠躬。我在心里告诉他，我原谅了他的过错，我要把心头积攒的怨恨、愤懑都剔除掉。此时，我仿佛听到父亲的一声长叹，这叹气声从我的灵魂上蹚过，拨动起我内心的爱来。我长时间地沉醉在这种酥软、柔绵的爱里，身心得到了净化。

等我满脸泪水地走过来时，罗梅抱住我放声号啕，我也把她紧紧地揽在胸口，心里在说我不能让我的妹妹这样伤心，这样无助，我要为你分担痛苦。

八廓街

威风凛凛

放暑假的第十天，我们像往常一样坐在天井边的石栏上，有一搭没一搭地打发时间。高红把灯芯绒上衣的袖子卷起，露出那条白净的胳膊来。扎多、虱子王边巴的衣服不仅破旧，上面还缀满补丁。

“我们老坐在天井旁也无聊啊！”高红的一只手搭到勾着的腿上说。

“那玩扔钱币。”我说。

“我兜里一块钱币都没有。”扎多插话道。

虱子王边巴从石栏上站起来，往前迈了几步，蹲下身开始在地面上挖丢钱币的坑。高红也离开石栏向挖坑的地方走去。阳光在他们身上灿烂地跳荡。

“借我三块钱币，到时还你六块。”扎多走到我跟前说。

“这句话你都跟我说很多遍了，最后连一块钱币你都没给我还过。”

我丢下扎多向阳光底下走去。扎多吊长脸，身子萎缩了下去。我没有理会他，把手伸到裤兜里，手指触到安静地躺在里面的那些红铜铸造的钱币，那上面用藏文乌金体写着：噶丹宫殿　诸事顺利。

虱子王边巴挖坑时好像遇到了一块石头，双膝跪地使劲挖。高红蹲了下去，接着我也跪在一旁。

“你们每个人要是借我一块钱币，这坑由我来挖。”扎多的声音从我们的身后传过来，谁都没有扭头，只顾着继续挖丢钱币的坑。

我的身后有人吸鼻涕，肯定是讨厌的扎多。石块被挖了出来，带着潮湿的小洞张开了嘴，我们的游戏可以开始了。

“踢我干吗？”高红突然吼起来。

我们转头，看到一条草绿色的裤子挡在面前。顺着裤子往上仰望，我们看到那条腰部上系的棕色牛皮腰带。目光再往上攀爬，我们看到夹在裤子里的白色衬衣和敞开衣扣的绿色外套。让我们感到惊讶的是，踢高红的这个人的衣服上没有领章，帽子上也没有帽徽，他手里拎着一个灰色的提包笔直地站在我们后面。这个人我们从没见过，人很精神，也很魁梧。我们盯着他说不出话来。这个人看着我们。我认得那提包上用白漆写的“上海”两个字。

“帮我从车子上卸东西，完事后给你们好吃的。”男人说完转身就走，好像我们一定会跟着他一样。确实，我们没有别的选择，想到有好吃的就跟了上去。

翟林康桑大院门口停了一辆手推车，上面放着箱子、被褥、板凳、锅碗等。我们望着他，心里疑惑这个人怎么会搬到我们这里来。

“搬吧！”他用毋庸置疑的口吻给我们下命令。他把车上的一个大箱子扛在肩头，左手拎着提包走进院子里的甬道，再右转人就不见了。我们从推车上抱锅、壶、炉子什么的跟了进去。

这个新来的男人搬进了二楼上，不久前去世的普赤老太婆房里。

搬完东西，他赏了我们很多的硬糖。我们把那些花花绿绿的糖纸折叠，玩起了赢糖纸的游戏。扎多因为手掌大，一甩手那些糖纸立马翻身过去，他成了最后的赢家。

这新来的男人个子很高，理着平头，给人印象最深的是那张长脸，他搬来没有几天就被四眼狗起了个“马脸”的外号。

当天晚上，我们知道了新来男人就是普赤老太婆的侄儿，万万没有想到的是普赤老太婆像个侏儒，可这男人却是如此高大威猛。

接下来的假期时间里，我们整天不写作业，在幽深的巷子和八廓街里浪荡，有时跑到三角池里去游泳，赤身卧在田埂上，让太阳把身上的皮子烧掉一层。

有次我们游荡得很晚，回来想着肯定要狠狠地挨顿揍。但出乎意料的是，除了院子里新搬来的男人家亮着明晃晃的灯光外，其他房子都是黑漆漆的。

“嘎玛，接着怎么样了？”这声音是高红爸爸的。

“快点说！”是我妈妈的尖嗓门。

我们跑向了那明亮的房间。房门洞开着，里面洒出白花花的汽灯光来，院子里的男男女女挤在这间一柱半的房子里，脑袋都转向这个叫嘎玛的男人身上。

“……美国人的飞机从树顶上呼啸而过时，树枝被强风刮得哗哗响，同时炸弹从半空中穿透树枝钻到地底，沉闷地一爆，把树都连根拔掉，地动山摇，到处都是火海。我们伪装着躲过敌人飞机一架次一架次的空袭，只要熬过了这难忍的轰炸，我们就可以向无名高地发动攻击了。我手里握着冲锋枪，身上落满被炸碎的土石。同志加兄弟，为了越南人民的幸福，我们可以忍受这一切。又一架次的飞机低吼着飞过来，子弹像雨点般扫射下来，有人中弹死去了，血的腥味和着硝烟的气味涌入鼻孔里，让人激愤和仇恨……”

这个叫嘎玛的男人还在讲，那些大人听得如痴如醉，我们跑回家去蒙头大睡。

从那天晚上起，嘎玛在院子里俨然成了最受敬仰的人。这不，格桑曲珍有事没事都要晃着两根牦牛尾巴似的辫子往他房子里跑；次珠老太婆耐着性子给他介绍自己的亲戚女孩，可是嘎玛对谁都没有理会，他的这一举动伤透了格桑曲珍和次珠老太婆的心，格桑曲珍的妈妈给别人传话说：“这男人有病！”

“这男人有病？”四眼狗这样跟我们问。

嘎玛如此雄壮怎么会有病，我们这群小孩想不通。

“简直是扯淡！”四眼狗的手狠狠地砸在兄弟虱子王边巴的身上，使他痛得嘴都咧开了。四眼狗继续说：“我见过马脸撒尿，那尿很有劲，地上都被掘出了个深坑。”

“刨出坑来我们又不能往那里面扔钱币玩。”扎多说。

我们都瞪扎多，他不再言语了。

这时格桑曲珍到天井边来打水，看到我们无所事事就冲四眼狗喊：“巴桑次仁过来，帮我打一桶水。”她把铁制的水桶从背上取下来，放在了背水石台上。

四眼狗把汽车内胎做的水桶扔进幽深的水井里，拽着绳头使劲摆动。格桑曲珍往厕所走去。

“怪不得马脸不娶她，原来是个漏勺。”虱子王边巴愤愤地说。

我们为这句话干笑了几声。四眼狗把胶桶里的水倒进铁桶里又继续打水。格桑曲珍回来时水桶已灌满，她把水桶背在背上离开了天井。我们从后面向她吹呼哨，可她理都没有理。四眼狗说：“还是到外面去转悠吧。”

我们几个跟在四眼狗后面，出了翟林康桑院门。

暑假的好运到此为止了，接下来的几天时间是在一片咒骂声中紧赶慢赶着作业，冷不丁脸上还会挨上一记巴掌。

终于上课了，我们又要成为刺激那些拿着竹竿板着面孔的老师情绪的蠢驴。蠢驴是老师们赏给我们的外号，嘿嘿，其实我们并不蠢。

开学的第一天中午放学回家，在夏萨苏巷子里我们看到了嘎玛，他穿一身劳动布工装，头顶鸭舌帽，脚上是崭新的海球牌球鞋。他依然有节奏地挥动双臂，胸脯挺得高高，目视着前方，对身旁的我们连看都不看一眼。

“马脸！”不知谁轻声喊了一句。

嘎玛却已经雄赳赳地从我们身旁走过，我们羡慕的目光投射在他那宽阔的后背上。

“长大后我也要像他一样当个工人。”高红进院门的时候对我们说。刚才我也有过这种想法，四眼狗他们肯定也是这种想法。

过了二十多天后，扎多在走廊里被数学老师给胖揍了一顿，然后又给罚站在学校的天井旁。太阳很毒，时间久了会照得人汗涔涔的。下课后我们围拢过去看扎多，他的一只袖子被撕碎了，鼻孔边粘着血痂，我们知道他被揍得不轻。

“招风耳，你因为什么事给揍了！”四眼狗推开我们问扎多。

听到这句问话，扎多呜呜地哭了起来，鼻涕眼泪直往下淌，嘴歪向了一旁。

“他娘的，真是个欠揍的人。”四眼狗愤愤地说完转身离开。我们跟随四眼狗走去，身后传来扎多凄惨的号啕声。

正在上课的时候，教室的门被撞开了。我们看到门口站着扎多，身后是雄壮的嘎玛。他的袖子上系着红袖章，上面用白漆狂草地写了几个字。嘎玛不等数学老师开口，推扎多进入教室，让他坐回到座位上，随即砰地带上门走了。那一刻，数学老师的魂好像被鬼招走了一般，脸色煞白，全身在微微发抖……

“这才是男人！”四眼狗竖起拇指对我们说。

“他真是威风凛凛！”虱子王边巴说。

我们都很兴奋，因为跟威风凛凛的嘎玛是同一个院子里的。独独扎多哭丧着脸。我们走过嘎玛夏青，来到了夏充小巷。在这里我碰到了蹬自行车的爸爸，他把我喊住要带我去理发。

我坐在自行车的后座上跟爸爸说：“今天在学校里嘎玛真是威风凛凛。”

“你懂个屁。”爸爸喘着气骂道。自行车在坑洼不平的土路上颠簸着，我的上下牙齿也在磕碰，这样我也无须解释什么了。

我爸才懂个屁呢！接下来的几个月里，嘎玛作为学校里的工宣队员不仅站在台上给我们讲革命故事，还操练我们的队列，让我们吃忆苦思甜的饭……他高大的身影时刻在我们面前闪现。跟他对比我爸真的什么都不是，妈的嗓门提高一点爸的身子就会萎缩成半截，他怎么能跟嘎玛相比。

嘎玛的一切让我们仰视，连一贯自以为是的四眼狗都带着羡慕的口吻谈论他，再也不说马脸了。

又临到了放寒假的时候，此时嘎玛也处了一个女朋友，这是假期前我们听到的最好的一个消息。

“哼，看看，他找的是什么女人？”在油灯底下爸爸吐着烟雾说，油灯光照到的那半张脸上堆满讥笑。

“人家找什么人关你屁事。”妈妈往铁炉里丢进一块木炭说。

爸爸再没有吭声，我的脸上却挂上了讥讽的微笑。妈妈往火炉上搁置铝锅，又坐在床铺边沿，继续说：“人家可是干部，阶级成分好，工人跟干部组成家庭是绝配的。”

爸爸把烟蒂给掐灭，垂下脑袋不说话了。

寒假里女人带着一个白白净净的小男孩住进嘎玛家里，邻居们拿着《毛主席语录》、毛主席石膏像、瓷盆等礼物到嘎玛家去祝贺，我们也跑到嘎玛家吃到了肉包子。高红把那个干净的小孩带到了院子里，跟我们一同玩耍。我们知道这小孩名叫张达瓦，他的妈妈叫益西。

“原来嘎玛娶的是个寡妇啊！”四眼狗大跌眼镜地这样哀叹。

“比格桑曲珍要漂亮。”虱子王边巴替嘎玛说话。

“这不是一码事。”四眼狗咆哮了起来。

“今晚在赤门有露天电影。”

我们都兴奋地拍起了手。

格桑曲珍头上裹一块布，背着行囊从我们身旁走过去。她这一走有近一个月没有再见到她。

嘎玛把张达瓦顶在脖子上，旁边是柔弱的益西，他们走过我们面前时，每张脸上洋溢着幸福的微笑。邻居们跟他们打完招呼，用羡慕的目光送他们一程。

问题到底出在哪里，当时我们谁都说不清楚。也就是嘎玛跟益西结婚一年多后，这对恩爱的夫妻开始吵闹了起来，在院子里我们能听到他们乒乒乓乓摔东西的声音和谩骂声。我们望着二楼他们那扇窗子，心想那可怜的益西一定会被嘎玛揍得鼻青脸肿。

有几个大人跑上楼去给他们劝架，没有一会他们架着嘎玛走出了房门。

哇！嘎玛的脸和手臂上到处是被抓过的痕迹，一只眼睛还红肿着。

嘎玛到底怎么了？

益西从窗口里伸出头，骂了几句很难听的话。此刻，她比嘎玛要威风凛凛！

“他是不愿意打女人的。”洛桑老头坐在窗子下的那片阳光中说。

别的大人都点点头，只是脸上现出了疑惑。我们又看到张达瓦从窗子里探出头，向我们使了个眼色。

下午在邻居们的撮合下，嘎玛和益西又和好了。我们听到嘎玛房子里传来的敲打声，叮叮咚咚的很有节奏。

“他在修补被打烂的桌凳。”次珠老太婆吸着鼻烟叹气。

在院子里我们继续着游戏，吵闹声弄得很响。

一切像是上了瘾，嘎玛和益西之间隔段时间就要爆发一场争吵，结果跟先前一样，被打败的永远都是曾经在我们心目中威风凛凛的嘎玛。

“他为什么不还手呢？”扎多在去学校的路上这样问过我。

“我又不是嘎玛，我怎么知道。”我这样回答他。

扎多很不满意我的这个回答，噘嘴猛跨了一步。我看到从对面推着手推车去淘粪的“一只睾丸”，为了好玩我喊了声：“喂——一只睾丸——”我拼命地向前跑去，书包在我屁股上一蹦一蹦的。扎多也跟着跑了起来。

四眼狗又开始喊嘎玛为马脸了。那时，益西带着张达瓦从嘎玛的房子里搬了出去。

嘎玛那边一下安静了下来，这种寂静只维持了一周，嘎玛脖子上重新顶着张达瓦，身边依着柔弱的益西，仨人鱼贯地进入了房门。

“已经是惯性了，就像狗改不了吃屎。”洛桑老头跟院子里的其他人这样说。

果然，嘎玛和益西之间再次爆发了争吵，嘎玛伤痕累累地抱住脑袋坐在门槛上。益西拖拽着张达瓦夺门而出，另一只手里提着那个写有“上海”两个字的灰色手提包。

隔了一段时间，张达瓦突然又从二楼的那扇窗子里把头给探了出来，我们惊喜地喊了声：“张达瓦，下来玩。”

这次可不再像是争吵了，简直就是一场战争，乒乒乓乓的声音消沉之后，嘎玛满脸鲜血地走了出来，几个男人拥上去把他送到了医院。

太阳最末的余晖要落去时，嘎玛头缠白色的绷带，左手吊在胸口回到了翟林康桑院里。可他回不去了，房门被益西从里面扣死，几个男人无论怎样央求，那门始终没有向他开启。

“合不到一起就散了吧！”那天晚上我妈这样劝嘎玛。

我爸坐在一旁没有吱声，但他肯定在想工人和干部是绝配这句话。

“她毕竟是女人啊！”嘎玛许久才声音缓慢地说。

这句话让我爸的身子颤抖，我妈的脸沉落下去。嘎玛缠着绷带坐在油灯下，却是那样的醒目，以至于过了很多年后我都无法忘记他。

分分合合无数次后，益西最终还是离开了嘎玛，从此嘎玛成了一名酒鬼。多年之后，他躺在病床上结束了自己的生命。

至于嘎玛和益西为什么老要争吵，有很多种说法，可我愿意接受的却只有这一个说法：在抗美援越战争中，有一次一块弹片击到了他的睾丸上，从那刻起他就没有生育能力了……

岭松少爷

从翟林康桑大院出来，在巷子里步行二十几步，就到了八廓街的东头。可是，下了雨以后道路泥泞不堪，低洼处淤积着黄黄的泥水，其间还能看到被雨水稀释的马粪和牛粪。街道上冷冷清清的。对面贵族苏康府邸的大门油漆脱落，门板开裂，一派萧瑟的样子。

"雨还在下。"走在前面的扎多戴一顶草绿色的帽子说。

"管它呢。"我说这话时看到扎多的肩头已经湿漉漉的，我的头发也被雨水黏结在头皮上，水顺着脸颊淌落下来。

球鞋里灌进了浑浊的脏水，脚在里面吧唧吧唧地弄出响声来。墙角边立着一只被淋湿的狗，它的眼里散出迷离的光来。

"人家不会等我们的。"扎多再次开口提醒我。

"人家会等着的。"说这话时我也不敢确定次丹会不会等。

雨珠噼里啪啦地砸在身上碎裂，我们却一直向前。我们走到了诵曲冉哇，铺着岩板的广场和那头的讲经台，被雨水冲刷得油亮亮，却看不到一个人。

我还是满心期待地四处瞧瞧，希望能发现答应给我送小人书的次丹。

“我说过人家不会来的。”扎多扬扬得意地说。

我有些失望，心里对次丹产生怨气来。

“他就住这一带吗？”扎多问我。

“好像就住这一带。”我的声音软软地说。

我们看到诵曲冉哇边上有棵大树，跑去下面躲雨。这里滴落下来的雨水，比天上下的雨还多，我们的身上没有一处干的。

“躲到这个院子里吧！”扎多哆嗦着跟我说。

“那跑啊。”我说完飞速地跑，脚下的水四处飞溅。

院子的甬道很深，我们待在这里淋不着雨。迎面是个天井，旁边搭了个背水的石台，整个院子是个四合院，见不到一个人，只有笕槽里滴落的水在院子里哗哗地奏响。

“大头，我们不该来的。”扎多被冻得嘴唇有些发紫。

“我想也是。”我冷得全身瑟瑟发抖。

甬道里冷风灌进来，更加地寒冷，衣服上滴落的水在脚下摊了一地。我们只能使劲地往冰冷的手上哈气，以便先让手暖和起来。扎多还在原地蹦跳了几下。

淅沥沥的雨珠没有停歇的意思。

我们商量现在要不要回去时，大门里走进一个人来。他的身子很高，头上戴一顶破草帽，上面用红油漆画了个五星。这个人取下草帽，抖掉上面的雨水，才发现贴在墙角边的我们。他的头发灰白，眼神里闪现怯懦。这人瞅了我们一眼，转身打开身旁的一扇门，那门吱吱地发出声响来。我看到他的屁股后挂着一个掉了漆的军用水壶。

“爷爷，次丹住在这个院子里吗？”我问。

他扭头想了想，回答：“别喊我爷爷。小孩，这座院子里没有叫次丹的。”

“他是个小孩，跟我一般高。”

“我说过这里没有叫次丹的。”

我彻底泄气了，扎多噘嘴，一脸的不满。

“雨还要下一阵子，你们被淋成这样，先到我房里避会雨。”他给我们提议。

我们跟他进入房子里。里面就一间房，光线很暗，东西到处堆砌着。他把水壶从腰带上取下放到桌子上，让我们坐下来。

“喝一口会暖身的。”他拧开水壶盖，把壶里的水往壶盖里倒，然后伸过来说。

扎多喝了一口直喊辣，连舌头都吐了出来。

“你也来一口。”他说完把壶盖伸到我面前，一股刺鼻的味飘过来。扎多幸灾乐祸地看着我，嘴角挂着挑逗的笑。我接过来一口喝掉。那水流进肚子里，顺带着一团火，热辣辣的。

他连着喝了三次，才走到火炉旁，往里面丢牛粪点火。

“要不要再喝？”铁炉里烟雾升腾了起来，他扭过头问，后面还附了一句：“刚才你们喝的是白酒。”

我和扎多使劲摇头摆手，他看到我们这副害怕的样子并没有笑，而是让我们凑近铁炉边坐。

“这么大的雨，你们找那个小孩干吗？”他问。

铁炉子开始散出一点热气来，我和扎多赶紧把手伸过去烤火。

“那个小孩答应给他送本小人书。”扎多抢先回答。

他没有说什么，接着又喝了几盖子的白酒。每次喝完都要张个大嘴哈气。

“那有什么看的！”他说着蹲下来，往铁炉子里添加牛粪饼。

“很好看的，叫《密码》，讲的是一个红军女报务员的故事。”我回答。

“难道你们的课本里没有好看的故事？”他问。

我们告诉他上课时没有课本，都是老师油印后，给两三个人发一本，那里面没有故事的。

铁炉子热乎了起来，他让我们脱掉外衣，帮我们把水拧干，然后让我们抓在手上烘干。

“你叫什么名字？”扎多跟他问。扎多身上的肋骨条条可数。

“问这干吗？”他搬来一张方凳坐下来，继续说，“朗杰晋美。你们喜欢听故事？”

“是的。但没人给我们讲。”又是招风耳扎多抢先回答了。

朗杰晋美让我打开桌子下面的木门，从里面取出一个掉了漆的白瓷缸来，往里倒了半杯白酒。他端着白瓷缸喝酒时，我看到上面用红油漆写的“为人民服务”五个字。那半杯下去他打了个饱嗝，一股刺鼻的恶臭冲了过来。

我们的衣服上开始有热气蒸腾。

“说曾经有一个人，他背着白檀香木到城里去卖。可是城里人因为白檀香木很贵，跟他只问问价，没有一个人要买……”

朗杰晋美刚说到这里就被扎多给打断，他问：“什么叫白檀香木？”

“是一种名贵的树，能散发香气来。”朗杰晋美说完又往白瓷缸里倒酒。

“招风耳，你能不能闭上嘴好好地听故事。”我对打断故事很不高兴。

“大头，你再喊我招风耳的话，以后我不跟你玩了。”

"不玩就拉倒。"

"嗨，这是在我家里，你们给我闭嘴。"朗杰晋美吼道。我们不敢再说什么。

朗杰晋美继续讲后面的故事，听完我和扎多呵呵地笑出声来。故事里的那个人因为白檀香木价格贵，在城里待了好多天都没有遇到一个买主。跟他一同住在旅店里的卖炭翁，每天都能把木炭给卖掉。卖炭翁卖掉所带来的木炭后跟他告别，回自己的家去了。这时卖白檀香木的人很着急，最后他灵机一动，在旅店后面把白檀香木烧成木炭，拿到街上去卖，果然被人买走了。他以为自己做的很聪明，于是拿上一点钱高高兴兴地回家去。

"求你再讲一个吧！"我央求他。

"给你们讲'咕咚'的故事吧。"他又往白瓷缸里倒酒，这已经是第三次了。

朗杰晋美讲述的过程中，我的头脑里想象着，果树上结的枇杷掉进湖泊发出咕咚声时，兔子惊慌逃命的场景，后来还有猴子、狼、大象等等。这是我第一次听到这么好玩的故事。

我们的衣服已经干了，朗杰晋美眼圈发红，显出一丝醉意来。

"叔叔再给我们讲一个。求求你，求求你！"扎多再次求情了。

“哦——，让我想想，让我想想。”他这样重复着，身体斜过去，靠在了屋子中央的房柱上。

“很早很早以前，有一个地方叫扎西孜嘎，那里有一座很高的山，山的名字叫衮桑。山顶被白雪覆盖得一片圣洁，这里住着野兽之王狮子；雪线以下的山腰是碧绿的草地，各种鲜花点缀其间，姹紫嫣红，居住着白松鸡为主的各种禽兽；山脚下生活着猴子，猴子们、猴……”朗杰晋美说到这里就打住了。

“叔叔，后来呢？”等了一会，我才轻声地问。

朗杰晋美一句话都不吭，再仔细看时他靠在柱子上睡着了，两手紧紧地抱着白瓷缸。

扎多用手推推，他却没有一点反应。

我们知道他已经睡着了，把干得差不多的衣服往身上穿。再看他的房子里，除了一张木床和方桌外，锅碗瓢盆什么的全堆放在墙角。

“叔叔睡着了，我们离开吧。”扎多对我说。

我向扎多点头。我们出门时把他的门给带上了。

雨已经很小了，天空依旧灰溜溜的，可是我们两个不再为没有拿到小人书而失望。我想着晚上可以跟四眼狗他们讲这两个故事，让他们也吃惊一下。

很不凑巧的是，那一整天都在下雨，我只能待在屋子里。雨丝淅沥沥的，院子里积满了水，我在想，那个叫朗杰晋美的叔叔还能讲很多个故事吧。

第二天天放晴了，在去上学的路上扎多和我给高红他们讲昨天听来的故事，他们听得很入迷，不时地问：“后来呢？”

后来，我们响应班主任老师的建议，选朗杰晋美作为我们的孤寡老人对象，要过去帮他打扫卫生收拾房子，最主要的还是想听到更好玩的故事。周六下午放完学，我们背着书包直奔朗杰晋美家去，胸前的红领巾歪歪斜斜地垂着。

朗杰晋美的房门紧闭，院子里只有一个老太婆在晒太阳。

我们走出甬道，书包丢在树底下，在大院门口玩起了扔沙袋的游戏。

太阳要落山了，高红汗涔涔地说：“不玩了，我们回去。”

我们用衣袖擦拭额头上的汗，将书包背在背上，抹着鼻涕回去。

没有走多远，我看到迎面走来的朗杰晋美。他戴着那顶破草帽，背一个硕大的柳筐，衣服破旧，裤子的膝盖处各有个大补丁。凑近了，从他身上散发出一股尿屎味，令人恶心。

“叔叔，我们是来帮你，做好人好事的。”招风耳扎多抢先表白。

“走开。”朗杰晋美说完径直往前走。

“这人脑子有问题。”高红说。

我们都望着他走远的背影，那股难闻的臭味也从我们的鼻孔里散去，可以张大嘴呼气了。

“看来谁惹恼他了。”多杰吸着鼻子说。

“我们明天去捡些树枝过来，让他当柴火用，这样他就不会发火。”扎多说。

我们同意了，又嘻嘻哈哈地回家去。八廓街上冷冷清清的，偶尔能看到有人蹬辆自行车过去。

隔天，四眼狗看到我们要结伴出行，就拦住我们问：“你们要去哪里？”

“我们去做好人好事。”高红挺着胸脯回答。

“我想带你们去游泳。”四眼狗说这话时，眉毛往上挑了挑。

确实，今天晴空万里，阳光像一饼燃烧着的牛粪，把我们烤得蔫不唧唧的，能够光着身子跳进水池里，是一件让人惬意的事情。

“不去。”高红回答得很干脆。

四眼狗不相信似的盯了几眼高红，又做不出后续的任何反击来，可能一切出乎他的意料吧。

“我们走。”高红一声令下，我们几个跟着他往大门走去，把四眼狗扔在了那里。

四眼狗一句咒骂声从身后传了过来。

我们五个人背着从林园里折下的树枝，走到朗杰晋美家时，他正端坐在那张床铺上喝白酒，已经显出一些醉态了。

这次他没有喊我们走开，而是半眯着眼看我们忙碌。我们帮他打扫房子，拾掇好床铺，擦净窗玻璃，房子里顿时显出一丝生机来。

做完这些事情，我们央求朗杰晋美给我们讲故事。朗杰晋美睁开因醉酒而闭拢的双眼，给我们讲了格萨尔王的故事。我们听到为了救度众生，神子下界，以及艰辛的童年生活……

朗杰晋美因醉酒过度，只能讲这么多，最后自己坐在那张凳子上，背靠着房柱熟睡过去。我们几个很失望，刚兴致涌上来，却没有了后续的东西。

“上次叔叔也是这样。”扎多跟高红他们解释。

“看！叔叔撒尿了。”

我们的目光集中在了朗杰晋美的裤裆处，那里已经潮湿，顺着裤脚往下望去，脚旁积着一摊水。

我们先是惊讶，接着觉得很好笑，于是放声笑了起来。朗杰晋美醉得什么也不知道，就那样静静地沉潜在梦乡里。

我们离开了朗杰晋美的家，走在阳光明媚的八廓街道里，感觉神清气爽了起来。

“时间还早，我们去游泳吧。”多杰这样说。

扎多弯下身，从地上捡了一只烟蒂，装进衣兜里。

“有钱吗？全部都拿出来。”高红停住脚步跟我们说。

我们凑足了几毛钱，可以买到一包烟了。这让我们很兴奋，很激动，几个人匆忙往供销社里跑。

“他今天讲的全是毒草。”高红赤裸着身子，仰面躺在田埂上，吐出一圈烟雾说。

“可是听得让我入迷。”我匍匐在田埂上，用两根指头夹着劳动牌香烟。

“这么大的人还尿裤子。”边巴说完嘿嘿地干笑了几声，脸上堆起讥讽的表情来。

我和扎多有些难堪，当时我们说朗杰晋美讲故事如何如何，却没有想到他还是个漏勺，竟把尿撒在裤子里，想想那睡姿也是奇丑无比。

我狠狠地吸了一口烟，感觉腮帮子鼓了起来，舌苔上爬满异样的怪味；想到朗杰晋美，脑子里也是这种异样的感觉。

去上课的路上，高红跟我们商量要把做的这件好人好事告诉班主任。课间操时，班主任专门把我们叫去了解情况，还要我们把他的名字和住址告诉老师。

我们几个很兴奋，想着要不了多久，会得到班主任的一顿表扬。

万万没有想到的是，仅过了一天班主任把我们从课堂上叫出去，在教室门口狠狠地掐了几巴掌。扎多呜呜地哭个不止，班主任气得又往他的屁股上踹了几脚。这时我们才知道那个叫朗杰晋美的是个贵族少爷，现在正在接受劳动改造，他不能成为我们帮助的对象。

放学回家的路上，四眼狗幸灾乐祸地嘲笑我们，说是一群瞎了眼的傻蛋。我们低着头，任由他来取笑。

再后来，我又看到过几次朗杰晋美，他还是那样的形单影只，身上的衣服脏且破烂，面色更加的苍白。

通过大人之间的交谈，我知道了他是贵族岭松家的幼子，西藏解放初期给部队官兵教过藏文，也担任过学校的老师。这样一个人，在我记忆最深处留下的印象却是个醉鬼和失禁的人。

太阳出来再落去，日子就这样往复着消失掉。

有一次，我骑在妈妈的自行车后面，路上她遇到了一个认识的人。她把车子停下来，跟那人交谈了起来。

“你要上哪儿去？”妈妈的尖嗓门吼开了。

“忙着去处理那个死人。”对方的言语里表现的是厌烦。

“哪个死掉了？”妈妈两手扶着车把好奇地问。她的两根辫子垂落在草绿色的衣服上，我只能看到这些。

“就是我们那个农业社的酒鬼，那个叫朗杰晋美的。”

“我知道这个人。”

“他醉酒后掉到水池里被淹死了。我得先过去。”说话的人咧着嘴，从自行车旁边走开。我看到她穿着一件藏青色藏装，头戴一顶草绿色帽子，步伐不急不缓地向前走去。

从那天开始，我再没有听别人议论过朗杰晋美，从那开始他就从这尘土上完全消失掉了。至于他讲过的那些故事，也随着岁月的流逝，在记忆里变得残缺不全了。

在上大学时，有一阵子我迷上了藏族历史，把那些祖辈写的充满神话而魔幻的史书都翻看过一遍。有次历史老师对我说：“你一定要看《藏族历史明镜》，这可是最有史料价值、最全面的一本书。”

“这本书是谁写的？”

“朗杰晋美写的。”老师回答。

“谢谢老师！”

我在书店里找到了这本书，作者简介里赫然写着岭松·朗杰晋美。我无法相信这个事实，在我记忆中的朗杰晋美可是个醉鬼和撒尿都不能自制的一个人，这样一个人怎么能写出这样一部著作。

晚上，我去敲历史老师的门，想弄清楚这个岭松·朗杰晋美是不是我认识的那个朗杰晋美。老师家的电视里正在播放连续剧《射雕英雄传》，郭靖和黄蓉逃到了一座房子里，外面有人追赶了过来。

“来，一起看电视吧。”老师说。家里的其他人全都目不转睛地盯着电视看。

“我想问您一件事？”

“你问吧。”老师的目光没有看我，而是转到了银屏上。

“您见过岭松·朗杰晋美吗？”我小心翼翼地问。

“没有见过，听说是个长得很英俊的人，还在国外留过学。”老师回答。

“他后来的情况呢？”我又问。

“听说遭到了迫害，可能病死的吧。”老师眼睛都没有转过来。

我的脑海里又出现了朗杰晋美醉酒后坐在凳子上的画面，他的裤裆湿漉漉的，我仿佛又闻到了那股刺鼻的尿腥味，眼泪无缘由地掉落下来，我捂住脸跑了出去。

外面街灯亮闪闪的，抬头看到天空中有朵闪耀的星星。我凝望着它，泪眼再次蒙眬了起来。

梅　朵

灯芯上火苗刚一闪现，妈妈的身子就从被单做的门帘后蹿了出来。

“真是个贱人，老是守不住下半身！”妈妈的声音里含着怨愤。

爸爸赶紧扔掉快要燃尽的火柴，回头看妈妈那张带着怨气的脸。屋子里弥散着一股烧焦的气味。

妈妈把斜挎在背上的草绿色包取下来，挂在房子中央柱子上钉的钉子头，拉出木凳一屁股坐在上面。

爸爸往茶碗里倒满清茶，搁到妈妈面前轻声问：“你在说谁呢？”

我在桌子上支起两个胳膊肘，手掌托着腮帮子看妈妈。油灯的光照里她的脸看得不甚清楚，一半是实的，一半是虚的。

“我说的就是河坝林的梅朵。”油灯灯光下妈妈愤怒的脸比以往更加恐怖。

“她怎么了？”爸爸也围着桌子坐下来轻轻地问。

“她又被人给搞了，已经有四个多月的身孕。”妈妈说完端起茶杯喝茶。她的背影投在后面的墙上，一团变形了的黑影牢牢粘在了那里。

爸爸点上一支烟吸了一口，烟头上的那团火霎时明亮了起来。一阵烟雾在我们头顶上飘扬。

妈妈瞪了我一眼，转头又跟爸爸说：“这个贱人就是不跟我们坦白，谁是这个孩子的父亲。”

爸爸闷着头抽烟，没有接茬，烟雾吐得更加勤奋了。我起身试图用手把烟雾给搅碎，不料妈妈一掌击打在我的胳膊上，我只能蹲下身子坐下来。

“她本身是个脑子有问题的人，怎么能记得住是哪个人！”爸爸说这话时一根烟抽完了。他把烟蒂扔在地上用脚踩灭。

“别看她平时傻兮兮的，有时候够机灵的，我就不信她不认识那个人。去年她刚流产过，还不到一年又给怀上了，真是个贱人。”妈妈气呼呼地说。

“要是被人强奸了，她有什么办法呀！”爸爸两手相搓，等待妈妈的反应。

“哼！”妈妈接着说，“换了我，我会拼掉命来保住身体的洁净，只有破鞋才会逆来顺受。”

爸爸望着妈妈的脸，没有再多说一句。

油灯的灯芯上飘升一股黑烟，我真想拿张白纸让烟把纸熏黑，但妈妈在气头上，我是绝对不敢这么弄的。

“那贱人非要把这个崽子给生出来不可。”妈妈气哼哼地说。

“谁叫她长得这样有姿色。”

……

这一晚，妈妈和爸爸一直在讨论梅朵的事，我在一旁困得最后趴在桌子上睡着了。

第二天早上去上学的路上，我问四眼狗守不住下半身指的是什么？四眼狗哈哈大笑，并没有给我个答案。高红他们对这个问题一点也不感兴趣，开始说些踢球和打架的事情。

梅朵我见过几次，是个高个子的女人，脸上有一对酒窝，牙齿白白的，总穿一身黑布做的藏装。除了这些以外，我对她真的没有什么印象。

那天中午我们放学回家的路上，迎面走来“一只睾丸”，他大肚便便地推着一辆破自行车，工装裤上有很多个补丁。四眼狗朝我们挤了挤眼，我们知道又要戏弄一下一只睾丸了。当我们跟一只睾丸擦肩而过时，高红大喊一声：“嗨，一只睾丸——”我们没命地往前跑，担心石块会砸到自己的脊背上。拐过巷子口什么反应都没有，我们陆续停了下来，个个吊着鼻涕，哼哧哼哧地喘气。

“他为什么不追我们呢？”扎多擤掉鼻涕问。

“因为他只有一个睾丸，一跑步身子就不稳，会摔倒的。”四眼狗以见多识广的口气跟我们说。

我们这才知道男人如果只有一个睾丸，他是不能跑步的。怪不得每次我们这么喊，一只睾丸只会拿石头投掷，再跺跺脚装作追击我们的样子，他人却从不追赶我们。

中午妈妈又到梅朵那里去了，和爸爸吃饭时我很想问：什么叫守不住下半身？可是看到爸爸慵懒的样子，也就没有再问什么。吃完饭听到楼下有人说话，看来院子里又聚了很多的人。爸爸掀开门帘跑下楼去，屋子里只剩下了我。

我从柜子里拿出木头做的手枪，爬到床上去，再从窗户里对着那些大人开了几枪。他们全然不知，围在天井旁边晒着太阳聊天。我也没有了兴致，从窗户边走开。

上学前妈妈回来了，她跟爸爸说：“这贱人犟得很，非要把这个小孩给生出来，到时候看她怎么养活这个崽子。”

爸爸摆摆手示意我该去学校上课了。我背上书包快速下楼，喊上高红往学校走。

有很长一段时间，妈妈没有再提过梅朵的名字，我也把这个人给忘掉了。巧的是，放暑假时我一个人在家写作业，突然，一个腆着大肚子的女人走了进来。她满脸雀斑，走路一摇一摆的像个企鹅。

“你要找谁？”我抬头问她。

“大头，我认识你。”她说这话时，我认出了这个女人就是梅朵。

“爸爸妈妈都不在。”我从凳子上站起来跟她说。

“倒杯茶给我，渴死了。”梅朵说完眼睛盯上了我的床铺，走过去坐在上面。“大头，我叫你干什么来着？”看到我没有动，梅朵就这么使唤起我来。她坐在我的床铺上把腿抻直，身子向后仰去。

我放下钢笔去给她拿茶碗，倒完茶又端到她的面前。

梅朵接过茶碗跟我说："大头，我肚子里也藏了一个像你一样的小虫子。"她哈哈地大笑。

"怎么是虫子？那是小孩。"我盯着她圆鼓鼓的肚子纠正。可能清茶不是很烫，她咕噜咕噜地一口咽了下去。

"小屁孩儿，你懂个什么？给我再去倒一碗茶。"梅朵又命令我。我开始有点讨厌她了。

"大头，你长得不赖。我希望肚子里的小孩比你还好看些！"梅朵把两手也摊在我的床铺上，眯上眼满脸的惬意，一对酒窝在她的脸颊上打起了旋。这张脸被那对酒窝弄得很迷人。

我再次把茶碗端到梅朵面前时，她已经从那种惬意中走了出来。她把茶一口喝掉，茶碗递给我。我又去给她倒茶。

"大头，你一个人在家写作业啊？"梅朵已经从我的床铺上下来，凑到了桌子边。她拿起我的藏语作业簿看，那认真劲倒让人觉得她人还挺可爱的。

"很不赖呀！大头。"梅朵的肚皮过了桌子的边沿。听到她夸奖我，我高兴地看她，发现她手中的作业簿拿反了，还装作欣赏的样子。

"你们的粮食搁哪里的？"梅朵这次没有喊我大头，她把作业簿扔在了桌子上。"你不该老待在屋里，要出去玩玩。"没有等我回答她又补上这一句。

“粮食都放在外屋的厨房里。”我告诉了她。

没想到梅朵从藏装的衣兜里拿出一个小口袋，说是要去装点大米带回家吃。

“这是我们家的大米。”我边说边要阻止她去厨房里。

梅朵瞪了我一眼，脸黑黑地跟我对峙着。一会儿，那张脸舒展开，笑嘻嘻地说：“我跟你妈是姐妹，她让我过来拿大米的。”

“你说假话。”我对梅朵说，可心里真拿不定主意。

“你妈让我来拿点大米，你这样拦着晚上肯定会挨顿揍的。大头，你明白了没有？”梅朵说完径直往外屋走去。门帘掀开又落下来，梅朵的身影从我的眼睛里消失掉。

我赶忙跑到外屋去，她已经找到了装大米的那个小桶，用暖水瓶瓶盖往布袋里倒大米。倒了十多下，她才停下来。“大头，告诉你妈我已经拿到大米了。”

梅朵说完，手里提着那个布袋出了房门。

晚上我把这件事说给爸爸妈妈听，爸爸觉得很心痛，妈妈却呵呵地笑。

“我们也没有多少米啊，每个月就那么一点定量。”爸爸给妈妈诉苦。

“我给你说过她机灵着呢！你还说她是脑子有问题的人。”妈妈脸上洋溢着笑。

“妈妈，她是你的妹妹吗？”我问。

“狗日的妹妹！跟她一点都不沾亲带故呢。”爸爸愤愤地说。我知道我被梅朵给骗了，心里有些不甘，对她的那一点好感瞬间消失掉。

日子就这样在平平淡淡中过去了，我已升到三年级了。学校里还是跟往常一样，要说哪个地方不一样的话，那就是学校里新来了一名汉族老师，这是有史以来的第一次。他讲课全用汉语，说的很多话我们只懂那么一点点。“语文老师的嘴好臭！”“老师打麻雀吃呢！”“我看到他中午还洗脸！”班级里能引起大伙谈资的，就是这位新来的姓邓的汉族老师。

国庆节快到了，学校组织各班要演出节目，我却成了一个局外人。看到被选的高红他们朗诵、唱歌、跳舞，每天排练节目，课都不用上时，我对他们羡慕不已，老是把目光投向窗子外面，不料被邓老师给发现了，他拿根木棍敲打我的课桌，满嘴蒜味地训斥着我。

国庆节时我们穿着白衬衣、蓝裤子，脖子上系着红领巾，蹲坐在学校的院子中央。四周各种色彩的旗帜在徐风中飘扬。台上各班级轮流演出，喇叭让他们的声音飘到了很远的地方。附近的居民全跑过来看热闹，台上的谁忘了词，下面爆发出哄然大笑。

演出结束回去的路上，我在巷子里碰到了梅朵，她的肚子被削了下去，身子显得比以往更高了。由于上次的被骗，我没有理会她，跟着其他人往前赶去。

院子里有好几个人在洗衣服，拉宗见到我就问："巴桑次仁去哪里了？"

"我没有看到他。"说完我想，见到了四眼狗，也不会跟你说的。再抬头时看到妈妈也蹲在那里洗衣服。她看了我一眼，也没有打招呼。一上午太阳晒得我都蔫不唧唧的，只想回到房子里去。

"又不知跑到哪里去野了，回来我得好好修理他一顿。"拉宗提高嗓门说。

"可能马上会回到家的，你别这么冲动好吗？"

她们在院子的水井旁叽叽喳喳时，我已回到房子里倒头躺在床上。她们东扯西拉地说个没完。四眼狗他们不知跑哪里去了，今天高红可是出尽了风头，我脑子里就想这些事。

"梅朵的小孩怎么处理的？"扎桑问。我支棱着耳朵听她们接着说些什么。

"是个男孩，长得有棱有角，怪可爱的。"说这话的是我妈妈。"我们骗她说小孩出生后就死了，刚开始时她不相信，说多了她也就信了。这个脑子有问题的人还在病床上哭了半天。其实，我们把她的小孩送给了水泥厂的一个工人，他说他们家没有小孩。"

"那小孩够幸运的，能到一个工人家庭里比跟着她要强好几倍呢。”拉宗插话进来。

“梅朵一直在追问我们，死婴弄到哪里去了？我们就哄她说扔到拉萨河里了。”妈妈很是能耐地说。

“这样她就会死心的。”

“这个孩子的爸爸不知道是谁？会不会是马车队的旺久，或者另有其人？”拉宗这样问。

“总之，跟一个脑子有问题的人发生关系，这个男人连禽兽都不如！”扎桑说。

“要是我逮到这个人的话，非活剥他的皮不可！”妈妈信誓旦旦地说。

“谁叫她长得这么俊！”说完是一声长长的叹息。

接下来她们的话题又转到了别的上面去。我躺在床上，一下对梅朵不再恨了，她拿反本子的形象又跳到了我的脑海里，我嘿嘿地笑了起来。

院子里的嘈杂声一直没有断，我躺在床上等着四眼狗回家，然后被拉宗狠狠地揍一顿。等啊等，我就睡着了。

我被叫醒时桌子上摆着酸萝卜和炒白菜。我坐到桌子旁吃饭。

这天四眼狗他们回来得很晚，拉宗像是忘了似的没有揍他，这让我的期盼落空了，心里梗梗的。

晚上我们在大门口踢了一会球，天色暗下来时跑到四眼狗睡觉的那间房子里。在黑乎乎的房子里，高红眉飞色舞地给我们讲珍宝岛的故事，我们听得津津有味。

“扎多，回家睡觉了。”扎多的爸爸从窗户里喊。我们准备一哄而散。

“再待一会。”四眼狗说。

“今天在拉萨河边我们玩得可舒服啦！”虱子王边巴说。我的心痛了一下。

“那脑子有问题的女人傻乎乎地盯着河水，在河堤上待了一下午。”边巴说。

“那是有病的人，管她干吗？”四眼狗训斥道。

黑黢黢的房子里一下寂静无比。

“我要回去睡觉。”说完我站起身往门口走，外面夜很稠也很浓。

转眼冬天到了，不久藏历新年来临，这一天正好下了一场厚厚的雪。

我们这些小孩穿着崭新的衣服在玩雪仗，后来我的手指头被冻麻了，只得赶紧逃回家去。

我围着木炭炉子烤火，爸爸看到我新穿的鞋子和灯芯绒裤脚沾着泥巴，狠狠地盯了我一眼。我赶紧低下头去，手指头开始发胀，疼痛直往十个指尖上蹿去。院子里传来高红他们兴奋的喊叫声。我又准备往楼下跑。

“嗨，你得跟我一起出去。”妈妈命令我，接着又说，“看你把鞋子弄得有多脏。”

我停在那里，再次埋下头去。院子里的欢叫声很响，同时有零星的鞭炮炸裂声。

我看妈妈正在往一个竹篾盒里装油炸果子，盖上盖子，用一块布包好，要我跟她一起出门。到了院子里我问："我待在家里可以吗？"

"你要跟我走。"妈妈头也不回地对我说。我垂着脑袋撵在后面。高红他们给我做鬼脸。

我们出院门到了八廓街，路上的雪没过我的脚踝处，我们再走出八廓街转进幽深的巷子里。我听到了鞭炮声，经过的院门口有几个女孩在踢毽子玩。妈妈拎着那个竹篾盒一直往前走，我跑着紧跟过去。

妈妈领我进入一个小院里，这里冷冷清清的，见不到一个小孩。

妈妈推开一扇门冲我喊了一句："过来。"我跟着进到房子里。

梅朵端坐在床上，膝盖头盖着毛茸茸的藏被。她见到我们只说了一句："来了！"

"新年好！"妈妈讨好似的说。

梅朵家里就她一个人，炉灶里没有生火，也没有什么家具，显得空荡荡的。

"嘿嘿嘿——"梅朵无缘由地笑了起来。妈妈像是被这声笑感染也跟着笑了起来。

末了，妈妈发现家里连个热水都没有，她撸起袖子往灶肚里添干树枝把火给燃起来。

梅朵一直盯着我看，后来招手让我靠近她。我凑近了她，看清她脸上的褐斑浅了一些。她伸过手来抚摸我的头，眼光变得极其柔和。

我从她那里跑开，到灶边的妈妈跟前。她目光一直在我身上打量。

妈妈给她烧水打茶，拾掇房子，一切就绪后我们离开了梅朵家。

“妈妈，你竹篾盒忘了拿了。”出了房门我提醒。

“都留给她吧。”妈妈的声音有些凄凉。

我想到回到院子里又可以跟他们玩耍，心里喜滋滋的。

又过了半年我再次见到了梅朵，那正是个盛夏的星期天。

这天太阳刚出来一会，爸爸把藏被、毛毯等搭到自行车行李架上，再用绳子捆得结结实实；剩下的卡垫、脏衣服由妈妈背着，我们一家向拉萨河边进发。

经过那些幽深的小巷时，我们遇见了梅朵。妈妈得知她没有什么事干时，请她帮我们去洗这些衣被。她抢过妈妈背上的东西，一声不吭地往前走去。

拉萨河水碧蓝蓝的。妈妈和梅朵挽起裤脚在冰冷的河水里洗藏被和卡垫。我躺在一旁的垫子上，被太阳烤得热烘烘的，困倦涌上来，眼睛不能自禁地合上了。

等我醒来看到河边已经一溜排开了洗衣被的人，我身上汗淋淋的。爸爸正从远处的河堤边走过来，堤坝上晾晒着各种颜色的卡垫和藏被。不远处有几个小孩在放风筝，堤坝下的浅水处很多小孩裸身游泳。

“你怎么老睡着，脱掉衣服去游泳吧。”爸爸到我跟前时说。

“你跟我去吧。”我央求道。

“那么多小孩，去了你就跟他们熟了。”爸爸继续往前走去。妈妈和梅朵还没有洗完带来的那些床单和被里被面。

太阳快当头的时候，热得身子直淌汗，我开始脱衣服，光着身子跑向浅水处。这里的水只没到我的腰部，学狗刨游了一圈，蹬腿溅泼的水把旁边的人给浇透了。不一会，我认识了好几个小孩。我趴在炙热的鹅卵石上，让太阳把脊背烘干。

梅朵过来叫我去吃午饭，我离开这些朋友往爸妈那边走。鹅卵石很硌脚，我走得趔趔趄趄。梅朵看到我这副样子，蹲下身子要背我。我爬到了她的脊背上，两手紧紧箍住她的脖颈。

“我小孩在的话该多好啊！”梅朵说。

我没有吭声，趴在她的身上很舒服。梅朵的脚上穿着一双破球鞋，挽起的裤脚还没有放下去，走过铺满衣服和床单的鹅卵石后，我们到了休息的地方。爸爸妈妈已经把饼子和菜摆好，茶碗里也倒满了茶。在烈烈的阳光下我们开始吃午饭。

拉萨河哗哗地流淌，一些水鸟从空际发出几声脆脆的鸣叫。

把饭菜盒收拾好，妈妈准备在河水里洗澡。她边脱衣服，边劝梅朵也一起洗澡。梅朵望着她嘿嘿地笑。妈妈脱得只剩一件汗衫和秋裤，手里攥着一条毛巾和香皂，再次问道："你到底洗不洗？"

"你要我洗，那么我就洗吧。"梅朵说完站起身，开始脱藏装。妈妈先下到河水里去了。

出乎意料的是，梅朵把自己脱了个精光。爸爸赶紧把脸给扭过去，望着身后的河堤。梅朵的身子在阳光下白花花的，屁股鼓凸凸的。旁边的人全部都惊得不再说话，目光都投射在了梅朵的身上。

"我没有让你全脱！"妈妈几乎是在咆哮。

梅朵全然不顾，缓慢地向河水里走去。她走过惊呆的我妈身边，河水漫过她的小腿，接着淹没大腿和臀部，然后她的脊背也沉潜在河水里。梅朵把两只胳膊从河水里缓缓抬起来，像两只翅膀一样在河面上张开。人们惊住了，都在呆呆地望着河水里的梅朵。

"把她拽回来，要不会被河水卷走的。"爸爸边说边往河水里跑过去。

妈妈好像也回过神来，跟在爸爸后面往深水里赶。

他们把梅朵拖拽到了岸上，赶紧拿藏装把她的身子给裹起来。梅朵打着战眼泪一颗颗地滴落。周围的人们围拢了过来低声议论。妈妈用毛巾帮她擦掉泪水，而后两手紧紧抱住她，脸颊牢牢地贴在了一起。

“我的孩子就在这河里，我要去找他。”梅朵的声音不大，却让妈妈号啕大哭了起来。

“这有什么好看的，赶紧走开。”一个老者把围观的人支走，从背上取下军用水壶，递给了爸爸。他说：“让她们喝一口酒，定定神。”

爸爸接过水壶，身上的衣服却滴着水。

下午妈妈和爸爸一直守在梅朵的身边。

太阳落山前，爸爸用自行车先把东西驮了回去，最后妈妈搀扶着梅朵回家。

从那以后我很少见到梅朵，妈妈也不再说她的事情了。

这年的秋天，高红跟着他爸爸去了一趟那曲，那段时间我们就跟在四眼狗的后面，每天晚上从这个街道浪到那个街道。走运时，晚上还能看到一场露天电影。

学校里一切依旧，只是邓老师不再是唯一的一名汉族老师了，他从老家带来了一个媳妇。这个喜欢穿碎花布衣裳的女人，几个月后就变成了我们的老师。她说话很难听，声音好像是从鼻子里发出来一样。我们想给她取个外号，但一直没有找到一个贴切的，只好喊她：“翠老师。”

每次下课后，邓老师和翠老师经常手牵着手，走在学校到东方红电影院的那条路上。我们下课回家的路线也跟着改变了，我们羞怯怯地跟在两个老师后面。

“以后我找到老婆也会这样手牵着手。”虱子王边巴做出握手的姿势说。

“看你这副德性，能找到这么白的女人，去做梦吧。”四眼狗把弟弟给奚落了一顿。

我们很高兴，大声地笑了起来。虱子王边巴沮丧地闷头往前走。

白这个字让我想起了梅朵在拉萨河边光着身子时的背影，那是晃人眼睛的白。

妈妈后来被安排到别的街道办事处去，我们暂时也搬到了新的地方。

在家里听爸爸妈妈交谈时，偶尔也能听到关于梅朵的一些只言片语。

大致是这么一个意思：她又怀孕了，生下了个女孩，街道居委会的人帮她把小孩送给了家境好点的人家。孩子的父亲却一直都是个谜，怎么也找不到线索。消停了两年后，梅朵再次怀孕，街道居委会干部对她管不住下半身已是怨声载道，他们发誓再也不管她的事了。如他们所愿，后来出生的这个男孩只活了三个月，就被病魔带去了另一个世界。梅朵伤心欲绝，害了一场大病。

妈妈和爸爸到医院去看过梅朵，回来后两人直摇头，哀叹梅朵如今的状况。

“那时，我们要是没把梅朵的那个小孩送人的话，现在也有个六七岁吧。这样她也就不会生个不停，也就不会落到现在这样一个下场。”妈妈愧疚地说。

爸爸没有接过话茬，若有所思地吐着烟雾，一动不动。

梅朵变得疯疯癫癫，居委会决定要把她送到敬老院去，我跟着妈妈去看过她一次。家里的陈设跟好多年前去的时候一样，梅朵见到我们只会嘿嘿地笑，那对酒窝深陷下去，却看不出端正的五官给人的愉悦。妈妈帮她把凌乱的头发给梳理干净，望着她倏然泪下。

梅朵被送去了蔡公堂的敬老院，从此巴掌大的拉萨城里见不到这个人了。

十多年以后，我再去八廓街时碰到了久违的梅朵。她穿戴得倒算整洁，脸上的那对酒窝已经浅得有些看不清了。像锥子一样扎痛我心的是，她向我竖起了两根拇指，这是行乞人的招牌动作。我僵在原地脑袋一片空白。“咕叽咕叽”声，让我回到了现实世界中。我把手伸进衣兜里，拿出一张五十元钱放在她的手心里。梅朵嘿嘿地笑了起来，这笑声里透着沧桑与凄凉。我的眼睛里这张脸被泪水模糊掉。

梅朵的境遇我没有跟爸妈讲，也许他们都知道她如今的状况，只是我们相互间保持了一种沉默，都不愿再谈及她的事，以免掀开很多揪人心的事情来。

我也通过很多渠道，打探送给水泥厂工人的梅朵小孩的消息，由于时间过于长久，无法探到一个准确的消息来。再说，我找到那个小孩又能怎样，他会认这个已经沦落到街上乞讨的母亲？我放弃了寻找。

再后来，既见不到梅朵，也没有关于她的一丁点消息。她好像从这个世界上蒸发掉了一样，也没有人再问津她的事了。

曲米辛果

他是怎么进到我房间里的?

每当夜幕落下它的帘子时，这个亡魂准时会穿门进入，安静地坐在炉火旁的木凳上，整理那身褴褛的坎肩下摆，脸上现出一丝羞涩。看我望着他不言语，亡魂显出局促来。他把手插进坎肩的怀兜里，摸索着取出一个装鼻烟的黑色牛角，想从里面倒出些鼻烟粉。

在烛光的映照下，我再次看到牛角鼻烟壶上的那两个窟窿，黑乎乎的很是扎眼。他像前几次一样轻叹一声，皱起眉来。

外面的风喘着粗气在旷野里奔逃，夹带一丝怒怨。我想：今夜会有一场雪！

“真是糟透了，子弹怎么偏偏击中了鼻烟壶，粉都被洒落干净。”亡魂很无奈地说。

这句话我都听了十多遍。

换了以往，他会把鼻烟壶揣进那破烂的怀兜里，眯眼望一会烛光，然后从木凳上消失掉，让我一个人深陷在恐惧中。可是，这次他依旧坐在木凳上，眨巴着眼睛，表现得很痛苦。

我掏出兜里的烟盒，抽出一根递过去。亡魂定眼看我手中的烟。雪白的卷烟纸，在烛光的映照下变成了奶白色。

“它跟鼻烟一样，点上火用嘴吸就成。”我给亡魂解释。

亡魂不安地接过烟，拿到鼻孔下嗅，然后塞进嘴里咀嚼，之后吞咽下去。

我望着这一幕惊呆住。

亡魂惬意地闭上眼，一脸的安详。亡魂的身子挪动一下，以便找到最舒服的坐姿。他屁股底下的那张木凳，恐惧得连一点声响都不敢发出来。

我已经不像最初见到他时那般的害怕，心里对他升起了一腔怜悯，默默地念诵着度母咒语：嗡达日度达日度日萨哇哈哇……

他把绾在头顶上的发髻放下来，一缕长发垂落下去。

风依然在呜儿呜儿地嘶鸣，裹着沙尘往窗玻璃上抛撒，房间里能清晰地听到嚓嚓的声响。

最初，我很怕这个亡灵，想着搭一辆车到就近的寺庙去求个辟邪的东西，可是一到白天忙着到曲米辛果一带寻找雕塑的灵感和看相关的历史文献资料，就把这件事给遗忘掉。到了傍晚才又想起来，可是那时已经晚了。随着亡魂来串门的次数多起来，每每都像事先设计好的剧情一样，先是穿门而入，坐在木凳上发顿牢骚，然后消失，一整夜都不再出现。看来他没有一点加害我的意思，心里的恐惧不安也在与日递减，倒是增添了对他的一份好奇心，只是苦于他不给我打探的机会，他在我面前就是一个谜。

亡魂舒服地坐在凳子上，眼光瞟向我正在看的这本书。这是英国人埃德蒙·坎德勒写的《拉萨真面目》，讲的是英国远征军如何侵略西藏的。书的封面背景是座雪山，雪山前面站着八个穿臃肿藏袍的男人，他们的脸上洋溢着幸福的浅笑。亡魂探过身来，定定地看着那几个人。

"书里写的是一百多年前的事。"我隔着桌子轻声对他说。

亡魂的目光没有收回去，我也不敢确定他听懂我说的话没有。

"呵呵呵——"亡魂咧嘴笑，突然又收住笑声，说："黎明时我就要离开这里了！"

他的眼眶里蓄满了泪水，表情却很轻松。

"你要去哪里？"我问道。

"去投胎，我的灵魂在这驻守了一百多年。"他声音缓缓地说。

我从他穿的破烂兽皮坎肩，能确定他不是这边的人。他的指甲长长地打着卷。

"我的魂又可以回到塔工去了！"他说完开始哽咽起来。

"你的魂怎么流落到这里来的？"我问他。

"为了阻止那些该死的英国人，我被打死在了这里。"他回答。

我的脑袋里清晰地映现出埃德蒙·坎德勒在《拉萨真面目》中写的一段文字：

这本书是个人对于远征军前不久去西藏的印象的记载，旨在介绍我们在西藏的生活，我们看到的景象以及我们对抗并被我们所征服的怪人。我们杀掉了好几千这些武器装备落后的战士。由于故事的描写并非总是读来令人愉快，我认为在描述远征军惩罚性行动的一面之前，先将军事行动的不可避免性讲清楚是正确的：由于藏人的愚蠢和顽固，我们不得不违心地卷入了战争的旋涡。

“你是在那场屠杀中死掉的吗？”我问。

“你也是在那场争斗中被杀掉的。”他这样回答我。

我惊愕地望着他，不知道该怎样回答。关于那场屠杀我看过很多的文史资料，这次来到曲米辛果就是为了完成一组雕塑，纪念那些一百多年前被屠杀的同胞。

“你和我一起经历了那场争斗，只不过你比我先被打死的。难道你忘了？”亡魂这样问道。

我只是对那段历史比较熟悉，但真不知道自己曾经经历过这场战争，记忆里也没有一丝一毫的印记。“我真经历了吗？”我怕伤到他的心，小心翼翼地问。

亡魂把左手从桌面上收回去，右手的胳膊支在上面，托着没有一根胡须的下巴盯住我看，那卷曲的指甲悬浮在他的胸襟。我黝黑的脸上肯定出现了红晕，脸颊辣辣地灼烧了起来。我拼命地回忆，再回忆，关于那场战争的一鳞半爪的印记，却什么都得不到，除了史书上记载的那些个硬邦邦的文字。

“我们村庄里有很多桃花，那时我们俩经常一同去山上狩猎，我们俩也是同时被征召到这里来阻止英国人进入拉萨的。”亡魂想用这些东西唤醒我的记忆，但他是徒劳的，我什么印象都没有。亡魂也看出了我脸上的沮丧，又换了另外一种方式。

“你叫阿达，我叫阿牛郭达。”亡魂满是希望地这样唤醒我的记忆，眼睛里充满了柔光。

我想他认错人了，那死去的肯定不是我的前身。

“我真的想不起来了。”我用这句话搪塞过去。

“要是觉姆拉日仙女在这里的话，肯定会开启你的慧眼，那时你不会有时空的阻隔，可以任意穿越过去的。”亡魂一脸的失望。

我却兴奋了起来，想到这个亡魂经历了那场屠杀，可以听听他的讲述，这样我能更真切地体会当时的情景，这对于我创作这组雕塑可真是天赐的良机呀。

“你讲讲当时的过程，兴许我能回忆起一些事情来。”我这样跟亡魂阿牛郭达说。

阿牛郭达用舌头舔一下嘴唇，眼睛望向了房门。

烛光照射在他的一侧脸庞上，最醒目的是那突出的颧骨和微微上翘的嘴唇，以及眼角边大地干裂似的皱纹。他定定地望着房门口，选择了沉默。

“(一九〇三年) 十二月十三日，荣赫鹏上校翻越吉拉普山口，进入西藏，没有遇到任何抵抗。二十日部队抵达帕里宗，这个城堡未发一枪一弹就投了降。接着，远征军继续前进，于 (一月) 七日翻越唐拉山口，并在堆纳扎营。这里狂风呼啸，气候寒冷，高达一万五千三百英尺。在这里，远征军待了三个月，同时在做春季进军的准备工作。第二十三先遣团的四个连队、诺罗福克团的一个山炮分队，还有二十名马德拉斯工兵留下来守卫这个地方，其他队伍在麦克唐纳的率领下退回春丕，宿营过冬。春丕高一万零六十英尺，完全处于树线之内，但就是在这里，温度也降到了零下十五度。”为了让亡魂阿牛郭达开口，我读了一段埃德蒙·坎德勒写下的文字。当我念到春丕时，他的头转了过来，却又立马扭过去。“(帕里宗) 城堡里面到处都是梯子、平台和黑乎乎的洞穴似的房间，如果要参观全部城堡的话，需要整整一天的时间，墙体是砖石结构，表面覆盖的那层油垢有一百年的历史，没有烟囱，也没有足够的窗户，肮脏的情景简直无法形容。我们一占领帕里，首先就征用了八十名苦力，花了整整一个星期清除垃圾……”阿牛郭达还在定定地发呆。“荣赫鹏上校在堆纳还没有待多少天，局势就明朗化了，毫无和平解决问题的希望。藏人开始在格玉集结大批人马，格玉距堆纳东面八英里，紧靠通往拉萨的道路。荣赫鹏上校见过两次那位代本（拉萨军队的将军），代本反复强调，只有我们撤到亚东（藏语卓木），他才有权款待我们。西藏营地几乎每天都要给堆纳送信来，要求我们撤退，谈判又一次陷入了僵局。”

“嗨嗨，你想起来了？”阿牛郭达兴奋地打断了我。“那时我们俩骑着马，跑到堆纳去，要求这帮英国人撤到卓木去。他们却好奇地盯着我们看，也从来不接茬。我们喊上一阵，又用手势比画让他们撤走，之后跃到马背上返回营地去。”

我只能装作想起了这件事，向他点头称是。

“那你该想起我们的村庄了吧？”阿牛郭达紧接着追问道。

“是的，那里五月初桃花满树，粉白色的世界，真的很美。”我这样回答。

“是四月，那时桃花漫山。”阿牛郭达给我纠正。我猛然想到刚才我说的是公历，他却算的是藏历。

“阿达，如果那些大鼻子黄头发的英国人不来我们的地盘上的话，我可能会有很多个小孩呢。”阿牛郭达陶醉地跟我说。

这时外面的风止住了，窗户外黑漆漆的一片死寂。气温也骤降下去，想必外面雪花已经在漫天飘舞了吧。我打开铁炉子，往里面塞进些劈好的干柴，保持房间里的温度。

“这是肯定的。”我违心地这样应承。

阿牛郭达听到我这样说，脸上堆上了满足的笑靥。

“我的女人她可真美呀！”阿牛郭达停顿了一下，又补充道：“这个你是知道的。”

我也装出很羡慕的样子，望着他看。

“女人有酥油般光滑的身子，溪流般长的黑发，那眼睛可是一湾湖水，常让我沉溺在里面。哦，我再也见不到她了！”阿牛郭达说完低下了头，长发一下将他的脸整个给遮挡住。他抬起头来时，一串串泪水顺着赭色的面庞流淌。

我为了写生，差不多每年都要去一趟林芝，那里的很多地方我都转过，也见过许多漫山桃花的村庄，可就是不知道阿牛郭达曾生活过的那个村庄叫什么。我掏出手机，从里面寻找照片，选出一张拍摄角度最好的照片给他看。粉色的桃花占据了绝大部分画面，中间稍远处有一座小木板房，经雨淋日晒木头都呈现出黑色来，它的旁边有三头犏牛，它们正低头啃着青草。再往远处还有几座木板房，它们掩映在桃花林中，只能看到一个大致的轮廓。阿牛郭达擦掉泪水，捧起手机仔细端详，之后放声呜呜地号啕。

“我们的村庄。”我这样诱导他。

阿牛郭达的双肩，在披肩的长发下剧烈地颤抖。他用双手捂住脸，尽量让声音变弱。

“我可怜的妈妈活了多久我都不知道。”阿牛郭达哽咽着说。

这句话刺痛了我的心，眼眶一阵潮湿，紧接着阿牛郭达的形象变得模糊起来。

“那天噶厦地方政府的诏书下来了，说是每个村要派两名壮汉去阻止那些大鼻子。你和我被抽签抽上了。我们俩准备好刀具和火绳枪，备上十几天的口粮，要到宗府（县政府）去集中。”阿牛郭达顿了一下，烛光照映出他那张湿漉漉的面庞。

我能想象阿牛郭达和阿达在亲人的护送下，踏着碎石路面走在狭窄的村道上。一些村人站在木板房的台阶上，不住地喊：“佛祖保佑你们，尽早回来！”

阿牛郭达和阿达向他们点头，回复：“呀！呀！”

他们走出了村子，后面跟随的人也渐渐少了起来。几只无所事事的狗，摇摆着尾巴一路跟随。火绳枪和腰间的长刀磕碰，发出咔塔咔塔的声响。桃树的枝丫上冒出来一些预示新生命的小芽，脚旁流淌的溪水边沿结了一层薄薄的冰。

他们回头看见那缕祈求平安的桑烟，从村庄背后升腾，淡白的烟柱直往空际蹿升。阿牛郭达和阿达劝阻亲人们不要再相送。男男女女嘴里念诵着经文，一脸的不舍。

阿牛郭达的母亲走过来抱住了他，她的身子只及他的胸口，把花白的脑袋用力顶在他的胸口上，还猛烈撞击了几下。阿牛郭达伸开双臂牢牢抱住母亲瘦弱的肩头。她从阿牛郭达的怀抱里挣脱出来，凝视一会阿牛郭达的脸，转身头也不回地向村庄方向走去。

阿牛郭达冲着母亲的背影喊："妈妈，我们很快就会回来的！"

他的母亲没有回头，脑袋垂落得更低。相送的亲人止步在这棵硕大的核桃树旁，阿牛郭达的女人眼睛红肿，腆个大肚子，一言不发地看他。阿牛郭达犹豫了一下，最终他还是走过去，摘下帽子与女人碰了个额头。

之后，他和阿达毅然离开送行的亲人，沿着一条逼仄的小路，向前方的山嘴走去。

在一阵尖厉的狗吠声中，身后的远山顶上冒出了圆盘似的太阳，她挥洒的金光给山给水给森林镀上了一层金光，使它们焕发出了勃勃的生机。

阿牛郭达的女人远远地尾随在他们身后，直到他们从山嘴边消失掉，她就倚靠在一棵路边的青冈树上，身子软软地跌落在地。

"我们一百多号人，跟着宗府的一名贵族小官员前往拉萨。这娘们似的小官员一路都在走走停停，路遇大户都会有一次宴请，有时这宴请会持续个两三天。真他娘的！我们无所事事地就在村子里转悠，能找到酒馆就凑钱喝点酒，酒劲一上来，玩色子赌身上值钱的东西，有时说不定还能赌赢一把不错的长刀，或者一把火绳枪。也有人喜欢盯着漂亮的女孩子，跟在她们身后说些蜜一样甘甜的话语，要不扯开嗓子唱一曲歌：在高高的山坡上 / 我的小牛犊在向我招手 / 在高高的山坡上 / 我棕色的小鹿在向我招手 / 在绿色的草坪上 / 我的藏红花在向我招手 / 麦穗饱满的田野里 / 我的青龙在向我招手……也有一些大户，得知我们要到帕里去阻止大鼻子的英国人时，拿出青稞酒和肉、饼子来款待我们。这娘们有时也会带我们去寺庙朝拜，一路下来我们得到了很多活佛加持的刀枪不入的红绳带，我们把它们系在脖子上，幻想着我们高举长刀驱赶那些大鼻子英国人的场景。

“翻越米拉山，我们行进到如托时，这娘们命令手下人支起帐篷要洗温泉。哎呀呀，这个地方太冷，冷得我的命根子都缩了进去。我们只能灰头土脸地在这个小村子里转悠，找到避风的地方燃起一堆火烧茶。这娘们一样的小官员倒是会享受，他泡完温泉躲进帐篷里。不一会，有人领着两个抱着扎念琴的女人闪进帐篷里。帐篷里传来了扎念琴和女人的歌唱声，旋律舒缓悠扬。几杯热茶落入肚子里，全身开始热乎起来。我们都不知道这娘们会在这个地方待多久，期盼着明天就能动身离开。

“太阳从云层的背后出来了，阳光照在身上也是凉飕飕的，感觉不到多少温暖。你们几个要躺在岩石旁睡觉，可我一点睡意都没有。我只能拿出针线来缝补开裂的鞋子。柴火快燃尽了，壶嘴里咕咕地冒着气泡，散出一缕茶香来。我们的这支队伍像羊粪蛋一样，散落在村子的各个角落里。鞋子缝补完时，我周围的人都累得开始打起了鼾。阳光再次躲到云层背后，天一下又冷了起来。我起身背着火绳枪，到村子里去转悠。窄小的巷道里到处是牛屎，我也碰到了同行的人，他们有些甚至准备去温泉里泡一泡。我离开他们继续往前走，在这山坳中间的开阔草坪上，很多头牦牛散开着。它们在枯黄的草地上，艰难地寻找充饥的东西。我在牦牛群中发现了一个人影，好奇心使我向她走去。牦牛对背着火绳枪的人表现得无动于衷，连个侧身都不肯，我只能从它们的缝隙中穿插过去。'呀，你是这些牛的主人？'我讨好地问。女的把身子给转了过来，惊讶地看着我。'我们是要去拉萨，说是大鼻子的英国人跑到了我们的地盘，要把他们赶出去。'我继续向她解释。女人的表情不再僵硬，慢慢现出一丝笑意来。'你们是哪里的人？'她问。'塔工人。'我回答着坐在了她的身旁。我把我们的经历向她叙述了一遍，还不忘告诉她这里冷得让人受不了。确实，看这些连绵的山，从山顶白茫茫一直延伸到山腰，矮小的灌木丛又从山腰连接到山脚，呈现暗红的色泽来，仿佛整个半山腰都在燃烧似的。女人笑起来时人会变得很甜，看年龄好似三十多岁，身上的衣服显得有些破旧。‘我是替人放牧的。’她回答。我看到不远处一个柳枝编的筐子里积满了牛粪，她的手里还握着驱赶牦牛的乌尔朵（抛石器）。闲谈中我知道了她是从别处嫁到这儿的，但男人两年前得怪病死掉了，他们有个四岁的男孩。

“我帮女人捡了很多的干牛粪，把它们垒成了一座塔，又跑到远处把走散的牦牛给赶过来。夕阳落山前我们一同驱赶牦牛回村子。此时，气温一下降了很多，冰冷的风呼呼地吹过来，打在脸上生疼。我把帽子取下，免得被这股风给刮走。女人指着村子边的一座土灰色的房子，跟我说：‘如果怕冷，今晚就到我家来吧。’我给她投去感激的目光。

“夜幕落下时，那娘们的帐篷里亮起了汽灯，那边亮得如同白昼，扎念琴声依旧不断。可我们在这空旷的地方，就着火堆围拢睡觉。我记着那个女人说的话，借口撒尿向她的房子走去。我的心怦怦地经过巷子里时，从四处响起了狗的吠声，它们把寂静的村子吵得闹腾腾的。我还听到同行的一些人在骂：‘该死的狗，准是见到鬼了。’我蹑手蹑脚地靠着墙根往村子边走去。女人的院门虚掩着，推门进入院子看到拴着的几头黄牛，上一个简易的阶梯，我已站在了廊道上。从一间屋里女人发声道：‘是你吗？

怕冷的人。'我赶忙回答：'呀，是我。''进到这里来。'我周身的血液都在滚沸，身子开始发热。我向着声音传来的屋子走去，借屋子中央炉火里的余火，看到女人搭的地铺。'快钻进来睡吧。也许这一去你再也碰不到女人的身体了！'她说。我看不清她说这话时的表情，但它像谶语一样不久就应验了。"阿牛郭达悲伤地说。

我重新点燃了一根蜡烛，蓝幽幽的火苗在灯芯上摇曳。外面有一辆汽车驶过去，它的车灯从我的窗户上一闪而过。外面又变得极其静谧。

我知道清朝政府当时命令噶厦地方政府"只能理阻，不准与英兵生事"。藏军也是一再往后退却。等阿牛郭达和阿达他们赶到江孜时，英军快逼近曲米辛果了。

"然而，那些喇嘛想得更美。他们举行了一个求佛爷惩罚的仪式，一本正经地用了五天的时间诅咒我们，希望英军在佛陀的干预下，会不断减少削弱。无人因此而'少了一根毫毛'。"埃德蒙·坎德勒这样记载。在这之前，远在拉萨的噶厦地方政府也惶恐地组织三大寺的僧人在拉萨举办了祈祷诵经活动，并到乃穷护法神那里去卜卦，求得了"以和为贵"的箴言。逐渐把主张战争的一派给压制下去，形成了以和谈求争端解决的共识。

装备极其落后的一千多名藏军来到了最前沿的曲米辛果，他们的任务就是阻止英军继续向内陆腹地进军。阿牛郭达和阿达他们跟随拉丁代本和朗色林代本的主力布防在这里，他们修筑防御工事，以阻止英军从这里前往拉萨。

这是晴空万里的一天，拉丁代本率领几十个人，骑马向英军驻地奔去。马蹄掀起的灰尘在空中飘荡，多庆湖边的野鸭被这蹄声惊扰，纷纷振翅向空中逃窜。晨光的照耀下多庆湖碧绿得像一枚绿松石，湖两岸的枯草金黄黄的，对面的山已被白雪裹住，现出她的端庄与肃穆。这三色赋予了这片土地一份宁静与圣洁。

拉丁代本他们经过一段时间的骑行，远远地看到了英军的营地，篷布搭建的帐篷错落有致，一面米字旗在风中猎猎飘荡。奔驰到军营门口，拉丁代本从马背上跃下来，率领其他人员向营房里走去。他们看到了排列成一排的山炮和几挺马克沁机枪。

营房里走动的英军停下来，望着藏军和僧人合成的这一拨人。

“遵照西藏习俗，地上铺了一条卡垫供荣赫鹏上校和拉丁代本坐着会谈用。远征军的奥康纳上尉担任翻译。拉丁代本重申了通讯兵的请求（撤回到卓木去），并说如果继续前进，就会发生麻烦事。荣赫鹏上校的答复简明扼要。荣赫鹏上校对奥康纳上尉说：‘告诉他们，我们与西藏谈判了十五年，我自己为见到来自拉萨的管事的代表一直等了八个月，远征军现在要向江孜进发。告诉他，我们一点也不希望打仗，如果（你）命令手下的军队后撤，那倒是明智之举。假若你的军队阻拦我们前进的话，我就会叫麦克唐纳将军将他们消灭赶走。’”《拉萨真面目》里荣赫鹏如此嚣张地把拉丁代本给赶走，谈判也就陷入了僵局。

“说到曲米辛果总是令我伤心，我看到一同来的人差不多都死去了！”阿牛郭达说。

我往火炉里又添了些柴火，上面铝壶里的水烧得滚沸起来，能听到吱吱的声响，壶嘴里不断有热气冲散。

我点上一根烟，把它递给了阿牛郭达。给自己再点上一根烟时，又看到阿牛郭达在咀嚼香烟。我没有阻止他，只是吐着烟雾，静静地等待他把接下来发生的事情讲述给我听。

阿牛郭达两手拍了拍胸脯，屁股在木凳上移动了几下。我吐出的一缕烟子正向他冲过去，穿透了他的身体。

“拉丁代本他们骑着马回来了，他从马背上跳下来，恨恨地将鞭子摔在地上，冲向那顶帐篷里。其他几个人也紧绷着脸，依次钻到帐篷里，尾随的那些士兵牵着马朝后面的开阔地走去。里面传来了拉丁代本咆哮的声音，但我们听得不是很清楚，只感到事情有些不妙了，仅此而已。我们继续背石头过去，扔在修筑工事的人面前。他们好像什么都没有看到似的，把藏装的上节脱掉，袖子在腰间打个结，赤裸着古铜色的身子，哼着小曲忙着在砌墙。水鸟张开翅膀从我们的头顶飞过去，留下一串脆亮的鸣叫声，这声音给曲米辛果上空添增了一片祥瑞。云朵舒展着身板，从雪山顶上慢慢滑过去，倒影镶嵌在多庆湖里，湖面的颜色变得多彩起来。远处的觉姆拉日仙女怕被世人看到她的尊荣，总用洁白的云朵遮挡自己的面目。

"'这些大鼻子的英国人何时会滚回到他们的地方去？'我问。'灶中央的锅还没有烧开，边上的锅倒是先沸腾了起来。'砌墙的这样揶揄我。我只能笑一笑，接着到山脚下去捡石块。

"临到中午吃饭，帐篷里的人一个都没有出来，我们围坐在三石灶边，喝着清茶吃糌粑。这时，朗色林代本从帐篷里出来，唤一名勤务兵到帐篷里去。不一会，那名勤务兵骑上一匹栗色的马向格玉方向飞驰而去。我们收拾好木碗，躺在烈烈的太阳底下，讲着奇闻逸事、男欢女爱之事，不时爆发出阵阵的笑声来。有些人趁着明媚的阳光，脱下衬衣或者袍子，眯着眼仔细地寻找虱子和跳蚤。

"午时的阳光很强烈，把我们的脸晒得黑黝黝的，那倦意潜入血液里往周身奔流。这时，我们听到有人在喊：'看，出来了。'我们立刻起身，往人们看齐的地方望去，苏康努披着袈裟正往前走，他的身后是三大寺来谈判的那名僧人代表。他们是朝着拴马的地方走去。'如果他们念咒降雹的话，这些英国佬早滚回去了。'有人说。'前不久他们不是进行了法事嘛，那些大鼻子却没有事一样。好像还需要继续做法事。’人们开始议论起来。苏康努和三大寺的那名僧人代表骑在马背上，慢悠悠地向多庆湖行进。那身绛红色就在湖边飘摇。

“这天我们把防御工事修建得差不多了，晚上在上弦月的映照下轻声唱着歌。一座座简易的帐篷，在月光下像一座座小坟丘。”

阿牛郭达停住叙述，向着屋外倾听。我的目光也透过窗玻璃，望着黑漆漆的外面。我预感要发生什么事了。

“阿达，还有一点时间，我们可以再说说那次死亡。”阿牛郭达又换了个坐姿。

“那天大鼻子的英国人通知拉丁代本，说是要进行对话。不久，几十号人从对面向我们设防的地方走过来。他们中有戴着大檐帽、穿着长筒靴的人，也有头上裹着布、满脸胡须的人，这些人在离我们四十多步远的地方停住，叫喊着拉丁代本他们出去对话。拉丁代本领着朗色林代本、苏康努等人，从防御工事后走过去，迎向了这群英国人。

“我们站在防御工事后，拿着火绳枪看着他们对话。拉丁代本跟英国人打完招呼，传话过来要我们熄灭火绳枪的点火绳。拉丁代本盘腿坐在地上，开始跟他们争论，那个英国指挥官蹲下身子，冲着拉丁代本吼叫。旁边还有人帮腔，争吵的声音变得很嘈杂，各种语言模糊不清。几十个英国兵把他们给团团围在中央，我们只能看到手里提着枪的英国兵的背影。

“我们竖着耳朵，想听到拉丁代本到底在跟他们吵什么。却突然发现，很多英国兵就站在我们的面前，我们压根儿就不知道要跟他们怎么面对，只能对视着对方的眼睛。他们举着枪叽里咕噜地说着什么，看我们没有理会，英国兵伸手过来抢我们的火绳枪。我们之间的打斗就这样发生了。有英国兵被推倒在地上的，也有我们的人被压在下面的，当时我们这里一片混乱。一个满脸胡须的英国兵往我胸口捶了一拳，我趔趄着退后了几步，他趁机把我的火绳枪给掠走。我感到莫大的羞辱，跨过防护墙，抽出腰间的长刀，挥舞着跑向前往他的右臂砍去，血黏糊糊地喷了出来，溅到我的脸上。那名英国兵悄无声息地躺在地面上。阿达，你也在那里举着长刀奋力杀英国兵。我冲进了打斗的人群中，接着砍死了三个人。愤怒使我充满了力量，全然顾不到自己身上好几处流血的伤口。这时，嗒嗒嗒地枪声大作，我看到你踉跄着倒在地上。我再次冲向了这些英国兵中间，挥动手里的长刀。仇恨使我的眼睛什么都看不见，我凭着一腔怒气左砍右劈。一颗热热的东西钻进了我的体内，接着又有一颗钻进来，它们把我的身体灼烧得仿佛要熔化掉，我一点一滴地被熔化流淌……

"'嘿，你该醒醒了！'有个柔美的声音这样呼唤我。我睁开眼睛看到一个甜美的女子，正蹲在我的身旁耳语。

"这是梦境还是现实？我是在哪里？我正这样想时，旁边的女子说：'我是觉姆拉日仙女，我要你的灵魂守卫在这里，直到碰到一个有缘的人，再将你们的故事传给他。在大地一片洁白的时刻，我会把你的灵魂超度。'"

阿牛郭达舒了口气，目光再次移向房间外面。蜡烛快要燃尽了，我得重新点燃一根。

当我再次看阿牛郭达坐的那张木凳时，他人已经消失掉。桌子上静静地躺着被子弹打穿的鼻烟壶和那本《拉萨真面目》。

我走到门口，把门打开，外面一片洁白。冷风灌进来，让我全身打了个寒噤，也把身后的蜡烛给熄灭掉。

黑暗中我变得一片轻盈，在雪地上迅疾飞翔。之后，我莫名地坠落下去，往一个更浓的黑暗里。

该死的子弹击穿了我的肚子，血在汩汩地冒涌出来。再看，身边躺着的全是穿袍子的战友。他们脖子上系着的活佛赏赐的刀枪不入的红丝带，浸在鲜红的血泊中。

我挣扎着从地上站起来，看到拉丁代本和朗色林代本、苏康努蜷缩着身体倒在那里，他们的眼睛里布满惊恐。我再往前方望去，防御墙那头的空坝子上，英国兵提着步枪在追杀后撤的藏兵，马克沁机枪刺耳的声响在曲米辛果上空震荡。在枪声大作中藏兵像被收割的庄稼一样，一大片一大片地栽倒下去。马儿奋蹄向前奔逃。

我仿佛听到有人在叫喊我的名字："阿达！阿达！"

我正准备侧身时，一颗子弹噗地打穿了身上的坎肩，有微粒的灰尘惊恐地从坎肩上逃窜，接着身体里有一股气流向四处散去，身体膨胀得欲要炸裂。

等熬过了这个难受劲，我看到一名端着步枪的英军就站在我的一侧，他的手指再次去扣动扳机。嗒的声音炸响时，我手中的长刀哐当掉落在地上，身体腾空而起，悬浮在了空际。

长满虫草的心

我的脑袋被那个人再次摁入冰冷的溪水里。我本能地屏住气，恐惧在脑子里奋蹄疾驶。我的两只胳膊也被人攥得动弹不得。

我要憋死了——

张开嘴水涌入喉管，鼻子和嘴巴全被堵塞住。我的气呼不出去，马上就会死掉。

肚子里灌进许多水后，恐惧从我的意识里开始逃逸，自己仿佛置身在飘絮的云雾里一般。

我最后一次见到蓝蓝的天，呼出一口微弱的气来。瞬间，我的头又被沉入溪水里，脸触到水底的石子。从那一刻，意识突然断掉，我从黑暗里向着亮处奔逃。

我轻盈如雾，整个世界一片炫目明亮。

从高处，我看到几个人不停地将一个人从水里拎起，又使劲地往下摁。从他们强劲且夸张的动作，能够感觉到他们的怒不可遏。站在溪水岸边围观的人满脸愤怒。

"他会被溺死的。"一个老者这样喊。

这句话把人们的愤怒给压制了下去，他们相互瞅瞅，再看一眼被人架住的那个人。

那个人被两个人从左右架着，站在面前的壮汉还紧紧揪着他的头发，水串从壮汉湿透的衣袖上，像条线垂直地钻入溪水里。溪水没到他们的膝盖处，发着哗哗的声响流淌而去。那个人已是湿淋淋的，脸上的伤口处不断流血，嘴巴微微张开，露出那口不太齐整的牙齿来。我觉得这张脸很熟悉。

那个人被他们从溪水里拖出来，一把扔到枯黄的草坡上，他仰面倒在了那里。

阳光照在金黄的草坡上，周围暖和了起来，可是那个人一动不动。溪水岸边的人们手里攥着围巾或毛线织帽，向那个人围拢过去，每个人的表情从刚才的愤怒转向了不安。

我穿过人群，飘到那个人跟前，在他耳边叫唤着："起来，你快起来呀！"我看他不理会，急忙伸手想把他给扶起来。可是，我的手像烟雾一样揉碎掉，使不上一点力气。那个人僵硬地躺在枯草上，沉得像一座山。

有人伸过手来，指头刺穿我的胸膛，触到了那个人硬实的身体上。那只手接着往上移动，停留在那个人的鼻孔下，然后又贴在脸颊上。手的主人这才开口说："这个人被溺死了！"

围拢的脚纷纷向后退却，那些鞋上沾满泥土和草屑，裤脚也被露珠浸湿。

"这人死了！"有个女人最先喊了起来。

轻盈的我这才恍然明白，我就是他的魂灵，是从这个肉身里逃跑出来的。看躺在枯草上的我的肉身，他因恐惧脸已扭曲变形，五指微张做出要抓住什么的姿势。

女人低低的啜泣像破笛声一样传来，声声敲击在人们的心头，使他们越发地不安起来。这时我惊奇地发现，我能看透人们的肉体，瞧见这些人的心里长满了虫草，它们生长得茂密而蓬勃，欲把整个心给胀裂。

男人们显出慌乱来，他们相互对视，然后默不作声地把手插进衣兜里，抽出烟来要点燃。冷风不时地吹灭火柴上蹿出的火苗，可这些人还是执着地把烟给点着了。

“要哭的话滚远一点去。”一个男人不耐烦地咆哮了起来。

几个年轻女人用手擦着泪水，向一旁移动，啜泣声变得弱弱的。

男人们继续吸烟，吐出的烟雾刹那间被风卷得不见踪影。

望着一动不动的我的肉身，这些人已经惊慌失措了。有人开始念诵经文：唵嘛呢叭咪吽！有人丢掉烟蒂，搓揉自己的双手，也有人不安地来回踱步。经文念诵能起催化作用似的，人们不再那般地惊慌，而是跟着一起低声念诵，好像只有这样他们的心才会变得踏实一些。

山坳里吹来的风有些凛冽，它不仅吹拂他们那头经久未洗的头发，还猎猎地撩动着他们的衣裤。枯草呜呜地摇动，贴着地皮有些绿坚强地冒出来。我的肉身湿漉漉地躺在草坡上，一直保持着最初的姿势。

“这下我们做过头了，杀了人就得去坐牢。”先前说话的那个老者发声道。

这句话像是一记闷棍敲得人们呆若木鸡，面面相觑。

我飞翔在他们的头顶上，望着我的肉身，感觉既稀奇又欢快——我为他们的慌张而兴奋。

人们扎成了好几堆，低声说着话，神情焦躁。

太阳从山脊头往上已经蹿跳了好几下，金色的光铺满整座山谷，峰顶的积雪白得刺人眼睛。

“早听我的话，也不至于落到现在这个下场！”一个头顶扎着发穗，满脸胡须的汉子说。

“他们跑到我们的地盘上来偷挖虫草，杀死他们也是理所当然的。”一个手握小锄头的人愤怒地回击道。

“你说得倒是轻松，法律规定杀人是要去坐牢的，你愿意进去待个几年？或许你，或者你，要不你……”满脸胡须的汉子用手指着这些人的脸。

这些个男人不再吭声，眼睛转向那个揪住我头发把我摁入溪水里的人。他被盯得脸上肌肉在抽搐，眼神布满恐惧。“我这样做都是为了大伙啊！”他的争辩声很虚弱。

“我们只是要追打驱赶，可没有说要杀人啊。”那个老者又说话了。

“事先你们可没有说不杀人啊。当时说的是抓到后要往死里打，打得今后不敢再来偷挖虫草。”曾拽住我肉身胳膊的一个男人气冲冲地说。

谁都没搭理他的话，他从人们盯他的眼神里看到了不妙，开始局促不安起来。

人们站在草坡上，分成了好几堆，他们开始相互埋怨、责怪起来。

我又伏到我的肉身上，想进入到体内，可是七窍都紧闭，一丝缝隙都找不见。这时，我猛然感到了惶恐和痛彻的悲伤，想到自己已成魂灵，从此七七四十九天要孤苦地飘游在尘世间，泪珠一滴滴地落下去。

在我伤心之际，这些人争吵了起来，相互推搡，谩骂声不绝，仿佛马上就会上演一场打斗似的。

"别再吵闹了！你要承认是你杀了这个可恶的人。"满脸胡须的汉子在争吵声中站了出来，以不容商量的口吻跟揪住我头发的壮汉说，"如果不这样，我们全村人都会被牵连进去，那时就别指望还能去山上挖虫草。至于这个死鬼偿命的钱，我们每家都会给你凑份子。你在监狱里被关上两三年的话，每个虫草季节我们也会拿出相应的钱来给你家进行补偿。"

这句话把刚才躁动的人抚慰得极其安静，他们把目光定在满脸胡须的汉子脸上，不住地点头应承。揪住我头发的人却面色发白，愣神地发呆。

有人立马表示支持满脸胡须汉子的话，承诺会从自己卖掉的虫草钱里，拿出一部分来作为赔偿金。人们不再争执推诿了，他们绷紧的脸舒展开来。

“朗加，过会公安到了，你就说是你第一个追到这个死鬼的，厮打过程中把他推到了水里，然后被溺死的，其余的话你什么都不要说。”满脸胡须的汉子说。

叫朗加的壮汉号啕大哭了起来，他跪倒在草坡上，显出猥琐和虚弱来。一旁的人看着这一幕，谁都不出来安抚他。

满脸胡须的汉子任凭朗加哭，从人群中留下两个男人外，叫剩余的人赶紧到山上去采挖虫草。人们像是得到了解放一般，立马冲向缓坡一哄而散去。

人们像羊群一样漫上山坡时，满脸胡须的汉子拿出手机给公安打电话，通完电话坐在草坡上抽起了烟。

朗加哭得无趣时，抬头问满脸胡须的汉子：“尼玛叔，我能回趟家吗？”

尼玛嘴里吐出一缕烟雾，摇摇头说：“怎么会有这样的想法，抓你的人马上就会到的。”

尼玛瞄了一眼山坡上的人，他们只有山羊那般大，零散地落在草坡上。他起身拍掉屁股上沾着的草屑，径直走向我的肉身。朗加双手抱住脑袋，用手撕扯自己的头发。

尼玛愤愤地把烟蒂往我肉身的脸上砸去，烟蒂从我脸上蹦跶过去，落在一旁的草丛中，升起的灰白烟子越来越稀。尼玛蹲下身，两只粗壮的手在我肉身上摸索，最后从上衣的内兜里取出一块打湿的布来，层层地打开，露出一根根土黄色的虫草。

“都过来，我们把这些个平分了。”尼玛把那两个人唤了过去。

尼玛一根一根地分配，我拼命地去抢那些个虫草，抢到手里却空无一物。阴阳相隔，我只能放弃这次的挣扎了。

尼玛把碎断的几根虫草重新包好，放入我肉身的上衣内兜里，起身向朗加走去。

朗加跪伏在地上，尼玛用脚捅了捅他。朗加抬起脑袋用红肿的眼睛看尼玛，嘴边还涎着口水。

尼玛瞅一眼他，安慰似的说：“进去待个一两年，出来后你还跟现在一个样。”又指了指旁边的一个年轻人，“刚才你的那一份交给米玛了，他会转交给你家人的。”

那两个人过来把朗加扶了起来，他们围坐成一堆等待公安的到来。

阳光正当头时，三个穿着制服的警察从溪水的东头走了过来，尼玛起身迎了过去。其他两个人站了起来，朗加却垂着头又呜呜地哭开了。

警察黑着脸盯了眼草坡上的这些人，走到我的肉身旁，动手让我四仰八叉地仰面躺着。那个背着相机的警察从不同角度进行拍照。在一旁，尼玛跟其他两个警察说着事情的经过。

“是谁把这个人摁在水里的？”有个警察问。

朗加没有接茬，从地上站起来，往前跨了几步，勾住脑袋把手给伸过去。

问话的警察有些吃惊，这个举动出乎他的意料。警察定定地瞄了一会朗加，这才从腰间取下手铐，把他给铐了起来。

“你承认是你杀了人？”警察铐完再次问。

“是我把他摁在水里的。”朗加回答时那该死的泪水又落下来。

“他娘的，如果这些山上不长虫草该多好，我们就用不着徒步走到这个鬼地方。”一侧的那个警察抱怨道。

“虫草坏了他们的良心。”之前问话的那个警察回应道，“这尸体从这山坳里我们怎么弄出去？”

“我是背不动的啊！”另外那个警察赶紧回答。

“你先去查看死者身上有没有刀伤什么的。”之前问话的那个警察又发话道。

“该死的。”那个警察这么说着，取下大檐帽，向我的肉身走去。

他把我肉身衣服兜里的东西全掏了出来：身份证、布包的碎虫草、二十元纸币、手机等。

“就这么点东西。”那个警察失望地喊，抬头望一眼枯草覆盖的山腰和山顶的积雪，像是条件反射似的身子颤抖了一下。

“有什么发现？”旁边拍照的警察问。

“是从昌都跑来偷挖虫草的，手机进水用不了了。他娘的，我真纳闷这山上他是怎么熬过来的。”

“跟他一起的还有四个人，我们只追到了他。”尼玛赶忙解释。

“那你们找到其他的东西了吗？”之前问话的警察问。

“什么都没有。”尼玛回答得很干脆。

“他身上没有发现致命的伤。”蹲在我肉身旁的警察说完，起身向之前问话的那个警察走去。他们嘀咕了几句话之后，要求尼玛他们抬着我的肉身到前方的山嘴边去，说车子停在那里的。

尼玛手剪到背后在前面开路，其他两个人抬着我的肉身跟在后面。三个警察边走边照相留影，兴奋时他们把大檐帽抛向空中，然后腾空跳跃，留下了很多这种动感的画面。朗加走在最后面，相机不时地将他嵌入到照片的背景里，那悲戚的愁样正好映衬出警察的好心情。

我试图再次钻入我的肉身里，可是进去的门扇像先前一样紧闭，灵与肉只能彻底地分离了。我跟着他们走，只会离家越来越远，只有找到同村来的人，我的魂才能回到故里去。

我悬浮在半空中，目送他们离我渐渐远去，最终化成了一些蠕动的小黑点。

我是怎么被这些人给捉住的？我得把这一过程回忆起来。

我从半空中落到溪水的岸边，潺潺的水流声不绝，枯黄色的草坡在阳光的照耀下一片金黄。

是清晨吗？——是清晨。

我们壮着胆子点燃了一堆火，有五天没喝到一口热茶了。之前，我们每天都躲在雪山顶上的岩石后，见没有人才敢下到半山腰来挖虫草。铝壶里的雪已经融化了，壶嘴里冒出热气来。我掀开壶盖往里丢了些干茶叶和盐巴，就一会工夫，壶嘴里散出茶的清香味来，这香味勾起饥肠咕咕地闹腾。火光照在我们的脸上，个个灰头土脸，头发也黏结成了块状。

“这火会不会招人过来呢？”扎西四下望望说。

“怎么可能？背后的岩石替我们挡着呢！”桑杰加措满不在乎地回答。

周围开始泛白，天上的星星闪闪烁烁，月牙也挂到了西南边的山头上。冷风停歇了片刻，我把裹在头上的围巾给扯下来。

“卖掉虫草，我要干的第一件事，就是到县城里去找个内地来的女人。”说这话的罗松眼睛里闪着光，嘴角挂着淫荡的笑。

“我也要去！”扎西马上响应道。

我想到天色黑下来时，县城里那些闪着红灯的房子，里面光线昏暗，但从门窗外能看到嘴上叼着烟，穿着很短裤子的面目模糊的女人。有些坐在凳子上跷着腿，那裸露的大腿刺人眼睛。

“没钱人家理都不理你。”扎西说。

“所以我要挖好多好多虫草，赚很多的钱！”罗松说。

“你挖到了多少根？”我问。

……

不停地翻山越岭快一个月了，这段时间里，我们当中挖到虫草最多的是桑杰加措，快两百多根了，最少的云丹也有六十多根。

我喝着热茶把一碗糌粑给吃完了。

周围的景色逐渐可以辨清，晨风又开始吹了起来。我们身后的岩石顶枯草猛烈地抽搐，风的呜咽声灌进耳朵里。我用围巾又将脑袋给裹住，防止刺骨的风把头吹痛。

扎西起身去撒尿。

罗松望着他的背影半开玩笑地说：“小心你的小鸟被风给刮走。”

我们都咧嘴笑。

我把喝剩的茶倒在火堆上，嗞嗞的声响伴着白色烟尘升腾。我把碗装入背包里，罗松将装在布兜里的虫草挂在脖子上。桑杰加措他们也把剩茶浇到火堆上，不时有烟尘飘浮。

“用土把这灰烬盖上，免得被人发现我们躲在山上。”罗松这样命令我们。

我们用脚把燃尽的灰推到岩石下。

扎西撒尿回来，给自己倒了一杯茶。

天色大亮，不久太阳会从东边的山头跃升上来，驱除这刺疼骨头的寒意。

“我家还欠着盖房的钱，这次挣到钱后先要还账。”我坐下来跟他们说。

“这么说你是不准备买摩托了？”罗松问我。

“很想买，但债太多还不完啊！”我有些无奈地说。房子已经盖了三年，今年刚把楼顶给封了，各房间也用柳枝相互隔开砌上了泥巴，接下来还要给房柱、门窗、屋里的墙绘图上色，这又是一笔不小的开支，想想就让我喘不过气来。

云丹把背包放置好，到岩石后面去撒尿。

“你要是买了摩托，就能时常跟我跑到县上去。”罗松对我说。

我长叹了一声气。我们村里除了我家没有摩托车外，家家都有，有些甚至拥有几辆摩托车。之前，我跟爸爸商量说，能不能卖掉骡子给我买辆摩托车。爸爸把磨斧头的活停下来，盯住我的脸看，接着目光飘到院子里正在炒青稞的我女人身上。我的眼光也顺着落到了她的身上。女人跪伏在地上，挺着大肚子背个娃，在一口平底锅里炒青稞。锅底的干枝噼啪地燃烧，旁边还有两个滴着鼻涕的小男孩，他们的衣服褪色且少了扣子，瘦弱的胸口晃人眼睛。“唉——”我只能这样叹气。之前的想法，一下从脑海里剔除干净了。爸爸没有吱声，重新拿起斧头继续在青石上磨，那细微的摩擦声传来，感觉特别的刺耳。从敞开的窗户里望去，村子里那条灰白的小路，顺势爬到了山坡上，蜿蜒地盘绕到山腰尽头，之后被另一座山给吞没掉，再望去只能看到连绵的峰顶和几朵飘浮的白云。

“他们来抓我们了，快跑！”云丹喊着从岩石后蹿了出来，捡起他的背包向山的另一面跑去。

“他可装得真像啊！”桑杰加措说。

我们都笑云丹这次拙劣的表演，他以为这样我们就会跟着他跑，然后由他来取笑我们的狼狈相。

“让他跑个累死掉。”罗松说。

桑杰加措绕到岩石边去看，我也跟过去。我们看到有很多人正往这边涌来，他们形成了半个圈碾压过来，那最近的人的轮廓已清晰可辨。

“我们被围住了，快跑！”我喊了起来，腿微微发颤。

我想到的是往山顶跑那只有死路一条，唯一的出路就是往两边跑。

我转身时罗松和扎西已经跑远了，桑杰加措拾起包直往山顶上跑，嘴里还在喊：“快跑！快跑！”我顾不得岩石后的那些东西了，向着罗松他们的方向跑去。

追赶我们的那些人跑得飞快，我能听到他们粗重的喘气声。没命地奔逃过程中，我的脑子里只有恐惧，风在耳边呼呼地吹，周围什么都看不到。忽然，我的脚打滑了，身子往坡下滚下去。等我起身时，追赶我们的人已在我的上方。我想，我无法再去追罗松他们了，只能往山脚下跑。追赶我们的那些人不知怎的，全部集中向我追击过来。我的左腿可能摔伤了，跑起来使不上劲，但我拼命地往山下冲去。他们的骂喊声就在我的耳边炸开，有人突然勾了我的右腿，我一下扑倒在地，惯性使我再次往山下滚。我的眼睛里交叠出现的是蔚蓝的天和枯黄的草、涌动的人群，身体就这样一直往下坠落下去。

等我再次爬起来的时候，追赶的人身上带着风，飙着粗重的声息，在我周围合拢了起来。我往山坡上望了一眼，夕阳照射在了雪山顶上，雪线以下的山坡上空寂无人。我往罗松他们逃命的方向望去，一个人影都找不见。我感到了绝望，是那种流不出泪、心却撕裂的绝望。他们一阵拳打脚踢之后，我节节后退，最后栽倒在冰冷的溪水中。我大声地求饶，这求饶声反而激发了他们的斗志，几个人跳进溪水里，把我一次次地摁入冰冷的水里。我在寒冷的溪水里看到了建在山坡上的自家房子，三个小孩的脸，还有那头整天愁眉苦脸的骡子。

这些人没有放过我，最后把我溺死在了溪水里。这就是事件的整个过程，可问题是我已经不认识回家的路了，要回到家必须得找到罗松他们。

我看了一眼我肉身躺过的地面，那里再也寻不到我躺过的印迹，唯有尼玛扔的烟蒂无声地躺在枯草丛中。我对杀我的人产生不出憎恨来，只想着这就是我贫贱的命。如果我们那边的山上也能长出虫草来，或别的值钱的东西，我就压根儿不用跑到这么远的地方来。既然跑到别人的地方来行窃，他们自然有理由愤怒了。现在我要趁在世间短暂停留的时间，尽快赶到我的村子里去看看家人，四十九天后我就得要重新去投胎。

我轻盈地往山上飘去，那些凡眼很难发现的虫草满山都是，它们拱着脊背奋力往上跃升，土不断地被隆起，最后撕裂开一个口子，赭色的草从地里冒出来，混杂在干草中贪婪地吸吮阳光。而那些长满虫草心的人，在金色的草坡上或匍匐，或跪伏，等待露出的那些草轻微摆动起来。虫草也意识到了他们的临近，屏住呼吸，一丝气息都不敢发出来。

这些人压根儿忘了他们刚夺走过我的生命，执拗的眼睛里只有虫草。老老少少手握小锄头，在草坡上像羊粪蛋一样散落着。我踩住他们的脊背、脑袋向山上攀登，他们却一点反应都没有。我感到很无趣，这样的报复对他们一点都不起作用，我又飞跃了起来，向着山顶寻找桑杰加措去。我在雪山顶绕了几圈都没有看到他的身影，我只得向罗松他们跑去的方向去寻找。

我飞跃到了山的背面，这里的雪线快临到半山腰，那些家畜悠闲地甩动尾巴，啃吃刚露出来的一点青色。往下走就是密实的青冈木林，它们的叶子发出油性的绿来，偶尔有几头野猪从青冈木树底钻出来，发着哼哼声又钻入树丛中，敏捷得让我难忘。再往下就是一片缓坡，那里零散地建着村民的房子，各家都围了面积很大的院子，偶尔也传来几声狗的狂吠声。我知道，现在罗松他们是不敢往村子里走，会躲在这片茂密的青冈林中的。我沿着青冈林的边沿搜寻，最后在临近山嘴的地方找见了罗松和扎西。他们躲在青冈木下酣然入睡，即使我大声叫喊他们也听不到。我为自己的这种无形，感到极度的绝望。

太阳移到西边的山头时，扎西从睡梦里醒过来。他机警地往四下观察，发现没有任何危险时摇醒了罗松。罗松赶紧把手搭到胸口上，摸到那包虫草脸上才有了慵懒的表情。

“我睡了多长时间？”罗松问。

“个把钟头吧，我也是刚醒来。”扎西回答。他的眼睛又往四周探查。

“他们一个人都没有过来吗？”罗松刚问完，接着又被自己否定掉，“我想他们肯定凶多吉少。”

“我们该怎么办？”扎西惶惶地问。

“等天黑了，我们绕过村子往县城走，把这些虫草换成钱。”罗松这样计划着。

“我挖到的不多呀，难道我们就这样跑了？”扎西有些不甘心。

“他们已经发现我们这些偷挖贼了，会防范得更加严。我可不想被他们逮着揍个半死。”罗松说完吐出舌头，舔舐他那干裂的嘴唇。

扎西再也不说什么了，安静地躺下去等待落日，等待夜幕的降临。

那夜我跟随他们绕过村子，走了半天的夜路才走到了县城。在微弱路灯的映照下，他俩找了一家便宜的旅店住下。

第二天，罗松带着扎西在县城里瞎逛了半天，到了下午才走进一家回族人开的商店，问他收购虫草吗。柜台后那个长着山羊胡须的中年人，听到这句话立马打起了精神，他脸上堆着笑，招手让他们靠他更近些。

罗松把布袋里的虫草拿给老板看。老板轻柔地把它们倒在玻璃柜台上，一阵怪异的虫草香味弥漫在商店里。老板用指头拨来拨去，不仅看虫草的成色还看有没有碎断的，最后用很蹩脚的藏语问：“你们是想按斤卖，还是按个来卖？”

“按个来卖。”罗松不假思索地回答。

老板又说个头不等，价格也会有差异，只要罗松同意，他可以按均价全部收购。

罗松也急于卖出去，没有太多的讨价还价，全部给卖掉了。

令我惊讶的是，罗松对我们隐瞒了虫草的数量，他都挖到了近三百根，得了近万元。

扎西犹犹豫豫一阵后，也把他的虫草给卖了。

他俩兜里揣着一沓钱，兴高采烈地进入一家饭店，要了三个菜，还叫了一箱啤酒。

“要是他们两个被捉住，让那些人打死了我们可怎么交代？”酒喝到一半时扎西问。

“关我们什么事，那山又不是我们的，去偷挖虫草本身就要担风险的。之前也有人被打死过，那又怎么样？有了虫草，就是拥有了人民币，想干什么就可以干什么，所以有这么多人不要命地去。”罗松拍了拍装满钱币的衣兜。

“我们还是先回去一趟吧！”扎西呷了一口啤酒说。

“像个娘们，连到口的肉都要往外推，这样怎么闯荡世界啊。”罗松把杯子里的酒喝干净。

被奚落的扎西再也不提回家的事了。

这使我很着急，我巴不得他们出点事，然后早早地回家去。但看着这架势，罗松是绝不会回家去的。

酒喝到正酣时，罗松拿出手机给我打电话，接着又给桑杰加措拨，最后愤愤地说：“全都死翘翘了吧，电话都不开机。”

饭店里的灯亮了，他们的桌子上空瓶越堆越多，旁边那桌上的人已经换了好几茬。

罗松拍着一沓钱，纸币哗啦啦地响，老板见这架势急忙跑过来。

等他们走出饭馆时，县城街道两旁的路灯明晃晃地亮着，摩托车和汽车不断从他们身旁穿梭过去。拐过一个街口，远远地就能看到住的旅店，他们趔趔趄趄地往前走。

“哥，进来潇洒一下。”从黑夜深处传来嗲嗲的声音。这声音捆绑住了罗松的双脚，他睁着迷糊的眼睛往黑里搜寻。

黑色里分娩出一个娇小的女人，她身上的那缕香气让罗松不能自制，他向她倒了过去。

扎西迈着深浅不一的脚步往旅馆走去。我尾随罗松到了这个娇小女人的房子里。

罗松脱衣服时被女人制止住，她伸出一个指头来。醉酒的罗松晃晃摇摇地从兜里掏出那一沓钱来，抽出一张递给女人。女人收好钱爬上床铺。罗松脱掉鞋子，一股刺鼻的臭味飘满房间。女人忍受不了这难闻的气味，从床铺上跳下来，唠唠叨叨地往他的脚上绑白色的塑料袋，捂着鼻子将鞋丢到房门外。

罗松和女人滚到床铺上去，房间里的光也一下给灭掉了。

罗松发出了沉沉的鼾声。

床铺嘎吱地响了一下，灯也亮了，那娇小的女人提起裤子滑下了床。她仔细观察罗松，确定他真的醉得不醒时，将箱子提到房门口，再走到床前把罗松兜里的那一沓钱取出来，装进了自己的手提包里。我没法唤醒罗松，他磨着牙发出刺耳的呼噜声。

女人利索地关上灯，拎着箱子走到巷子口，站在路边招手打了一辆车。车子一溜烟从马路的尽头消失掉。

天放亮时，还没有醒酒的罗松敞开上衣，穿着秋裤，脚上裹着塑料袋，沿街叫喊："你这个女人，把我的钱还给我！"

路上的车子和行人都停下来，看他声嘶力竭地叫喊。

"是从哪里来的疯子？""好像还没有酒醒。""真是丢人现眼。""……"路人议论纷纷。

罗松这样叫喊着走向了县城的尽头，他还继续往前走去。

我折了回来，轻轻升到旅店窗子前，扎西还在睡梦中。他蜷缩身子，睡得踏实而香甜。

这一天，扎西在县城里来来回回转了一整天，不见罗松人影，到客运站买了一张第二天回去的车票。

回程的路虽然很远，走了近一天半，但我一路都亢奋不已。

扎西下车背着包走在县城的马路上，这里的一切我能回忆起来。

一辆摩托车停在路边，骑车人大喊："兄弟，一切平安吧？"

"平安！"扎西说完有些激动，他的身子不由自主地抖了一下。

"其他的人呢？"骑摩托车的人问。我想起他就是我们村里的木匠。

"我们被人发现后，给冲散了。"扎西回答。

"刚听说胧耶的普布去挖虫草时，被丁青人打折了腿，现在在医院里救治。"木匠说。

"这么惨！"扎西轻声叹道，"你是要去哪里？"

"我回村里。要不要搭你回去？"木匠问。

"我在县里待几天。"扎西回答。

“有钱了，想在县城乐呵乐呵！”木匠向他投来羡慕的目光。

扎西再没有吭声。

木匠发动摩托车，喊声：“祝好！”一下驶出了很远很远。

我丢下扎西去撵木匠的摩托车。摩托车驶出了县城，在油亮的柏油路上飞奔，后头驶入一条土路。接着摩托车翻越一座山，开到谷底时能见到一些土灰色的房子，屋顶上的女人木然地望着摩托车飞驶过去。这样翻越三座山后，我望到了我们的村子。那些熟悉的房屋，让我激动得快要窒息。我落在路边的一棵桃树上，让木匠先进入村子里。

我在众多的房子中，就盯着建在坡地上的我家。我的魂终于回到了家乡，可以伴随家人待到四十多天。我的小孩、我的媳妇，还有开始苍老的爸爸，我会与你们相守到去投胎的那一刻，我的心里对你们满怀爱意，你们对我也是这样的情感。想到这些我快要被揉碎掉，我捂着脸嘤嘤地哭泣。

我越过谷里地建造的村民房屋，飞到长出青稞的农田上。土质暗黑色的农田里，布满大小不等的石子，青稞秧苗歪歪扭扭地冒出来。我穿行在低矮的灌木丛中，向半山坡飘过去。

我的两个小孩在房门前的空地上玩耍，媳妇在一旁梳着她的长发。爸爸背着出生不久的女儿，在屋顶来回地走动。我想爸爸是不是在翘首期盼我的到来。他们谁都看不见我，我走到小孩跟前抚摸他们的头和脸蛋，他们什么感觉都没有。这让我很伤心。我又走到媳妇跟前，用嘴亲了一下她的额头，她也没有一点反应。我看到她的旁边，我最小的儿子躺在一张破毯子上。我穿过门的缝隙进入房子里，牛圈里的牛一头都不在，墙壁上挂着铃铛、绳子、农具等，看到这些我的心又是一阵伤悲。窄梯升到了二楼，我跃上去往每间房子里转悠了一圈，再上到屋顶端详爸爸开始苍老的面容。

悲哀呀，近在咫尺他们却无法感受我的存在。我只能待在一角，注视他们的一举一动。

回家的第二天上午，一辆摩托车向坡上的我家驶来，爸爸把头从窗户里伸出去，对着我的媳妇说："贡布和他儿子过来不知道有什么事？"

"可能是来通知什么事吧。"媳妇满不在乎地说。

"可能是。"爸爸干巴巴地回答。

小孩准备往窗户那里冲去，被媳妇给呵斥住。

摩托车停在了大门口，贡布坐在摩托车后座上就喊："旺杰，你下来一下。"

"好！好！"爸爸应诺着转身往楼梯走去。

等他下楼，打开大门走出去时，贡布已经从摩托车上下来，站在爸爸的前面。

“哦——”贡布先这样长长地叹一声气，接着才说：“你儿子在挖虫草的地方被人给杀了。”

爸爸怔怔地呆立在门口，没有任何的反应。

“我是刚接到乡派出所的电话，急忙跑来告诉你的。”贡布的一只手搭到了爸爸的肩头。

媳妇和小孩从窗户里探出头看下面。大儿子从窗户里不住地往下喊我爸爸的名字。

爸爸的眼眶里终于落下几串泪珠来，嘴巴紧密地闭上。

“他们让你赶紧到乡派出所去，说是去认领尸体，听说还有几十万的赔偿金，这已经很不错了。”贡布说。

“巴桑终于为家人做了一件有益的事。”爸爸说。

我无法相信自己的耳朵，再看爸爸时他的表情已经恢复成常态。

“我们辛苦一辈子也挣不到这么多钱啊！”贡布附和道，眼神里多了一层羡慕的光。

“我上去收拾一下。”爸爸转身往房子里走。

“我陪着你去，给你也雇好了一辆摩托车。”贡布冲爸爸喊。

爸爸没有接贡布的茬，径直进门，上楼梯到厨房。

“我们会有很多很多的钱！”他冲我的媳妇和小孩们说。

“哪来的？”我媳妇轻声地问。

“用命换来的。”爸爸这样回答。

媳妇扭头往窗户外望，脸上漾起了不易察觉的笑。

“我们可以搬到县里去住了！”媳妇喃喃地说。

爸爸回头看了一下她，拿上我的背包往外走。

摩托车飞驶了过去，声音越来越小了。

媳妇领着小孩往房门口冲了出去。

我看到自己的心里也长满了虫草，再也不能轻盈地飞翔，也没有可去的地方了。

叹息灵魂

一

死亡，来得毫无征兆，让你防不胜防。来了，它就会改变一些什么，甚至能改变一个人的命运。为了打破这寂静，我说出了这句话。

我们七个人正围着一堆火而坐，周围遍布漆黑，身后的帕崩岗天葬台也裹在这黑色里。

那具天葬的尸体还停放在小货车上。

火光映照在来送葬的六个人脸上，每个人的表情木讷而紧张。这六个人很年轻，可能是第一次来天葬台送葬。

燃着的柴火噼啪地作响，有火星飞溅升空，转眼泯灭。现在离天亮还有两个多小时，为了缓解他们的情绪，我给他们讲起了我的故事。

那是二十年前的事。

那年刚入夏，我正好十六岁。

那天临近中午的时候，从塞青草原的尽头，一个小黑点急速向我这边飘移过来。凭着多年在草原上放牧的经验，我知道那是个骑马的人，也许他要穿越塞青草原到别处去，也许是过来给我送口粮的。

太阳光白花花的，刺得我眼睛睁不开。我忍不住闭上了眼睛，草原、骑马人、雪山，瞬间噼里啪啦地碎裂、消亡。我惊叹，原来眼睛所看到的一切，都是这般的脆弱，这般的虚假。

当我睁开眼睛时，骑马人的轮廓慢慢清晰起来，那人头顶上的红发穗在阳光下很刺眼。我把目光收回来，掷石的乌朵塞进腰带下，等待骑手走近。

等了一阵，我才看清那骑手是邻居扎达叔叔的小儿子久美，他跟我年龄相仿。马蹄嘚嘚的声音传到耳朵里，震得我很舒服。

“易琼——易琼——易琼——”久美骑在马背上不停地呼喊我，声音听起来像春末的公狗见到母狗般兴奋。我讨厌这种黏糊糊的声音。

我抓住藏装的袖子向他使劲挥舞，表示我已经认出他来了。

马的喘息声均匀而细长，听后令人舒畅。

“易琼，你的爸爸死了！”久美拉住缰绳说。我的面前，马的身子腾起，前蹄悬在半空中，然后重重地落下去，扎入青草丛中。

“怎么死的？”我急切地问，心嗵嗵地跳动。

久美从马背上跳下来，脚上的靴子踩断了青草。一股草香钻入我的鼻孔，身子禁不住抖了一下。

“早晨吃糌粑时噎死的。是今天清晨发生的事。”久美尽量详细地给我解释。

听完我不禁笑出了声。一个壮如牦牛般的汉子，一个造下三个男人的爸爸，怎么会被一小勺糌粑给弄死了？这样的死让我心里怪别扭的，这样的死让我悲伤不起来。我觉得久美是在跟我开玩笑。

“你爸爸真的死了，我没有骗你。他们让我来接替你的。”久美说。

我不相信一小勺糌粑能夺走爸爸的性命，因为平日里他是那样的强壮。

“你得赶紧回去，家里人在等着呢。”久美有些着急。

“我的马在草原深处，得去牵过来。”说着我转身走开。

突然得到爸爸的死讯，让我有些不知所措，心里慌慌张张的。我不想让久美看出我的这种情绪，只想一个人安安静静地待一会。

“骑我的马，赶时间呢。”久美追过来说。

我回头，看见他额头上渗出的细密汗珠，晒得黑里透红的脸，急促喘气时起伏的胸脯。这一切都在证实，他没有跟我开玩笑。从我的头顶，一阵冷风顺着脊背直往脚底刮过去，身子不住地颤抖。

“还是骑我自己的马。”我回答。

我去牵马、上鞍、收拾东西，这得要花去很长时间，这过程中我能调整好自己的情绪，不至于惊慌失措得让久美今后小看我。

“易琼，他们叫你马上回去，骑我的马。”久美向前跨上几步，把缰绳递到了我的手中。我握住缰绳，再不好说什么，就爬到了马背上。

马驮着我向日郭村进发。

眼前是望不到头的草原，各种色彩的鲜花开在其间，像是铺了一张鲜艳的地毯；头顶上几朵羊羔似的白云浮在蓝天下，一路追赶着我。我骑在马背上，觉得很孤单，真不敢相信爸爸去世了，一直幻想着这是久美跟我开的一个玩笑。

屁股下的这匹马在疾速地奔跑，向着前方的山嘴疾驰去。

过了山嘴，远方又展现出更加广阔的草原来。我催鞭驱马，马蹄声片刻都没有停歇。

日郭村灰蒙蒙的土楼，远远地矗立在前方山脚的陡坡上，它们层层垒叠，披了一身的夕阳，屋顶掉了色的经幡毫无生机地垂落。村前那条哗哗流淌的河水响彻山谷。

我让马儿停下来，远远地端详着日郭村，心里却空落落的。我再次催促马儿疾驰过去，一溜烟跑过了圆木搭建的桥，桥下河水翻着白浪一泻而去。

进入村子，有几个村民，靠在墙角边晒着夕阳，手里拨动念珠，一副懒洋洋的样子。马从他们身边飞驰而过，驮着我到了家门口。

我下马，把马牵到院子里去，缰绳拴在了木桩上。

我推开房门进到底层的牛圈，再拾阶上到二楼。

厨房里只有妈妈、二哥和嫂子。他们盘腿谈论着什么，见我进来都不吱声了。我也盘腿坐了下来，感觉手臂的肌肉有点酸痛，汗水顺着面颊淌下来。

“累了吧？”妈妈问我。她的脸依然那么洁净，眼睛里看不出多少哀伤来。

“不累，我是骑久美的马回来的。爸爸真的是被一勺糌粑给要的命？”我问。

“就那么一小勺，把他给呛住了。谁听了也不会相信啊。”二哥插话道。

“爸爸现在在哪里？”我问。

“他现在停放在你的睡房里。”妈妈说。

妈妈把微垂的头昂起，面朝向厨房的门。一缕夕阳惨淡的光照射进来，那光里有无数细碎的尘埃在飘浮、旋转。我看见她全身颤了一下，这才嘤嘤哭泣开。好像她的悲伤只因夕阳的落去而突然加深似的。二哥也挤出了几滴泪珠，尖细的脸变得跟牛肺一样暗红。

“大哥到桑顶寺请僧人卦算、念经去了，明天才能赶回来。”片刻的哭泣之后，嫂子才说。

“请僧人念什么经哪？”我接着又问。

“《中阴度亡经》。”二哥有点恼怒，他脸上的那种令人不忍卒看的红色已消退。

“爸爸的魂灵要到中阴界？”我又问。

“你怎么像个白痴。”二哥对于我的问话很生气，倏地站起来，夺门而去。那细瘦的背影，被夕阳投射成一个扭曲的长长的影子。我想，这与他本人多么不相称呀。

“跑了这么远的路，你先喝杯茶。我去把久美的马给还了。”嫂子起身出了厨房。

妈妈这才看着我，肩膀再次抖动，又开始细声啜泣。

我有些手足无措，目光惶惶地转到椽子上垂落下来的几根牛皮绳上，它们黑黢黢、直挺挺地垂落；墙角边排放一溜的陶罐和铜锅；倚靠房柱立着三个装满粮食的牛皮袋子。我的目光重新落回到妈妈身上。我这才有些难受，痛苦开始在我的脑海里活跃。爸爸一死，我们就会永远地失去他。这种想法在我的脑子里回荡。

坐了一阵，我起身去看爸爸。

爸爸停放在我那间小屋里，一盏酥油供灯在他的脑袋旁幽暗地亮着。

我盘腿坐在了地上，端详爸爸那张表情惊骇的面庞和僵硬的身躯，他再也发不出一点声音来，再也动弹不了了，我这才真切地意识到他离开了我们。悲伤像溃决的江水，从身体的四处汹涌地奔流向我的眼眶里，泪水顺着我的脸颊流淌下来。我尽情地沉湎在痛苦里。

死神，第一次这么近地走向了我，打乱了我恬静的生活，让我对死亡心存恐惧。

从窗户的破烂处，涌进一阵风来，把供灯的火苗摇得东颤西晃。我用手掌急忙把供灯给捂住，火苗重又直挺挺地燃烧了起来。我找块木板，把窗口的洞给挡住。

“该睡了。”妈妈的手搭在我的肩头上。这时房屋里聚拢了黑暗，只有供灯照耀处才能看清东西。妈妈的这双手软弱无力，有些发抖。她的痛苦通过搭在我肩头上的手，传递到我的头脑里。我被她的痛苦所感染，开始不能自禁地哭，最后我们相拥着泣不成声。

“我们不该当着死者的面哭泣，要是被游荡的魂灵看到了，它会伤心的。”妈妈让我停止哭泣。

我哽咽着，尽量不发出声音来，但我的脸一片潮湿。

“你到我的房间里来睡。陪陪我！”妈妈说话的声音如游丝。我扶着妈妈往她的房间走去。

房间里妈妈盘腿坐在被子上，不停地诵经，她要让爸爸的魂灵得到指引。我躺在被窝里无法入睡，脑袋里想着爸爸，想着今后没有爸爸的日子，想着妈妈孤寡的生活。

风又起了，呜呜地吹，我担心那挡住窗户洞口的木板会掉落下去，会把照引爸爸魂灵的供灯给熄灭。在妈妈嗡嗡的诵经声中，我摸黑穿好衣服，开门走出去。

风，一下把我揽入它的怀抱里，缠绕住了我。

我走进我的房间里，那盏供灯幽幽地闪动，微弱的光亮把爸爸的脸照得清晰。窗户上的木板没有掉落，它把风挡在了外面。我的心里踏实了，转身走出去。

我不想进妈妈的睡房，她的诵经声让我揪心，想在露天晒台上坐一坐。在这里我能听到潺潺的水流声，能看到村子里的房屋剪影。我走到搭载谷物的木桩前，手扶木桩，望着下面黑乎乎的那些轮廓。

风停歇的间隙，我听到了痉挛般的叫声，接着嫂子虚弱地在喊："抱紧点。再抱紧点。"二哥粗重的喘息声越来越急促，嫂子的叫声愈发疯狂。

这声音起先让我紧张得脸发烫，接着悲伤地落泪，最后愤怒得身子发颤，我想找个什么东西，砸到他们的窗子上去。但黑夜里我摸不到任何东西。

村子里的狗吠声从四处响起，把他们的声音给淹没住。等到狗的吠声停止，二哥的房屋里没有一点声息了。我的眼睛瞪着黑乎乎的窗子，眼泪噗哒噗哒地掉落。

爸爸刚死，二哥和嫂子怎能这样？眼泪滚落进嘴里，舌头上一阵咸涩，我的心也是悲苦的。我不知道是继续站在这里好呢，还是回妈妈的房间里去。在我拿不定主意的时候，风又起了，吹得我的衣服猎猎飘荡，把泪水都吹散了。我这才想到爸爸一个人躺在冰冷的地上特别可怜，我应该去陪他。

我进去后盘腿坐在爸爸的尸体旁，望着他颧骨突出的脸，悲从心生，轻声哭泣。到后来，我握住他的手，轻声念诵起《度母经》来。随着念诵经文，我的心慢慢平静下来。

南无圣救度母！

普贤原始怙主之佛陀，无别忆念除恼之圣法，

恩重无比根本之上师，我等虔诚供在心莲上。

智慧圆满成就如来佛，为治世间疫疠说圣法，

智慧解脱双具之圣僧，顶礼真实不欺三宝尊。

……

那一夜，我没有合眼。

第二天天亮时，我依然盘腿念诵经文。妈妈看到我一夜都这样坐着诵经，就劝导我先去吃点糌粑，然后休息一会。她说："易琼，你的眼睛都红肿着，回去躺一会儿，下午还有很多事要干呢。"

我听从妈妈的话，回到她的房间里。

醒来时，已经是下午。从我的屋子里传来了僧人的诵经声和铃杵发出的悦耳声。听到这些声音，我的心一下踏实了，想到爸爸的魂灵一定会找到一个好的归宿。我起身走出妈妈的房间，靠在门框上站立。

下午的阳光很强烈，刺得眼睛有些发疼。我看到家里

来了很多邻居，他们帮忙烧火，弄供灯，劈柴，背水。大哥盘着头发，一脸悲戚地从我的房间里出来，手里提着一袋糌粑。我迎上去，跟大哥问："僧人们要念几天经？"

"就今天一天，明早爸爸要送去天葬。"哥哥略显疲态，声音柔软。

"要我做什么？"我把藏装的两个袖子脱掉，在腰间打了个结。

"你去陪陪妈妈，她在二哥的房间里。听说妈妈从昨天开始滴水未进。"听到妈妈在二哥的房子里，我很恼怒，跺脚冲了过去。

妈妈跏趺在二哥的床铺上，嘴里念诵经文。她的声音暗哑，眼睛紧闭。我拽住妈妈的手，把她从床铺上拉了下来。妈妈身子下的卡垫上盛开着荷花，可在我的眼里它是那么肮脏，甚至脑海里映现出二哥和嫂子滚在上面的情景。妈妈什么都没有说，顺从地跟着我，回到了自己的房间里。

"你出去帮忙，我要诵一会经。"妈妈又跏趺在床上，闭眼诵经。

经过一个晚上，妈妈的头发里掺杂了很多银白的发丝，脸上也绽裂出更多的皱纹来。她不再理会我了，用心在祈祷。我径直出去找大哥。

大哥让我给僧人们敬茶，给供灯添加酥油。

七个僧人端坐在垫子上，面对我死去的爸爸，用带有磁性的声音，念诵《中阴度亡经》：

因循苟且，不思死期将至！

虚生浪死，尽做无益之事！

浪掷大好时光，太无顾忌！

倘使空手而回，实在可惜！

既知圣法为你确需，为何还不专心致志？

……

诵经间歇震响的扎玛如鼓和铃杵声，让我全身的汗毛耸立，心不再浮躁。

一下午，我都被这种声音包裹着，闻着酥油供灯的气味，渐渐忘却了内心的悲伤和恐惧。

夕阳落下去时，僧人们把我们这些俗人支走，将门严严地关死。

门再次开启时，我看到爸爸已经被白布裹住，成了一个坨状，倚墙而立。谁见了都不会想到，死者曾经那样地壮实和剽悍。我的心头阵阵悲凉。

僧人们念了一夜的经。

黎明时，爸爸的尸体从房间里请出来，抬上了木架。由扎达大叔他们抬着出了院门。在一阵由近而远的狗吠声中，消隐在黑色里。妈妈和我并肩站立，她没有哭出一点声来，这让我不解。倒是二哥和嫂子嘤嘤地哭泣，大哥的胳膊箍住了嫂子的肩头，还替她擦眼泪。看到这些，我的心里愤愤的。

在黑夜里站立许久后，过来帮忙的几个女邻居，扶着妈妈回到了她的房间里。其他人跟随大哥和二哥回到厨房去。我一个人又走到露天晒台上，眼里装满了黑色，心被人掏了般的空虚。这时，我多么希望能听到僧人的诵经声，这声音让我感到有依靠。

我走进了我的房间里，在几十盏供灯的照耀下，僧人们靠墙打盹，有些还从鼻孔里均匀地发出鼾声来。

停放爸爸尸体的地方空落落的，我的鼻尖一酸，脸上已是湿漉漉。

二

爸爸天葬后的第二天早晨，有人开始捶门。当时我靠墙而坐，迷迷瞪瞪的。因为我诵了一晚上的《度母经》，临近天亮时却被睡意拖入了梦乡。

“是谁？”我冲着门口喊。

“妈妈不见了，快起来。”大哥从门外叫喊。

我把盖在腿上的被子掀掉，穿上鞋子跑出去。大哥已经回厨房里，露天晒台上铺了一地的阳光，我踩着它们走了进去。

“我们把村子找了个遍，也没有找到妈妈。”大哥说话时，眼睛瞟着我。他又问：“昨天晚上妈妈跟你说了些什么？”

“她什么都没有说。”我回答。

二哥进来了，我把脸扭了过去。自那晚开始，我跟他一句话都没有说。他坐在了火炉的那一头，喘着粗气。这声音听着让人烦躁，让我想起那晚的情景，一股怒火又开始在心头燃烧。

“没有消息？”大哥冲着二哥问。

“都说没看到。她能到哪里去？”二哥自言自语地说。

“要不我们分头去找！”大哥说。

我们围着火炉谁都没吭气。偶尔，燃着的柴火发出一声脆响，打破一下沉寂。等待是漫长的，我能听到自己的心跳声和他们粗重的叹气。

村子里的狗狂躁地吠叫，声音由远而近，其间夹杂马的铃铛声，最后归于沉寂。大哥往火炉里添了几块牛粪饼，一缕烟子袅袅升腾。

“我们总得干点什么吧！”大哥沉默一阵后，再次说道。

我面对二哥而坐，中间铁炉上放置的铝锅盖子的缝隙里有水雾升腾，隔着一层薄雾看二哥的那张脸，觉得他长得凶恶、丑陋。

“我想出去找妈妈。”我说。

“上哪里去找？都没有个目标。”二哥说。

大哥把手里的牛粪掰碎了，碎屑纷纷掉落下去。他把发黑的牛粪愤愤地摔到地上。

嫂子和雍措大姐进来了，脸上显得很兴奋。

“妈妈有消息了。刚才洛松的小舅子说，他在来我们这里的路上碰到了妈妈。她背着被子，说是要到桑顶寺去。”听到这个消息，我们悬着的心一下落了下来。

“易琼，快去备马。我俩把妈妈接回来。”大哥的面部不再紧绷了，他把掉落在后颈上的辫子重新盘绕在脑门上。

我起身出了厨房的门，下到院子里给马配鞍子，再牵到外面等待大哥下来。

我们骑上马急速赶往桑顶寺，把沿途的四个村子甩在了后面。午后，我们远远地看到矗立在半山腰上的桑顶寺，红墙金顶，一根挂满经幡的旗杆耸立在寺院前，旗杆的顶端直插云霄。大哥这才松了口气，让马慢了下来。他说：“我们马上能见到妈妈了。”

马骑到山脚，他的坐骑却像箭一样弹了出去，在狭窄的简易道路上驰骋。我也挥鞭策马追赶。

我们把马拴在桑顶寺大门旁的石柱上，进入寺院大门，往里面去找妈妈。

在廊柱下，我们碰到了曾经为爸爸念经的一名僧人。他引我们曲里拐弯，走到了寺院后面的一间小房子前。说实在的，那不能称为房子，是用废铁烂木倚山搭建的一个简易窝棚，到处都有露孔。从那里面，传来了我们熟悉的诵经声，这声音让我莫名地感动掉泪。

大哥把作为门帘的破布掀开，弯弓身子，钻到里面去。由于里面太窄，我只能站在窝棚的外面。我一手托着破布，把脑袋给探进去，目光越过大哥的肩头往里看时，我惊住了：窝棚的露孔里渗漏很多个光柱，妈妈盘着腿，头发被剃光了。她苍白的脸上挂着惊讶，眼睛圆鼓鼓地瞪着我们看。

“你招呼都不打就走了，让我们很担心。”大哥说。

妈妈望着我们不说话。我看到爸爸的手摇转经筒靠墙而立，那上面也滴漏着几束光斑。

“妈妈，我们带你回去。你可以在家里为爸爸念经祈祷。”大哥说着凑了过去。

“我心意已决，后半生就要在寺庙里度过。我在这里不光是为你们的爸爸祈祷，也是给我寻找心灵的寄托。”妈妈说。

一阵铃杵声呲零零地响起来，寂静中平添了一份幽远。

“爸爸的死，对你打击很大，但还有我们，你该为我们想一想。”大哥继续劝妈妈。

妈妈把目光收回，没有理会大哥。她伸手从墙边拿起爸爸的手摇转经筒，嘎吱嘎吱地摇动起来，不停地折断那些个光柱。我的脑子里又出现了爸爸的影子。

“扎西次仁你们回去吧，家里还有很多事情等着你们去做。”妈妈说。

“妈妈，要不你跟我到放牧点去。”我也劝说妈妈。

“易琼，为了你爸爸，就让我待在这里，让我每天面对佛为他祈祷。”妈妈说完眼睛盯着转经筒，嘴里喃喃地诵经。

“妈妈，这里太简陋了，我们怕您被冻着饿着。还是回去的好！”大哥劝说。

“这些跟失去你们爸爸比起，算得了什么！我这身子，经不起折腾了，要不真想到拉萨去，在佛祖面前给你们的爸爸祈祷啊！”

“我们一同回去，择个日子我陪您一起去拉萨。”大哥说。

“你哪有时间去，家里一大堆琐事等着处理呢。”妈妈说完，脸上溢出不屑的神情来。

大哥再没有言语，眼里滴落下了泪水。我也被感染，泪水不住地往外流。

我和大哥都劝动不了她了。爸爸的去世，让她一下子没有了寄托，也让她对余下的日子感到了惶恐，这些超出我们的意料。

“妈妈，那你先在桑顶寺住段时间吧，过些天我来给你送糌粑和茶叶，还有换洗的衣服。”大哥对妈妈说。

手摇转经筒又开始旋转，妈妈的眼里落下泪水，它们顺着颧骨淌到下巴，然后滴落在衣襟上。妈妈已经失去了爸爸，我们不愿再给她添加新的不快。我和大哥待上一会，就离开了妈妈，离开了桑顶寺。

回日郭村的路上，我问大哥：“你要陪妈妈去拉萨朝佛吗？”

“哪有时间去拉萨，我只是哄妈妈的。”大哥的身子在马背上晃荡，脸上没有一点愧疚之情。他的言行伤到了我的心，大哥不应该这样欺骗可怜的妈妈。

我们在芎钦村到熟人家喝了几杯茶，休息一阵后又上路了。余下的路途中，我不想再跟大哥说话了，一路看着黛色的山和稀疏的植被，间或头顶上盘旋一两只秃鹫，它们张开翅膀，任意地滑翔。我的情绪很低落，开始怀疑两个哥哥对爸爸的感情，也为亲人间的薄情感到伤悲。

回到日郭村时，已经是傍晚了。夕阳已经从西端的山头落去，家家户户屋顶飘升炊烟，显得非常地宁静、和睦。有几头牦牛甩动尾巴，慢腾腾地走在巷子里，脖颈的铃铛丁零当啷地撞响，把路给挡住了。我和大哥下马，跟在牦牛后面走。

“找到你们妈妈了吗？”我们和扎达叔叔在巷子里相遇了，他关切地询问道。

“妈妈想在桑顶寺待一阵子，她要给爸爸诵经祈祷。”大哥回答。

“你们的妈妈是个了不起的女人！”扎达叔叔说完叹着气走了过去。他的背影嵌在我的脑子里，我不由得心头发梗，鼻尖酸楚。

我和大哥把马牵到院子里，卸下鞍具，上到了二楼。我没有跟随大哥回厨房，而是回到自己的房间里，躺在爸爸躺过的地方，眼睛被泪水迷蒙。我想过两天就回塞青草原上去。

早饭时所有人都到齐了。我们坐在火炉边，喝茶吃糌粑，谁都没有先开口说话。厨房里充斥着压抑和沉闷。

等到收拾碗的时候，大哥才说：“爸爸的死对妈妈打击很大，我们几个兄弟要多去看看她，让她尽早从痛苦里解脱出来。”

火炉里升腾烟子，旁边一个变了形的铝制脸盆里木柴和牛粪垒了一堆，它们等待着被扔到火炉里化成灰烬。

“妈妈不至于这么悲伤吧。俗语不是说，即使神医的父亲，也有死去的一刻。死亡是不可抗拒的。”二哥说。

“话是这么说的，但爸爸的死让妈妈伤透了心。毕竟，她是个女人呀！”大哥打断了二哥的话。

我看着二哥的脸，心里涌来一阵厌恶。我不愿和他们议论妈妈，起身走了出去。

“妈妈这么一走，家里的事谁来做?”我的身后传来了二哥的声音。

这句话让我很气愤，停下脚步，回头怒视着他们。

大哥和嫂子面面相觑，一脸的骇然。火炉上的壶嘴里冒出水蒸气的同时，有翻涌的水珠滚到铁皮炉子上，刺溜地打着卷被蒸发掉。谁都没有去理会，任它溢出来。

“我们就不聊这个了。”大哥说着，从怀兜里取出鼻烟盒，准备吸鼻烟。

厨房里一下静悄悄的，只有水珠滚落声在喧嚣。

我迈开步子走了出去。宽敞的露天晒台上洒满了阳光，我的心情稍稍好了一点。我背靠木桩，默诵无碍道的经文来。爸爸的音容笑貌又闪现在我的头脑里。我希望爸爸的魂灵能早日投胎转世。

“易琼，你愣在这里干吗。”大哥不知何时走到了我的背后。

“我想爸爸妈妈。”我转身说。大哥一脸的倦累，眼里一片惊惶。

“我也是啊！”他倚在木桩上掏出了鼻烟盒。这时二哥也走了出来，他看到我们站在那里，跨着大步，耸着肩膀走过来。我们三个兄弟，站在露天晒台上，谁也不理会谁。大哥吸着鼻烟，眼光不时地飘到妈妈的房门上。二哥抽着卷烟，盯着从村子里延伸出去的灰白土路。我干站着，非常地难受。

太阳把我晒得出汗了，我为了打破沉默，说：“我明天就回塞青草原。”

大哥盯了我一眼，接着埋头吸鼻烟。二哥却吼道：“别再添乱子了，闭会儿嘴。”

“我没有添乱。”我积压的怨气爆发了出来。我想，我不能老让二哥这样压制着。

“你就是个白痴，只会添乱。”二哥将手中的烟愤愤地扔到地上，他的唾沫溅到了我的脸上。

“大哥，爸爸去世的那天晚上，二哥和嫂子一起睡觉呢！妈妈因为这件事伤透了心，这才离开家的。”我要把一切都说出来，这样我才感到不冤屈。

“白痴，你在胡说。”二哥的脸又变得跟牛肺一样暗红，盘在头上的发辫也掉落到脑后。

“那晚我就站在这里，我听到了你们的叫喊声。那天，爸爸的尸体就停放在我的房子里，你们不知羞耻。”我叫喊。

二哥冲了过来，一把将我推倒在地。我起身，浑身被气得发抖，从腰间的刀鞘里抽出刀子，阳光打在刀刃上闪出刺眼的光来。

大哥的脸变得灰白，眼珠子瞪得滚圆。我被大哥的这种表情惊吓住，一股冷风挨近了我的左脸，随后热辣辣地炸开了。我的左耳和左眼，什么都听不到也看不见了。手中的刀子掉落到地上。我本能地用手捂住被打的脸，心里一阵冤屈。我看到大哥气呼呼的，准备再给我来一巴掌。二哥和嫂子也站到大哥的后面，愤怒地瞪着我。

我觉得屈辱，眼泪止不住地掉下来。刀也没有捡，我转身走向楼梯口，从木梯上跳了下去，然后夺门而出。

我走过凹凸不平的陡坡，走到龚桑仓家的院墙旁。我再不愿往前走了，前面的巷子里经常有村人聚集闲聊，不能让他们看到我红肿的脸。我背靠土夯的围墙，让眼泪任性地掉落。我想马上就回塞青草原上去，永远不想见到他们。

阳光照在我身上，全身一阵慵困。有几只鸟落在了龚桑仓家的围栏墙上，它们嬉戏聒噪一阵后，扑打着翅膀飞向了远山。对了，我也要像鸟儿一样离开这个家，越过前面的色雀山，替妈妈到拉萨去，在佛祖前给爸爸的亡灵好好祈祷。

这种想法使我的心情逐渐好了起来，起身向家的方向走去。

进入院子，马在嘶鸣。我转头看到大哥的坐骑，它已经套上了银子镶嵌的马鞍。我猜想大哥可能要出远门了。

突然，我兴奋了起来，为了报复他们，我狠下心来要偷走这匹马，然后逃到县城里去。这个想法一经产生，我全身的血都在沸腾。我解开缰绳，牵着马溜出院子。再回头看，露天晒台上一个人都没有，我心里乐呵。我跳到马背上，催着马儿向县城方向驰骋。

半夜，我睡在了路边的一个山坳里。天亮后，又骑着马赶往县城。快到黄昏时，我才走到了县城。

县城的街道两旁都是一溜的平房，屋顶都是灰色的铁皮，只有县委县政府才是两层的高楼。街道上泥泞不堪，行人踩着泥水，若无其事地向前走去。汽车驶来，人们才会慌张地向两边散开，轮子飞溅着泥水，把车体向前载去。

道路两边的平房不是商店就是饭馆，还有闹哄哄的音乐，我觉得挺热闹的。

我牵着马在这泥泞的街道上来回走了三趟，心里的那种兴奋劲刚消下去，饥饿开始让我难受。从昨晚起，我就为逃跑之前没有去弄点吃的而后悔，一路都在责骂自己是个笨蛋。

天黑了下来，街道两边的商店和饭馆亮起了灯。各种商品在灯光下亮晶晶地注视着我，可我兜里一分钱都没有。一股香味从前方飘过来，潜入鼻孔里，让我的胃痉挛起来，嘴里溢满唾沫。我不能自持地循着香气走去，找到了那家饭馆。

里面有五个人围着一桌的菜在喝酒。他们的说话声很大，能传到老远的地方。我牵着马，身子倚在饭店的门口，伸进脑袋望那一桌的菜。唾沫不断地分泌，从我的嘴角边涎了下来。那个系着围裙的人从厨房门口看到了我，他跑出来驱赶我。正当我们推搡的时候，饭桌上的一个人站起踱出了饭馆。

“你堵住饭馆门干吗？”他问我。这人穿了一件西服，领带歪扭着。

“我饿得很，求你给我一点吃的。”我说着竖起了两个拇指，继续求道：“求求你了！求求你了！”我竖着拇指不停地摇摆。

我的举动使他俩蒙住了，他俩微张着嘴，一脸的惊讶。我也没有想到，为了能吃上一口饭，我能做出这样的举动来。当时一点羞愧都没有啊！

“你是哪里人？”穿西服的人把我从头到脚扫了一遍。

“日郭村的。刚到县城。”我用袖子揩了一下嘴角边流出的口水，双手上沾满泥浆。

“我知道日郭村，可没有去过。”穿西服的人说完转身走开，从桌子上端来一盘菜和馒头递给了我。桌子上的其他人不再说话了，都起来围拢过来。

我接住盘子后，右手在胸口上擦了一下，然后用手指夹菜往嘴里塞，我的腮帮子鼓得凸凸的。最后盘子里剩的油，我都是用舌头舔干净的。整个过程人们盯着我。可我一点都不觉得害臊，饥饿让我填饱肚子。末了，穿西服的人说："别在这里妨碍了，你赶紧走开。"他从衣兜里掏出一根烟点上，吐出一缕烟雾来。

我的双脚踏进泥泞里，牵着马离开了饭馆的门口。路上一打嗝，菜的香味从我的鼻孔里钻出来，这是我平生吃到的最香的一顿饭菜。

我又在泥泞的街道上来回走了六次，商店和饭馆的门渐次关了，灯都逐次灭掉，街道上只剩下我和马儿。我不知道要到哪里去借宿，只能牵着马蹲坐在一个墙角边。

后半夜，天空下起了小雨，雨滴砸在铁皮屋顶上，叮叮当当地响。不一会儿，雨水把我和马儿浇湿透，我被冻得瑟瑟发抖。我后悔离家出走，谩骂两个哥哥心肠太黑，开始想念家里温暖的被窝来。我把湿漉漉的藏装下部提上来盖住了脑袋。

雨越下越大，我的脚下积了一层水。我蹲在地上，冻得无法入睡。于是，我只能胡思乱想起来。我为爸爸设想了好几种死法：为了跟别人争抢草场，爸爸应该提着长刀，威风凛凛地左砍右砍，把对方一个个撂倒，最后，爸爸也受伤，从马背上轰然落下，摔倒在草地上，咽掉最后一口气；要不爸爸头发花白，牙齿掉落，躺在床上安然死去；或者爸爸骑上马，追踪狼群，驰骋在山崖间，最后不慎坠崖而亡……

这样的死亡，会让我一生铭记。可是，被一口糌粑给噎死的话，我都不好开口向人提起；被一口糌粑噎死，我觉得羞愧。

雨水让衣服粘在了身上，全身没有一点热气。马不住地甩摆脑袋，打着响鼻。我等待着天快点亮起来，时间却走得很缓慢。我恨大哥和二哥，没有他们我也不至于落到现在这般境地。

破晓时，雨止住了。几十辆大卡车满载着木头，轰隆隆地从街道上驶过去。后来，车灯在远方消失了。县城又是一片死寂。

当面前的房屋渐渐清晰起来时，我长舒了口气。我把藏装脱下来，拧掉水，再把灌进鞋子里的水倒了出来。不一会，街道上开始有人走动了。牛群晃着脖颈上的铃铛，在牧人的吆喝声中缓慢地穿过泥泞的街道。我的马儿也饿了，应该带它去吃草。我牵着马儿尾随在牦牛群后。

牧人看见我和马儿湿漉漉的样子，一脸的乐呵。他停下来，等我靠近时戏谑地说："我可没有见过这么早穿着衣服洗澡的人。"

我的身子在发抖，嘴唇乌黑，不想搭理这个牧人。

"真倒霉，我刚一出门，就遇到一个不会说话的哑巴。”牧人接着一脸坏笑地说。

我们已经走出了县城，前面的开阔地两边长满了庄稼，一片青绿。再远一点，就有一大片树林，林子与耸立的山连成一片，山上却没有树，全是褐色的石块，间隙能看到一块块的绿意。脚下的道路一片泥泞，鞋子里又灌满了泥水。

“哑巴，你要去哪里？”牧人挡在我的前面问，眼睛里含着嘲讽。

“我才不是哑巴。”我回答。

“跟你说第一句话的时候，我就认定你是个哑巴。呵呵，我又错了。”牧人眼角挂满皱纹，头发花白。他转身吆喝他的牛群。

“我想让我的马儿吃点草喝点水。”我说。

“你跟着我到那片树林里去，保准让你的马吃个饱。我也给你熬点热茶喝，暖暖身子，顺便把衣服烘干了。”牧人说。

我没有回答，顺从地跟着他向那片林子走去。天空阴霾着，晨风吹来时，我的全身有如针刺。

牧人把牛赶到树林里，然后从林子里备好的柴堆里抽出些干柴，在三角石灶里燃起了火。他把盛满水的铝壶搁在上面，丢了些茶叶和盐巴。

“把衣服脱了，让火烤干。”我脱衣服、鞋子的当儿，牧人过去把马背上的鞍具和嚼头卸下来。马低着头啃那些脆嫩的青草，尾巴甩得很欢。

牧人把他的外套借给了我，在一阵柴火的燃烧声中，我的藏装上开始冒热气，壶嘴里也蒸腾出一股茶香来。

牧人让我喝一杯滚烫的清茶，全身开始有点暖意了，手也不再抖动；他又给我倒了一碗糌粑，就着茶弄成糊状喝到肚子里。我的身上有了知觉。不多时，头顶浓重的乌云开始变得稀薄起来，它们慢慢地被撕裂，露出一点一点的蓝天来。

“过一阵，太阳就要出来了。”牧人仰视天空说。他的脸细瘦，布满褶皱。

“我看到了。感谢你给我吃的喝的。”我望着他说。

牧人没有接茬，只是盯着三角石灶里升腾的一缕淡白的烟子。我也没有言语。

“你怎么被雨给湿透了呢？不会躲躲雨。”牧人有点嗔怪地问我。

“我昨晚到的县城，这是第一次来。”我说。

“你要去哪里？哦，你先别说。让我猜一猜，你肯定是偷跑出来的，准备到拉萨去。是吗？”牧人脸上洋溢着得意的神情。

“我爸死了，我想去拉萨朝拜，但家里人不知道。”我说。

牧人的屁股从那块石头上抬起来，来回走了几步，他抿着嘴，眼睛看着我。

“很多偷跑来的人，他们的目的地就是圣地拉萨。”牧人的目光投向了远方，可是被面前的山给挡住了。他的眼睛里飘过一丝忧愁。

“我怕我去不了拉萨，吃的都没带。”我说。

“我见到过很多像你这样的年轻人，他们到了县城就把家里偷来的马、牛、皮革等卖掉，换了钱他们先到昌都，再从那里往拉萨走。”牧人说。他的眼睛直视着我，让我有些局促。

“能在哪儿卖掉马？要不你来买。”我听了牧人的话后，激动得又看到了一丝曙光。

“我是个替人放牧的，哪有钱买你的马。等中午天晴后，你到县城里去找个叫赛噶的家，他们经常买。”牧人说完，往三角石灶里扔了几根树枝，火舌蔓延上了这些树身，它们开始扭曲打卷。看来这老牧人的生活状况也不是很好，他的衣服破旧，礼帽上有许多虫蛀的窟窿。

乌云散开，把蓝天和阳光遗弃在了空际。太阳晒得我全身温暖，衣服也被晒干了。我开始给马套鞍具。

我告别牧人的时候，他显得很平静，只是嘴角边挂着嘲讽。

“我先去卖马，然后找个车到拉萨去。”我边说边牵着马往前走。

“嘿，等一下。”他追过来，从脖子上取下一个小佛龛，挂在了我的颈上。“替我放在释迦牟尼佛祖像前，这样可以了却我的一个宿愿。”

“我一定放到佛祖前。”我向他承诺。

他浑浊的眼里飘过一丝哀伤，松垮的嘴唇微微抖动。

“这是我妻子的嘎乌（小佛龛），她去世已经十多年了。我本想到拉萨去献给佛祖，可是这把年纪了，这辈子我是去不成的。”牧人说完叹口气，转身走了。

牧人弓着背走进树林。他的动作迟缓，消隐在树林里。我突然觉得，这牧人一下衰老了很多，他的背影里透射出深深的孤独来。

我骑上马向县城里走去，我要找到赛噶家，把大哥的这匹马和鞍具全部卖掉，用这些钱做盘缠，到拉萨去为爸爸的魂灵祈祷。

三

谁能相信，我能一下拥有这么多的钱。那时，八百块可是一笔不小的数目呢！

天葬师，你就是这样来到拉萨的吗？对面的鬈发青年打断了我的叙述。

这只是开始，后来我经历的越来越复杂了。我说。帕崩岗天葬台依然被黑夜笼罩着，火光照耀处才能看清物体。

你为什么要当天葬师？

最初是因为我恨人们，才要去当天葬师的。到后来，我发现所有的人都跟我一样可怜，才继续坚持这项工作的。

他们的脖子梗得更直了，脸上看不到恐惧，眼里却多了份期待。

我又开始了我的讲述：

我怀揣八百元，搭上了一辆油漆剥落的解放牌货车。车子扬起漫天的灰尘，顺着山坳里简易的公路，嗡嗡地向昌都镇进发。

我坐在货物上面，手握篷杆，看浑浊的江水顺着山脚咆哮而去，看寸草不生的山尖刺入天际，河对岸的半山腰上偶尔出现一些零散的村子和农田。那一刻，我知道自己离日郭村越来越远了，也跟妈妈越来越远了，愁绪堵在我的心口。

我的目光不时往日郭村方向投射过去，可是被山给挡了回来。我不知道今后会怎么样，何时又能重回日郭村。土路很颠簸，车子不断晃荡，牧人给我的小佛龛，在我的胸口跳来荡去。有时车尾的尘土一下扑过来，将我裹住，眼睛、嘴里尽是沙尘。

解放牌货车停在了一个山嘴边，司机打开驾驶室冲我喊："喂，牧民，下车了。前面有检查的，货物上不能搭人，你走进去吧。"

我从货箱上跳下来。司机钻进驾驶室，开动车子走了。轮子卷起的尘土再次涌过来，把我裹在里面。等尘土落定，我迈开步子走过了山嘴。

不远的前方有一座桥，桥的另一头房屋林立，还可以看到很多车子在来回穿梭。我很兴奋，第一次见到了这么多的房屋，肯定那里人也很多。

午后的阳光很毒，但我迈开步子，一脸喜悦地向着昌都镇急速前进。

昌都镇比我们的县城还要大，街上有许多的人和汽车、商店，这让我兴奋。

行人看到我就避开着走，也有人指指点点着说："看，是去朝圣的。"

我路经一家商店时，从它的玻璃窗口看到了我的模样：除了转动的眼珠外，从头到脚被黄土裹住，简直是个土人。

经过打听，我找到了去娘曲河边的一条小路。我穿过居民房中间窄狭的过道，一步步走下陡坡，来到了娘曲河边。

河滩上到处都坐卧着巨大的岩石，河水浑浊而凶猛。我在娘曲河边把脸和头洗了，再把藏装脱下来，拍掉上面的灰尘。

河边有许多洗衣服的女人，她们把洗干净的衣服晾在岩石上，岩石都点缀得花花绿绿。

我又折到街道上，到处转悠。

黑夜笼罩下来时，这才想起自己要到哪里去过夜？我在一家馒头店买了几个馒头，坐在店子的台阶上啃着吃。我的脑袋里突然闪现出娘曲河边的滩地，在那里可以躺在岩石底下睡一晚上。吃完馒头，我向娘曲河边走去。

天黑了，昌都镇却开始热闹了起来。商店亮着灯，饭馆里坐满了人，街上行人匆忙。我很累，疲惫催我早点去休息。

伴着河水的咆哮，我的睡意稠了起来，脑袋中想的那些个事情也戛然停止了。

我在迷迷糊糊中，仿佛听到一个女人夹带着哭泣在喊："求求大哥们，放了我！"

是在梦境中。

接着又听到："我不干，你们再这样，我就喊人了。"

一阵嘈杂的脚步声，在我的梦境中响起来，我被弄醒了。

我慵懒地睁开眼睛，天空星星闪亮，娘曲河激昂奔腾，河对岸的山黑黢黢的。我翻转身子又困倦地闭上了眼睛。

有人在踢我。

我睁开眼睛，太阳光白晃晃的，周围的一切看得很虚幻。有人拽着我的手臂，把我拉了起来。再次睁眼一看，我看清周围站着几个穿制服的公安。我的双手已被铐住，手铐白亮亮地反射着光。我还没有弄清是怎么回事，就被几个公安架着到了公路上，扔进了一辆北京吉普车里。

有许多人围着观看，他们的手指指点点。

北京吉普的车门咔嗒地关上，车子呼啸着飞驶而去。

他们把我从车上拖了下来，推进一个狭窄的房屋里，门咣当一声被关上，里面什么都看不见。

我坐在地上，屁股下面很冰冷，还有浓浓的尿臊味，刺得鼻子生疼。我想，我到底干了什么？是大哥他们来抓我了吗？

时间不知过了多久，门又被打开了。一道刺眼的光照射进来，外面什么都看不清。

"出来。滚出来。"外面的人在喊。

我起身眯着眼向亮处走去。等看清是两个公安时，他们不耐烦地推搡着我走过院子中央，把我带进了一间房子里。他们让我靠墙站立，开始搜查我的身体，兜里的钱全部被收走，还把刀鞘、嘎乌也拿走了。确定我身上再没有其他东西后，让我坐到一张凳子上，桌子对面坐了两个公安。

他们让我承认昨晚在娘曲河边对一个女孩实施强奸时，用刀子捅死了她。我听后心里害怕得身子在发抖，为了证明自己的清白，我向三宝起誓说不是我干的。他们问我的身上怎么只有刀鞘而没有了刀子呢？我把我跟二哥吵架，然后离家出走的事说了一遍。他们不相信。

这样磨了一下午，最后他们给我看被捅死的女孩照片。这女孩很漂亮，看来个子很高，有一头浓密的黑发。死了，真是可惜。我说，之前从来没有见过这个女孩，还把昨晚梦境中听到的跟他们说了。

那两个公安在冷笑，他们根本不相信我说的话。其中一个从桌子后面走过来，站在我的面前，叉着腰，说："给你最后一次机会，你承认了我们就宽大你，要不然有你受的。"

"我什么都没有做。"我战战兢兢地重复着这句话。

他们看我不承认，就把我送了回去，重新关进那间黑屋里。

我拉屎撒尿都在那间屋子里，里面臭气熏天。我的衣服被尿给浸湿，身上发出刺鼻的气味来。早饭和晚饭通过一个小窗子递进来，要就着臭气下咽到肚子里。

我关了几天，没有人再提审我。那时我的心里真的很恐惧，怕他们一枪把我给杀掉，怕长期被关在这间黑房子里。我把这一切的责任归咎到两个哥哥身上，不停地诅咒他们，谩骂他们。有时也会产生认罪的念头。坐在黑暗里，我既焦躁又担心，时间漫长的感觉让我的头都已经花白了。

终于，那扇门又被重新打开了。听到外面有人喊："出来，快点出来。"

我的眼睛花得看不清人，外面一片白光，泪水不住地往下流。那些人很不耐烦地冲进来，把我拽了出去。我闭上眼睛，不敢看外面，心里却打定主意这次一定要认罪。

我被带到了上次审问的地方，还是坐在那张凳子上。桌子上放着我的刀鞘和牧人的嘎乌，桌后坐着上次审我的那两个人，他被我身上的屎尿味呛得直捂鼻子。

"你不是杀人嫌疑犯，真正的凶手已经被我们抓到，现在你可以离开这里了。你拿着东西走吧，现在没事了。"他催促我赶紧离开。

我不相信自己的耳朵，再次瞪大眼睛看他们。

"赶紧离开这里，滚回你的老家去。"

"我卖马的钱？"我问。

"钱不能还给你，那是对你的罚款。你到处乱睡，妨碍了正常的社会治安。"他说。

"不给钱，我就不走。"我望着他说。

"再不走，我们就把你抓起来，重新关进去。"其中一人把脸拉了下来说。

“我又没有杀人。”我辩解似的嗫嚅。

他用拳头砸了一下桌子，发出很大的声响。这一砸，我看到了他上衣下露出的棕色皮制枪盒，恐惧像触电一样击中我的胸口。我不敢看他，低下头坐在凳子上，全身冒冷汗。

他推开门出去，没有一会儿钻进来，气咻咻地给我扔下了三百块钱，说剩下的钱是被罚款的。说完他转身离开。

我弯下腰捡那几张掉落在地的钱，再把桌子上的刀鞘和嘎乌也揣到怀兜里，轻手轻脚地推开门，急匆匆地往院子外跑去。

我走在林荫小道上，心里的怒火开始膨胀起来，我用最恶毒的话来骂那些抓我的人，还踢路边的栏杆。行人看着我的举动，一脸的好奇，有些还偷偷地笑。

我一身臭气地向自由市场走去。这里虽然人很多，但我一挨近，他们都睨视着我，有些干脆厌恶地喊：“滚远一点去。”

现在想想，这种气味，的确让他们很难受啊！

我又来到娘曲河边，河边坐着的人麻木得连我都认不出。我想城里的人对一切都漠不关心。我把衣服和身子洗干净，仰躺在河滩上等待衣服晒干。

街道上灯火耀眼，人来人往时，我把衣服穿戴好，顺着河流走下去，找到一个桥墩，心灰意冷地躺在桥墩的水泥地上。

我没法入睡，心里充满了怨恨。我恨那些抓我的人，恨被杀的女人，恨两个哥哥，恨我自己被抓后的懦弱与胆怯。我在心里对自己说，外面的世界也很险恶了，我一个牧民没法走到拉萨去。熬过今晚，明天就回塞青草原上去。

天亮后，我顺着来时的路往回走。朝阳落下来，浑身暖暖的。我闷着头往前赶路时，看见前面有几个磕长头的。看他们都是些上了年纪的人，有男也有女，满身灰尘。我走过他们身边时加快了步伐，前面有一辆木制的手推车在艰难地爬段陡坡。车上搭满了衣被，车身四周的木棍上插满了经幡。

我与车头平行时，看到推车的是个老头，他的衣服被汗水湿透，张着嘴大口地喘气。老头看我一眼，艰难地展了一个笑容。我不知怎的退回车后去，帮他把车子推过陡坡。

老头把车停在路边，屁股坐到地上，喘着粗气问我："你要去哪里？"老头的声音跟我死去的爸爸声音很像，低沉坚定，这让我感到亲切。

"本来想去拉萨，现在没钱了，只能回家去。"我说。

"没钱就不能去拉萨吗？"他长出了一口粗气，又说："看，后面那些个磕长头的人，跟我一样都没有钱，可是我们有信仰，所以就不会轻言放弃的。"

“你们是朝圣者？要一路磕头到拉萨吗？”我问。

“是啊！我们要通过磕头，表明我们对佛祖的敬仰，也给自己积点福报。”老头说话还是有些喘气，脸颊红润，下颌上的白胡须随风飘动。

“你不嫌我们走得慢的话，就跟着我们走吧。一路上给我们帮帮忙，这也是给自己积德。”老头把缠绕在手臂上的念珠取下，一颗一颗地拨动。

我不知道自己该怎么办？跟着他们到拉萨，不知要花去多少时间；回家去，肯定会被大哥揍一顿，或赶出家门。我正犹豫的时候，老头问：“你脖子上的佛龛里供奉的是哪尊佛呀？”老头的这一问，使我想起了曾答应县城牧人的事来。

“我不知道是什么佛，是别人托我带到觉沃仁布齐（释迦牟尼）跟前的。我跟你们走，可是我什么吃的都没有。”我说。

“既然你有缘投胎于人，就注定你能吃上一口糌粑。你就跟着我们，添一个人，我们的糌粑少不到哪里去。”老头说。

“我就跟着你们，路上我来推车。”我这样表白，会使我的心里好受一些。

“我们几个要轮流推车，跟着我们保证把你平安带到拉萨，同时让你的心灵宁静下来。”老头手上的念珠，拨动得极快。

这时有一辆汽车疾驶过来，车尾卷起一股土黄色的尘烟。

“叫我阿旺，我带他们九个人是去还愿的。”老头说。

我还没有应声，汽车鸣着喇叭，从我们的身边迅速驶过去，尘土落了我们一身。等尘土全部落定，我看到后面的朝圣者双臂高举过头顶，再下垂到唇间，落于胸口，一下直挺挺地扑倒在地上。这种用身体丈量大地，这种用身体表达虔诚的做法，让我深为感动。我想到了妈妈对爸爸的赤诚，我对自己决定去拉萨，感到了一丝欣慰。

我就这样成为了这支朝圣队伍里的一员，我坚持一定要推车，不需要人来换。每天，朝圣者们天刚一亮，就起床收拾铺盖，围着一堆篝火念经祈祷。等到茶烧好后，喝茶吃糌粑，稍事休息后，向西匍匐着蠕蠕移动。我把他们的被子、炊具等装进手推车上，捆绑好再去追赶他们。

我的诵经声在山谷里飘荡，同时一种信念也在我的心里坚定起来，那就是我能为死去的爸爸进行救赎，让他的魂灵找到好的归宿。

太阳移动到我的头顶上，就得选个有水有柴的地方，烧一锅茶，等待朝圣者们的到来。白天我们缓慢地行进，傍晚就在旷野或山脚宿营。

点燃一堆篝火，大伙挤挤地围坐在一起，简单地吃点饭。星星和月亮闪亮在天际上时，阿旺一边吸着鼻烟，一边用他那低沉音给我们讲各种佛的故事。

故事临近尾声时，野外的气温急剧下降，有些寒冷了。

篝火早已熄灭，朝圣者们依次排列进入梦乡里。

阿旺讲的这些故事，让我久久不能入睡。我的眼睛凝望日渐丰盈的月亮和闪闪的星星，开始忘记大哥二哥对我的伤害，也忘记那些抓错我的人，心里只有到拉萨去的念头。

回想起来，那段日子是我一生中最宁静、祥和的日子。我们穿越了茫茫的邦达草原，跨越危耸入云的山峰，也沿着碧蓝的然乌湖进入翠绿的林海。这些地方，让我融进了静谧的自然界里，暂时忘记了世间还有死亡和仇恨。

我跟朝圣者们的朝圣之路到林芝就结束了。他们要在林芝休整十几天，而我却急着要赶到拉萨去。

阿旺他们求一名东风货车司机带我到拉萨去。那名司机看我是个朝圣者，没有要一分钱的车费。东风货车只用一天的时间，就把我载到了拉萨。

第二天，夕阳的金黄色光束铺洒在八廓街上，挂满经幡的旗杆，白色香炉里飘升的桑烟，转经人的喃喃诵经声，还有头顶飘落下来的各色风马旗纸片，让我行走在八廓街里仿若走在仙境一般。

我衣衫褴褛地站在大昭寺广场，喜悦和幸福的泪水恣肆地流淌下来。我把双手托举到额头前，嘴里诵着祈祷的经文。此时，我没有了疲惫，没有了内心仇恨，用心在为众生祈祷，也为我的爸爸妈妈祈祷。

我随着人流走进大昭寺里，在供灯的照耀下，在诵经声的指引下，我坚信我能为爸爸祈求到一个好的归宿。在觉沃仁布齐塑像前，我给爸爸点了一盏金灯，把老牧人托我带的嘎乌敬献给了佛祖。

当我走出金顶白墙的大昭寺，沐浴着光灿灿的阳光，我感觉如释重负，心情畅快。

四

本以为在拉萨拜完佛，我就会离开这里的。可是，拉萨让我割舍不了，即使一时半会找不到活路，口袋里没有一分钱，我只要去八廓街里转悠，就没有了一丝的焦躁和烦恼。我坐在落日的八廓街里，只要合掌向佛祖祈求，我确信日子就会好起来的。

最初来拉萨的那些时日里，我找过各种活干，可没有一样是能够坚持下来的。但我一直都没有动过离开拉萨的念头。

这期间，我也认识了很多的人，其中既有本地人也有外乡人，但他们的状况跟我比起来也好不到哪里去，都是些出卖体力来养家糊口的人。

到拉萨第三年的某个初秋夜晚，我被日喀则来的普穷带到八朗学小巷里的一家酒馆里。酒馆很小，顺着墙角摆了一溜草垫，上面铺着床单，由于脏无法辨认其颜色了。每个草垫座位有一张矮脚的藏桌，从两根房柱间的梁木上，掉落下来一只被烟熏黄的60瓦灯泡，它把里面的男男女女照得面目不甚清楚。酒客们在昏暗中唱着歌，把一杯杯酒倾倒进嘴里。

普穷找了个位置，让我坐下来，要了六块钱的青稞酒。

我们随着酒客的歌声把酒灌入肚皮里。这种疯狂的热闹，我还是第一次经历。有些男酒客跟旁边的女人开着露骨的玩笑，女的吃吃地笑，笑完回敬一个更加露骨的玩笑。笑声在酒馆里炸裂。

轮到我要酒时，从对面的桌子上走来一个女人，她拉张凳子坐在了我们的对面。她跟普穷认识，他们先聊了起来，后来把我也扯了进去。

借着微弱的灯光，我看这个女人至少有五十多岁。她偶尔一笑时，眼角和嘴角会裂出深深的皱纹来。当我喊她大娘时她很生气，板着个脸认真地给我纠正，让我喊她大姐。我和普穷喊了她一声大姐，她给我们买了一大桶青稞酒。

等我们喝完半桶，我头重脚轻，脑袋昏昏沉沉的。

我醒来时，天还没有亮，但我身边赤身裸体地躺着一个人，我的身子也是光光的。

我正惊讶时，一缕发香漫过来，手碰到了女人耷拉的奶子。

我急忙坐了起来。

被窝里一只胳膊伸出来，把我又拉进被子里，热乎乎的身子一骨碌地爬到了我的上面。

“你是第一次？”完事后女人的嘴贴着我的脸颊问。

我借着外面微弱的亮光，看清她是昨晚一同喝酒的那个女人。我对自己的行为感到后悔。“问你呢？”她很固执地要答案。

“第一次。”我回答她。她很满足地在我身旁仰面躺下，急促的呼吸平缓了下来。

“你做我的男人吧！”身旁的这个女人说。

我睁开眼睛盯着屋顶，心里在想，身边的这个女人满身的赘肉，没有弹性，嘴里还散着一股臭味。我准备摇头拒绝。

“这套房子是我的，每月我还能收房租。”她看我没有反应，进一步引诱我。就是这房子和房租打动了我心。为了得到这些，我可以当她的男人，以此结束流落街头的窘境。她再次侧身过来，直视着我的眼睛。

借助窗帘外照射进来的光，我看到了她鬓角的花白，松垮的嘴唇。这个女人比我的妈妈还要老，可我又能怎样呢？

“我要怎么做？”我的手摸到了她松软的胳膊。她异常地兴奋，脸和脖子上的褶皱一览无余地展现给了我。我的眼睛不愿看她，头侧向了另一边。

“跟我过日子，就是每天每晚在一起。”她说完嘻嘻地笑，露出了满嘴的假牙。

每天每晚在一起。是的，从那天开始，我每天跟在她的屁股后头去转经，坐茶馆，逛商店，到酒馆。我们并行走在街上，经常受到别人的白眼，窃窃的议论，偷偷的耻笑，但我一想到她的所有财产今后会属于我时，就一点都不觉得难堪，我把肉体和灵魂全部出让给了她。

我们的这种关系只维系了两年，最后还是破裂了。

那两年里我虽然不缺零花钱，穿的衣服也干净整洁，但一到夜晚，就要忍受她松弛的身体对我的蛮狠占有和絮絮不休的唠叨、小心眼及嫉妒。这些让我感到痛苦和屈辱。她的衰朽，让我对她提不起兴趣，有时还真希望她早点死去。

后来，我对夜晚莫名地感到恐惧，害怕到那张床上去睡觉。我们经常为这事吵架，有时我愤然离去，等到兜里的钱用完，我又不得不回到她的身边。她喜欢用一种不屑的口吻讥笑我谩骂我，我却只能忍气吞声。

有次，她在酒馆里当着好多人的面揭我的短，还说没有她我只能像街头流浪的狗，早就饿死了。酒客们屏住呼吸，目光聚焦在我的脸上。

我羞得满脸涨红，身子开始发抖，嘴里荡满血腥味。我再也无法忍受，狠狠抽了她一巴掌，把那张嘴里的假牙都打飞到了桌子底下。

酒客们的目光这才从我的身上离开，弯下腰帮她寻找假牙。

我怒怼悲伤哭泣的女人，转过身撩开门帘，走出了那家昏暗的酒馆。

我的生活又跟最初来拉萨的时候差不多了，整天为填饱肚子奔波，得到一点工钱，又被我挥霍掉。我开始怀念那个老太婆，后悔自己不该给她一巴掌。在我干活干累的时候，头脑里甚至产生去向她道歉的想法。

在我很窘困的时候，同乡人欧珠找到了我。他叫我跟他一起去买麝香皮，我们从甘肃人那里买回了十多个，然后交给一个康巴商人。

商人住在一栋豪华的两层楼房里，院门口停着两辆越野车，院子里拴着三条狼狗。在狼狗的狂吠声中，我们把买回来的麝香皮交给了商人，他给我们俩各赏了一百块钱。他问我们愿不愿意替他到牧区去收购牛羊皮，我们俩很高兴地答应了下来。他叫我们下午到他家去。

当我们再次来到商人家时，他把我们带到了一间卧房里，满屋的麝香味。

有两个老人正在缝合麝香皮的口。桌子上的托盘里，放着五个麝香、一个针管、三桶印度产的鼻烟和半杯牛奶。

我们坐定，他给我们每个人两只麝香，要我们去找买主。这时一个老人已经缝合好了麝香皮，交到商人手里。商人很兴奋，他用针管从杯子里汲牛奶，再把牛奶注射进麝香里。

“我在麝香里掺进了鼻烟粉，再注射牛奶的话，颜色没法辨别。”商人得意地说。再看那两个老人，他们兴奋地笑了起来，脖子上的白色念珠在胸口上晃荡。

我和欧珠各拿两个麝香，分头到冲赛康和邮电大楼去卖。买家分辨不清真伪，用秤称完，按斤两给了我四千多块钱。

傍晚，我把钱交到商人的手里，他抽出两百块钱塞给了我。

从那开始，我好像开窍了，每天想的都是挣钱。在牧区我不顾牧民的生活艰辛，用最低的价格买进牛羊皮，以最高的价格在拉萨倒卖掉；在农区用皮鞋和衣服、糖果等来换取农民的信任，最后将他们家的旧家具收购回去。

我跟了商人三年多，自己也积攒到了一些钱。

期间，我也接到大哥托人带来的口信，说妈妈因病去世了，叫我回家一趟。我也通过打探知道二哥已跑到昌都镇了，在那里找了个女人，还生了小孩。我对带口信的人只说了一句：“他们都好，我就放心了。”带口信的人用不解的眼神盯着我，扭头走进人群里，从我的视线里消失掉。

妈妈去世的消息，那几天让我愧疚和悔恨不已。我为自己当时没有带她来拉萨后悔，也为自己一直在这边瞎折腾，而没能见上她最后一面自责。我唯一能做的就是到寺庙里给妈妈点上照耀去来世道路的供灯。

又过了半年，我再次见到来拉萨朝佛的久美。

那天中午的阳光很毒，我和久美在八廓街里不期而遇，当他再次给我转告大哥的口信时，可能从我漫不经心的言谈举止，看透了我的心思。他脸上的喜悦消散掉，淡淡地对我说：“易琼，多保重！”久美转身带着他的媳妇和小孩走开了。

我茫然站在大昭寺广场，望着他们的背影有些不知所措。

回想久美说的，妈妈一直住在那个窝棚里，每天用泥巴铸造擦擦（神塔小像），然后积攒到一定数量后，就用柳筐背到半山腰的山洞里存放。我的脑海里闪现的是，妈妈端坐在窝棚里的样子。这是妈妈给我的最后记忆，泪水簌簌掉落下来，让我呼吸不畅。

我掩面走进八廓街幽深的小巷，待情绪稳定下来，已走到一家叫米玛甜茶馆的门口。

我进去要了一瓶啤酒，酒顺着喉咙流到肚子里，我能控制住自己的情绪了。

我一杯一杯地把酒送进嘴里，再接着要酒时，一个高挑细瘦的女孩，把酒瓶摆在了我的面前。

她接住我给的酒钱，劝我少喝点。我发现这个女孩的脸上满是雀斑。正因这雀斑，我记住了这个女孩。

两个月后，商人命令我去林芝押运一车木料。当木料装好后，我跑到就近的村子里去用所有的积蓄购买了贝母和虫草。

我们因为没有木材经营许可证，只能白天休息，晚上拉夜跑车，以此躲避检查人员。这次，运气不在我的身边，检察人员把车给逮住，没收了一车的木料和买的药材。我被带到了就近的派出所里拘留。

司机回去十多天了，商人却一直没有来救我。当我被放出来，回到拉萨时，商人再不愿理会我了。我也为自己的霉运一直自责，幻想着还能从头做起，赚更多的钱。

我找一些不用掏本钱而赚差价的生意，但很不顺利。为了节省钱，我经常到八廓街旁边的米玛甜茶馆去吃面。在那里我每次吃面，雀斑女孩不时地望着我笑。我也对她咧嘴一笑，还简单地聊上几句话。时间久了，我们之间竟可以胡乱地开玩笑。也知道了雀斑女孩名叫措姆，她曾在拉萨当过保姆，后来与主人不和就离开了。

措姆算不上漂亮，但是见不到她时，我的心里有种想见的渴望，见到她时，我的内心会趋向平静。

随着见面次数的增加，我们谈论的话题延伸到了各自的生活状况，以及今后的打算。有时，闲来无事我就帮他们劈柴，蹬三轮车去驮奶粉和白糖。米玛甜茶馆的人也不再把我当外人对待。

这一年我的状况时好时坏，但基本上能保持温饱。想想，自己都已二十七岁了，渴望有一个家，于是我跟措姆说嫁给我吧。她没有一点犹豫，点头答应了。

我们在外面租了一间房，用两人积攒的钱买了一辆三轮货车，我蹬着它给人运送货物，措姆仍旧在甜茶馆上班。虽然我们的收入不多，但日子过得踏实平静，充满希望。

为了有个稳定的未来，我们拼命地工作，希望攒点钱，自己开家小卖部。

半年后的一个晚上，我们两人围在狭小的房子里，开始准备吃晚饭。措姆对我说："易琼，我给你说件事，但你不要对外嚷嚷。"我想措姆会有什么大事，值得这样保密。为了让她高兴，我赌咒发誓说："我不会告诉任何人的。"她却很为难的样子，还吃吃地笑。我心里有些着急，要她告诉我。措姆布满雀斑的脸上，洋溢出幸福的神情，悄声说：“我怀上了小孩。”我听到这句话，心里一阵温暖。

我握住措姆的手问：“你没有弄错吧？”

“今早觉得很恶心，我以为是生病，就到医院去检查了。医生检查完，跟我说你怀孕了。”措姆回答。

我站起来，将措姆的脑袋揽入怀里。她把头紧紧地贴在我的胸口上。

“以后我会每天都接送你，不让你干重活累活。”我说着眼里流出喜悦的泪水。

我的泪水落在措姆的额头上。她仰起头，伸手擦干我淌下的泪。我握住这双有点粗糙的手，把它贴在我的脸颊上。

“你喜欢小孩吗？”措姆满脸喜悦地问我。

“是我们俩的骨肉啊。”我由于激动，不断有泪水从眼眶里涌出来。

措姆起身，把嘴唇贴到我的额头上。一阵廉价香水的味，吹进我的鼻孔里。

夜晚，我的梦里出现了一个小男孩，他的出现让我在夜幕中展开了笑容。

秋收已完，措姆的哥哥从农村跑到了拉萨。我们坐在土坯搭建的简易商品房里，喝着青稞酒在灯光映照下闲聊，措姆的哥哥说农村家里要盖新房，叫我们借点钱来买房梁和椽木。为这事我和措姆发生了争执，最后还是拿出三千元交给了措姆的哥哥。

日子一天一天地转瞬逝去，措姆肚子里的小孩在逐日长大，肚皮越发滚圆了起来。我每天望着那日渐突兀的肚皮，心情很舒畅。夜色中，我俩躺在窄小的床铺上，猜测肚子里的是男孩还是女孩。激烈争论之后，我们俩都说，只要是自己的骨肉，男女都可以。

措姆肚子里的小孩，使我们的日子充满了期待，充满了聊不完的话题。

来年开春后的某一天，措姆觉得身体不适，自己先请假回来了。她坐在低矮的木床上，背靠被子，显出疲态来。我给她熬了点肉汤，她却吃不下去。到了半夜开始说疼，接着这种疼痛越发地加剧。凌晨时措姆疼得在床铺上翻滚。

我准备了床垫和被子，铺在三轮货车里，再把措姆抱到货车上，急忙向医院蹬去。

我们到了医院，我把措姆扶到妇产科，让她坐在凳子上，我去找医生了。

一位上了年纪的女医生，让措姆躺在床上进行检查。

她说："孩子快要生了，马上去住院。"医生开始填写单子，她不时地问我病人的名字、年龄、住址等。等填写完单子，我看到措姆用手抵着腰部，脸上渗出很多汗水来。

“你去办理住院手续，然后赶紧回来。”医生说。

措姆却攥着我的手，要跟我一同去。医生在一旁训措姆太娇气，但她忍着，坚持一同走。我们下楼时，措姆说：“住院的钱可能不够，我们还是回家去吧！”

“我们先去问问吧！”我说。我把家里的钱全部带上了，但也只有八百多块。我把措姆抱到三轮货车上，直接去收费室办理手续。

收费室的玻璃窗关得严实，我开始敲窗户。许久，里面传来响动声，伴着骂骂咧咧。那扇只能伸进一只胳膊的窗户打开了，里面的收费人员不耐烦地问：“是要住院吗？”

“孩子快要生了，医生让我们来住院。”

“把单子和两千块钱递进来。”窗户里面的女人说。

我的心一下沉了。我把单子和八百块钱递进去，抱着试一试的态度说：“医生，我们来得太急，身上只带了八百块钱，剩余的钱上班时给您补上。”

“绝对不行，这是医院的规定。要不你先去拿钱，然后再来办手续。”里面的女人把单子和钱推了出来。我一直求情着，可她一点都不理会。

“你这样求情，还不如赶紧回家取钱去。”一个来办住院手续的人说。

对呀，我还是赶紧去找认识的人借钱。

我回到三轮货车旁时，措姆躺在上面呻吟不止，我的心里很着急。

我解释说："没钱不办住院手续，你在这里等着，我借钱去。"

措姆伸出胳膊，虚弱地说："带着我一起去，一个人害怕。"

我跳上车子，飞了般地冲出了医院，来到公路上。天虽然没有放亮，可是路上已经有许多信徒牵着小狗和绵羊，悠然地去转经。

我把三轮货车蹬到了米玛甜茶馆，守茶馆的人身上也只有两百来块钱。我们还得去找别的人。

我蹬车快速奔驶，走过几个街巷，跟措姆说话时，她却一句话都不应。我停下车跑到她跟前，人已经没有气了，被子和垫子被血给浸透。我抱着措姆的身体号啕大哭。

几个转经的人看见我在路灯底下哭泣，就走过来看发生了什么事。他们看到措姆死了，都唏嘘着，要帮我把措姆送回家。

措姆和小孩就这样离开了我，让我一个人孤零零地承受失去亲人的痛苦。

措姆的周祭过完，我来到了那家医院，满腔仇恨地走到收费室门口，把刀子从那扇小窗子里伸进去，在桌子上乱砍了一通。病人惊叫着四处逃散，里面的人也尖叫着躲到桌子下面去。

“你们杀死了我的老婆和儿子。”我大声叫喊。

当我喊得筋疲力尽，刀子从手中掉落时，几名公安跑来把我摁在了地上，推进了一辆警车里。

没几天，我被放了出来，我对世间的一切充满了仇恨。为了报复人们，我干过很多小偷小摸的事。但，这些都不能让我感受到报复的快乐，反而陷入更深的痛苦里。我开始酗酒，整天醉得不省人事。

好心的邻居担心我整天喝醉，就带我到甜茶馆去喝茶。我们谈不拢，我甚至有过立马起身离去的想法。

这时人群有一点小骚动，我听到有人说：“天葬师来喝茶了。”

我顺着他们的目光望去，一个脸黝黑、块头不大的男人走进来，坐在最边上的旮旯里。我从人们的眼神里看到他们对他的敬畏与不屑，这种复杂的心态，让我对天葬师产生了兴趣。我想自己要是能当天葬师的话，就能把对人的仇恨发泄在他们的肉体上，也能达到报复的目的。

我端着茶杯，坐到了天葬师的对面。他抬头扫了我一眼，又把目光盯在茶杯上。

“你要收徒弟吗？我想当天葬师。”我直截了当地跟他说。

天葬师再次抬头，看了我一眼，始终沉默着。

“我老婆和小孩都死了，我很孤独。”我继续说。

天葬师把杯子里的茶喝净，起身抓起礼帽扣在了脑门上，从容地走了出去。

“别忘了我刚才跟你说的话！”我冲着他的背影喊。

天葬师头也没有回，径直走了出去。我有些失望，把杯子狠狠地摔在地上。茶客们转头盯着我看。

为了再次见到天葬师，我每天都来这里喝茶。直到第七天，我又和天葬师坐在了一张桌子上。我们两人面对面坐，无言地喝着茶。天葬师的礼帽就搁在桌子上。天葬师表现得有些拘谨，眼睛里不时会掠过一丝羞怯。这跟我想象中的天葬师相差甚大。

茶喝到七八杯时，天葬师的手机响了，他取出手机静静地听，最后说：“我晚点过去。”

我想开口跟他说话，但不知道要说什么好。正当我寻找话题时，他却先开口说话了：“你叫易琼，是个康巴人吧。”

我很吃惊，他怎么会知道我的事情。我看他的眼神有些慌张，脸上燥热。

“你的女人不久前死了，她叫措姆吧？”天葬师接着又问。

“你认识她？”我问。桌子上洒了一摊甜茶，有几只苍蝇飞落下来，准备吸点茶。

“不认识。我听别人讲过你的事，我对你的遭遇深表同情。”天葬师说。

“那你能收我为徒吗？”我问。

“这可不是什么好行当。”天葬师说完眼睛直视着我。

“我干过很多行当，最后都干不下去了，现在连生活都保障不了。”我掩饰着内心的想法，可怜兮兮地说。

“明天你跟我去一趟，要是觉得不行，你就别再来找我。”

“明天什么时候？”我问。

“早晨五点半在大昭寺门口等着。”天葬师说完点燃一根烟，然后结算茶钱，离开了茶馆。

我是按时到达的。送葬的队伍举着香柱，引领死者绕八廓街转一圈，最后面对大昭寺为死者祈求。人们再把死者抬上车子就散去了。

我跟随天葬师，到达了天葬台。他让我把死者从车上背下来，放到天葬台上去。

等到周围的一切依稀可辨时，从山坡上走下来一名穿着袈裟的僧人，走到天葬台后面的坡地上盘腿就坐。他摇动扎玛如鼓和铃杵，开始为死者诵经祈祷。

天葬师领着我解开裹尸的白布，让死者赤裸地卧躺在墨黑色的天葬台上。

他支使我去煨桑，烟子如一巨柱，带着松柏的香气飘升到空际。

一群秃鹫扑打着翅膀在空中盘旋，慢慢地降低着高度，最后滑落到天葬台附近。

它们围住了天葬台，一阵聒噪。

天葬师开始肢解死者。那把刀子插入死者颈部下端，然后划了下去，皮肉绽开，丝丝血珠冒涌出来。

我的心一阵惊惧，繁杂的念头从头脑里一下消散掉。眼睛盯着死者一点点地消失，对人世产生了厌离之心。

我双膝跪在石台上，不住地念诵着经文。

天葬师继续肢解死者的最后那些东西，我却感到被肢解的是我的肉体和灵魂。我想到了我的爸爸妈妈，想到了河边死去的女孩，想到措姆，想到了不远的时日里，我也会跟他们一样躺在这个石台上，然后从这尘世中消失掉。

死亡，让我看到了以往我执着的那些个事情是多么的细小、无聊。

天葬师在老僧人的祈祷声中，很快把死者清理得干干净净，从这尘世上消亡了。

等天葬仪式全部结束，送葬的人在太阳底下晒着太阳，喝着酒，议论死者的一生。

天葬师悄声问我："你还想当天葬师吗？"

我不敢回答。

天葬师让我端着暖水瓶，给山坡上的老僧去敬茶。

我提着暖水瓶，走在黄色的沙砾道上，眼睛却不时地回头看那块巨大的天葬石台。墨黑色的石台，发散着油油亮亮的光。

我给老僧倒了一杯茶，坐在了他的身旁。

老僧人的手搭到我的肩头，问："第一次来怕了？"

"是的。"

"应该要害怕。要是时刻想不到自己的死亡，人就会做出很多的坏事来。"

"我也干过很多错事。"我说。

"谁都有做错事的时候，从此改变还来得及。"

我跟随老僧待到了下午，那诵经声和铃杵声，让我沉湎在无限的宽阔里，没有疆域的界限，没有族裔的差别，只想着一切如幻如梦。

几天后，天葬师找到了我家，他要我给他当助手。我再一次来到了天葬台，再一次目睹了消亡的过程。

我们坐的车子，卷起尘土往山下驶去。

驾驶室里天葬师问我："你愿意当天葬师吗？"

我望着车窗外，脑海里闪现的是天葬台上被天葬的那些死者，无论他们生前多么的有钱有势，或多么的贫寒穷困，只要躺到那块石台上面，一切顷刻间化为乌有，这可能就是尘世给我们的最大公平吧！想到这里，我就对天葬师说："我愿意。"

跟随天葬师三个多月后，我对人生的认识从根本上改变了，这时我才感到人是个多么可怜的动物，一生都被烦恼和欲望驱使，临死时却为放不开这尘世而痛苦欲绝。我在为自己灵魂叹息的同时，也在叹息着所有人的灵魂。

五

嘀铃铃——吒唧唧——嘀铃铃——吒唧唧——

我们仰头看天葬台后面坡地上盖建的简易房。老僧已盘腿端坐，他摇动铃杵和扎玛如鼓，开始为死者的亡灵念诵《中阴度亡经》：

流浪生死皆因骄慢所感，
际此平等智光照路之时；
惟愿宝生如来引导于前，
惟愿佛眼佛母护佑于后；
使我安度可怖中阴险道，
使我安住一切圆满佛境！
……

天已经亮了，该进行天葬了。我起身从客货两用车的货箱里，把尸体背过来，搁在黑黝黝的石台上。

我指使一名送葬者到旁边去煨桑。他把一袋干松柏堆砌起来，上面撒些糌粑、白酒，点燃一张报纸塞到松柏下。一股子烟徐徐往空际升腾，熟识的味道再次飘入我的鼻孔里。我看到秃鹫张开翅膀，黑压压地盘旋在空中，桑烟越发地浓烈，笔直地往空中攀缘。

我把裹尸的白布取下，让死者卧倒在天葬台上。

老僧人的诵经声在我的上空飘荡，我的心在这声音里，化作了一湾湖水，怜悯的涟漪阵阵荡漾。

我闭上眼，双手合掌，向诸神祈祷，求死者完成世间的最后一次布施后，给他的亡灵增加一个善的福报！

我听到秃鹫扇动翅膀的声响，听到了亡灵默坐在岩石上喟叹的声音，它负载着一生的罪孽。

我睁开眼睛，看见秃鹫依次张开翅膀，扑棱棱地落在天葬台四周，挤轧着渴望死者的布施。

带着血珠的肉从我的手里以弧线飞过去，那血肉里充盈慈悲的情怀……

来送葬的六个人，面部表情凝重，眼神里多了一份忧郁。

我想他们的灵魂经过这次天葬的洗礼，肯定会有很多的改变。